ENGEL DES DOODS

JURIDISCHE THRILLER

COLLEEN CROSS

Vertaling
BERRY MINKMAN
Vertaling
JEN MINKMAN

SLICE PUBLISHING

OOK VAN COLLEEN CROSS

De Heksen van Westwick
Jong Gehekst is oud Gedaan
Een goede spreuk is het halve werk

Katerina Carter juridische thrillers
Nooduitgang
Met gelijke munt
Engel des doods
Groene schijn
In het rood
Blauwe Maandag

Wil je op de hoogte gehouden worden van Colleens nieuwste boeken,
schrijf je dan in voor haar nieuwsbrief!
http://eepurl.com/c0jsL

www.colleencross.com

ENGEL DES DOODS

Soms kun je het verleden beter laten rusten...

Tijdens een boottochtje naar een afgelegen eiland aan boord van een luxueus jacht heeft fraudeonderzoeker Katerina Carter al snel het gevoel dat de charmante, praatjesmakende eigenaar van de boot een duister geheim verbergt. Die manier die hij aanprijst om snel geld te verdienen – zij kan toch niet de enige zijn die doorheeft dat het zaakje stinkt?

Eenmaal op het eiland onderzoeken Kat en haar vrienden de geruchten die de ronde doen over een sinistere sekte, de Aquarian Foundation, en gaan ze op zoek naar verborgen schatten. De sekte heeft mensen geld afgetroggeld en het begint erop te lijken dat dezelfde geschiedenis zich weer herhaalt. Tenminste, als Kat aan de anderen kan bewijzen dat sommige dingen te mooi klinken om waar te zijn...

Als niemand haar waarschuwingen serieus neemt, gaat ze op pad om een vreselijke waarheid te onthullen die de mensen waarvan ze het meest houdt in doodsgevaar kan brengen. Nu is het een race tegen de klok: Kat moet de moordenaar ontmaskeren voor hij opnieuw kan toeslaan.

HOOFDSTUK 1

Frank zat in de kajuit en keek naar het spoor dat de boot in het water achterliet. Het was een perfecte dag. Zon, een straf briesje en vrijwel geen andere boten op het water zorgden voor een probleemloze overtocht door Georgia Strait naar Vancouver Island. Een perfecte dag voor een nieuw begin. Na maanden van voorbereiding was het einde nu eindelijk in zicht.

Hij wierp een blik op Melinda, die op het dek lag te zonnen. Ze lag op haar buik op het badlaken. Haar stevige dijen met de vele putjes vormden een scherp contrast met haar verbrande rug, die bijna dezelfde kleur had als haar rode korte broek. Ze lag helemaal stil, zich van niets bewust of niet meer bij bewustzijn. Hij wist het niet zeker.

Ze zag er afschuwelijk uit, wel of niet verbrand, maar dat deed er nauwelijks nog toe. Ze had niets meer aan zichzelf gedaan na de geboorte van Emily, en had zelfs geweigerd te gaan fitnessen of te lijnen. Hij kon zich niet eens herinneren wanneer hij haar voor het laatst in een korte broek had gezien. Gewoonlijk droeg ze wijde T-shirts en een joggingbroek en gebruikte ze geen make-up. Om eerlijk te zeggen was dat nog beter dan die korte broek. De vrouw met wie hij zeven jaar geleden was getrouwd, was nu een slons die helemaal niets deed om hem te behagen. Hij had er genoeg van.

Zijn situatie was onaanvaardbaar geworden door haar egoïsme. Ze had hem gedwongen actie te ondernemen. Hij vond het wel erg dat het zover gekomen was, maar dat was haar schuld. Nu moest hij alleen nog zijn plan ten uitvoer brengen.

Het leven zou spoedig een heel stuk beter worden. Hij glimlachte toen hij bedacht hoe het morgen zou zijn. De mogelijkheden waren niet op de vingers van een hand te tellen.

Eigenlijk vond hij Melinda nog steeds aardig, iets wat hem verbaasde. Als echtgenote had ze een heleboel tekortkomingen en hij verdiende beter. Maar kon hij zijn plan echt doorzetten? Natuurlijk kon hij dat. Als hij het niet deed, zou hij alleen maar zichzelf de schuld geven van zijn ellendige bestaan. Dat zou hij niet laten gebeuren. Het enige wat hij moest doen was zich aan zijn plan houden en dat uitvoeren.

Alleen zwakke mensen lieten zich leiden door hun gevoelens, iets wat hem mateloos amuseerde. De meeste mensen lieten wat ze dachten en deden bepalen door hun emoties. Daardoor namen ze slechte beslissingen en werden ze ook een gemakkelijke prooi. Hij was geen slaaf van zijn emoties. Hij liet zich leiden door logische overwegingen, hij bepaalde zijn eigen lot. Hij wist beter dan de meeste andere mensen hoe en wanneer hij een andere weg in moest slaan.

Hij had zich al bijna neergelegd bij een verpest leven, maar hij had eindelijk het licht gezien. Hij was getrouwd met de vroegere Melinda, niet met deze verslonsde versie. Het was tijd voor verandering, een permanente verandering. Hij wilde geen rommelige scheiding of gedoe over wie de voogdij kreeg over hun dochtertje. Had ze nu maar beter naar hem geluisterd en hem niet gedwongen in te grijpen. Over een paar uur zou ze niets meer voelen.

Melinda was zijn tweede keuze geweest op de datingsite. Er was niet veel keuze geweest, maar daar kon hij niet veel aan doen. Hij was getrouwd in een moment van zwakte, toen ze hem erin had laten lopen door zwanger te raken. Een kostbare gelofte waar hij nu straffeloos afstand van kon doen. Hij kon zijn leven een nieuwe start geven en zijn toekomst veiligstellen. Hij moest alleen zijn plan doorzetten. Alleen al de gedachte aan een nieuwe start gaf hem energie.

'Schat? Ik had nooit gedacht dat het hier zo heet zou zijn. Ik heb dorst.' Ze glimlachte en schermde met haar hand haar gezicht af tegen de zon.

Hij glimlachte terug. 'Ik haal iets te drinken voor je.' De ideale gelegenheid. Hij deed de koelbox open en haalde er de fles uit met het drankje dat hij eerder had klaargemaakt. Hij schonk een glas in en deed er een paar ijsblokjes bij. Het spul dat er doorheen zat, smaakte nergens naar en rook nergens naar; ze zou er niets van merken.

Hij liep langzaam naar haar toe en probeerde zijn trillende hand stil te houden. Hij boog zich voorover, kuste haar op de wang en zette het glas naast haar neer.

'Dank je, schat. Ik wilde dat je foto's van ons nieuwe huis had. Ik wil het zo graag zien. Ik kan nauwelijks wachten.'

'Ik was zo bezig met het definitief afsluiten van de koopovereenkomst dat ik vergeten heb foto's te maken. Je ziet het gauw genoeg.' Melinda wist alleen wat hij haar had verteld. Hij regelde hun financiën en ze had geen idee dat er geen nieuw huis was en ook geen nieuwe baan. In feite waren ze helemaal blut. Hij had Melinda's erfenis erdoorheen gejaagd, en zijn rijke ouders met hun vele geld bestonden niet echt.

Ze had hem gedwongen eerder dan gepland in actie te komen door opnieuw zwanger te raken. Ongepland, net als de vorige keer. Daar was hij echt kwaad over. Haar zorgeloosheid had hem gedwongen een paar maanden eerder te handelen, wat inhield dat hij niet echt genoeg tijd had gehad om alles al tot in de puntjes te regelen.

Zo lang hij zich echter geen slordigheden permitteerde, kon hij wel improviseren. Het tijdpad was niet optimaal, maar hoe eerder hij de zaken regelde, hoe eerder zijn leven een nieuwe wending kon nemen. Hij voelde een rilling van opwinding, toen hij dacht aan zijn nieuwe vrijheid.

Hij had alles tot op het kleinste detail gepland. Zelfs mensen die zeer zorgvuldig zaken planden, liepen weleens tegen de lamp, maar hij was slimmer dan de meeste mensen. In de true-crime-programma's was het zo dat de mensen altijd wel een klein detail over het hoofd zagen, een stofvezel of een haartje van een huisdier. Of er was een kennis die wantrouwen kreeg. Hij was slimmer dan de meeste mensen, dus hij zou zo'n fout niet maken.

Hij had ook een enorm voordeel vergeleken met de meeste van die mensen. Melinda had geen broers of zussen. Haar ouders waren beiden vijf jaar geleden om het leven gekomen bij een auto-ongeluk en ze had geen andere naaste familieleden. Ze had maar weinig vrienden en ze gingen niet om met hun buren in de torenflat.

Zijn vrouw was al vergeten door haar collega's. Op zijn aandringen had ze haar laagbetaalde baantje in een winkel maanden geleden al opgezegd. Niemand belde haar of kwam ooit langs. Melinda was een onbelangrijk persoon in een onbelangrijke wereld. Haar weinige vrienden en kennissen zouden haar spoedig vergeten na het tragische ongeluk.

Deze keer zou ook de echtgenoot om het leven komen. Een dode echtgenoot kon nauwelijks een verdachte zijn.

Hij deed de visbox open en controleerde voor de zoveelste keer de rubberboot en pomp. Licht, camera, actie. Na maanden van zorgvuldig plannen werd hij beloond met een wolkeloze dag in juli en het ideale getij om zijn plan uit te voeren.

Zijn vier meter lange bootje was nauwelijks zeewaardig, maar bij een kalme zee kon je er gemakkelijk mee uit de voeten. De zeestraat tussen Vancouver en Vancouver Island was in de zomermaanden redelijk kalm, dus hij verwachtte geen problemen. Hij had de boot een paar maanden eerder gekocht en vond het jammer dat hij hem in brand moest steken. Maar als hij afweek van zijn zorgvuldige plan, dan ging hij er zelf aan. En als hij zich eraan hield, zou hij tientallen betere boten kunnen kopen.

Georgia Strait werd in de zomer druk bevaren door talrijke kleine pleziervaartuigen en grote veerboten die tussen het vasteland en Vancouver Island heen en weer gingen om bewoners en toeristen te vervoeren. De zomerwind was redelijk sterk, maar aangenaam, en had een verkoelend effect op de hitte die de kust al de hele week in zijn greep hield. Frank hield een enigszins zuidelijke koers aan, net ver genoeg verwijderd van de commerciële boten om geen aandacht te trekken. Ze waren al halverwege hun eindbestemming, Victoria.

Tenminste, dat is wat hij haar had verteld. Er was geen nieuwe baan of nieuw huis in Victoria, maar dat wist Melinda niet. Tot nu toe ging alles goed. Het was een prima dag voor de nieuwe start die hij nu al maandenlang had gepland.

Het was zijn mantra voor zijn nieuwe leven. Mantra's en het voor zichzelf herhalen daarvan hielden hem op koers naar zijn uiteindelijke doel. Hij had jarenlang toneel gespeeld, maar dat was noodzakelijk geweest. Hij had geduld gehad en nu kon hij zijn vrijheid praktisch proeven. Nog een paar uur en hij zou die vrijheid kunnen omarmen. Hij had de zaadjes gezaaid voor een succesvolle toekomst en nu was het tijd om te oogsten.

Een prachtige dag begin juli.

De eerste dag van de rest van zijn leven.

Het was een cliché, maar het was wel de waarheid. En hij kon nauwelijks wachten op de start van zijn nieuwe avontuur. Hij klopte op de zak van zijn cargobroek en voelde het geruststellende stapeltje nieuwe identiteitsdocumenten. Paspoort, rijbewijs en creditcards met een hoge limiet, allemaal klaar om te gebruiken. Vals natuurlijk. Hij had alles een paar dagen geleden al uitgetest. Meer had hij niet nodig om een nieuw leven te beginnen.

Melinda en hij waren uit hun huurflat in Vancouver getrokken en hadden hun meubilair laten opslaan, aangezien hun tijdelijke nieuwe huis in Victoria compleet gemeubileerd was. Het ging om onderverhuur door een docent die een jaar met sabbatsverlof ging naar India. Het was dezelfde leraar die hij gedurende een jaar zou vervangen. Hij moest in september beginnen, althans dat was wat Melinda dacht. Het was allemaal compleet verzonnen, maar Melinda had zijn verhaal geloofd zonder er een moment aan te twijfelen.

De waarheid lag heel anders. Er was geen sprake van een verhuizing, in ieder geval niet voor Melinda. Dat was het mooie van een andere baan. Hij had gedaan alsof de administratie van de school alle details had geregeld en dat er niet genoeg tijd was geweest om met Melinda te overleggen. Ze kon zich in de details verdiepen zodra ze in Victoria arriveerden, had hij haar verteld. Jammer voor haar dat ze dat nooit zou hoeven doen.

Maar eerst zouden ze nog een laatste dag genieten op het water.

Het was vermoeiend geweest, maar tot nu toe was alles volgens plan verlopen. De buren, die ze niet echt kenden – daar had hij wel voor gezorgd – waren er pas gisteren achter gekomen dat ze weggingen toen hij hun bezittingen in de vrachtwagen had geladen om te worden opgeslagen. Met haar vier jaar was Emily nog te jong om naar school te gaan en ze was niet meer naar de crèche geweest nadat Melinda was opgehouden met werken. Niemand in hun kleine kring van bekenden zou het merken als ze er op maandagmorgen niet waren.

Melinda wist niet meer dan wat hij haar vertelde, en hij had met opzet weinig details vermeld. Ze geloofde alles wat hij haar vertelde, hoe buitenissig het ook was. Ze was dom en vertrouwde hem volledig, zoals ook een dier dat deed.

Of misschien was ze toch niet zo dom. Ze had hem erin laten lopen met haar zwangerschap, in de wetenschap dat hij nooit kinderen had gewild en ze nooit zou willen hebben. Ze had hem erin geluisd, maar hij had ook een paar trucjes achter de hand.

Melinda was een last voor hem geworden. Zij was er de oorzaak van dat hij niet had bereikt wat voor hem mogelijk was en het was tijd om daar iets aan te veranderen. Maar die verandering hield niet in dat hij naar een andere stad ging of ging lesgeven. Er was geen nieuwe school en al helemaal geen nieuw, volledig gemeubileerd huis om in te trekken. Dat was allemaal gelogen en die leugen was nodig geweest. Het had veel moeite gekost om op dit punt te belanden, vooral omdat hij het plan maanden eerder in werking had moeten zetten dan hij van plan was geweest. Allemaal de schuld van Melinda.

Je moet nooit terugkijken.

Zijn plan liep precies zoals verwacht. *Als hij dat wilde, kon hij een nieuwe richting inslaan. Nu, niet later,* net als hij had gehoord bij het seminar. *Hij had wat nodig was om succesvol te zijn. Hij was daar zelf verantwoordelijk voor.*

Nu moest hij gewoon zijn plan ten uitvoer brengen.

Emily lag te slapen op het dek, zich totaal niet bewust van de plotselinge wending die haar leven zou gaan nemen.

Hij aarzelde. Misschien kon hij ook van haar scheiden.

Nee. Te veel losse eindjes. Door de alimentatieverplichting voor hun kind zou hij nog bijna twintig jaar met dat stomme mens te maken moeten hebben. Daardoor werden de zaken gecompliceerd. Hij had een hekel aan complicaties en hij had er een hekel aan verantwoordelijk te zijn voor anderen.

Neem nooit genoegen met minder dan waar je volgens jou recht op hebt.

Hij was blij dat hij vanmorgen nog een keer had geluisterd naar de opname van het motiverende praatje. Dat zat nu vers in zijn geheugen; het sterkte hem in zijn overtuiging en het gaf hem de kracht om de volgende stap te zetten.

Ze waren hun bestemming uren geleden al genaderd, maar hij was weer een eindje terug gevaren toen hij op het laatste moment was begonnen te twijfelen. Het ging nu weer goed met hem en Melinda was zich zoals gewoonlijk nergens van bewust. Hij schakelde de motor uit en wachtte tot Melinda dat zou merken.

'Schat, waarom liggen we stil?' Ze slurpte het laatste slokje van haar drankje op en zette het glas naast zich neer.

'Ik weet het niet. De motor sloeg af.' Hij rommelde met de motor en keek naar zijn vrouw. Ze verloor al bijna het bewustzijn.

Melinda geeuwde. 'Ik val in slaap, het zal de zon wel zijn.'

Ze sprak onduidelijk. De drugs deden hun werk.

Nog geen vijf minuten later was ze bewusteloos en had haar gemompel plaatsgemaakt voor gesnurk. Haar rechterarm viel uit de ligstoel en kwam met een dof geluid op het dek terecht. Ze werd er niet wakker van.

Hij wachtte nog eens tien minuten. Frank overlegde met zichzelf of hij haar polsen moest samenbinden, maar als haar lichaam aanspoelde, zou het duidelijk zijn dat er sprake moest zijn van *'foul play,'* van een misdrijf. *Foul play* was trouwens wel een interessante woordcombinatie. Die verwees naar iets van zeer ernstige aard, maar toch werd ook het woord play gebruikt. Maar misschien werd dat wel gebruikt omdat je iemand bespeelde, iemand bedroog.

Hij had weer dat gevoel in zijn maag. Stel dat de zaak helemaal verkeerd liep en ze wakker werd. Als haar polsen samengebonden waren, zou ze zichzelf niet kunnen redden. Zwommen er hier roof-dieren rond die haar lichaam zouden opeten? Daar had hij helemaal niet aan gedacht.

Uiteindelijk besloot hij haar polsen niet samen te binden. In het onwaarschijnlijke geval dat haar lichaam zou worden gevonden, zou het zo zijn dat het samenbinden van haar polsen blauwe plekken zou achterlaten. Die plekken zouden niet alleen het bewijs leveren dat er sprake was van moord, maar zouden ook informatie kunnen ople-veren over het tijdstip van de moord. Hij liet het touw op het dek vallen.

Ze lag bewegingsloos. Hij had haar een driedubbele dosis gegeven, dus het kon gewoon niet dat ze weer bij bewustzijn zou komen. Hij tilde haar arm op en liet hem weer vallen om zijn hypothese te testen.

Geen reactie.

Haar arm lag slap in zijn hand; er zat geen leven in.

Hij liet haar arm los en die viel op het dek.

Hij deed een stap achteruit en keek naar haar. Hij had haar ligstoel dichtbij de rand gezet, zodat het gemakkelijker was om haar over-boord te krijgen. Op basis van zijn colleges technologie op de univer-siteit had hij een simpel hefsysteem in elkaar geflanst dat hij nu aan de ligstoel bevestigde.

Zijn hart bonsde in zijn borst; deels door zijn angst voor ontdek-king en deels door de opwinding die hij voelde nu hij echt tot handelen overging. Hij voelde geen enkele wroeging.

Hij haalde het dekzeil uit de bergkist en vouwde dat uit. Waar-schijnlijk was dat een onnodige stap, omdat hij de boot in brand zou steken, maar je kon niet voorzichtig genoeg zijn. Hij had ook een hekel aan de rotzooi die je zou zien zonder het zeil en hij wilde zich-zelf niet meer werk op de hals halen.

Het zweet brak hem uit toen hij de ligstoel nog dichter naar het randje van de boot sleepte. Hij wachtte even en veegde zijn voorhoofd af. Toen gooide hij het dekzeil over de ligstoel en maakte de randen vast aan de stoel. Daarna tilde hij het geheel overboord.

Geen bloed, geen DNA, geen andere bewijzen. Geen rotzooi.

Alleen een kleine, beperkte plaats delict die hij kon overzien, zonder dat hij zich zorgen hoefde te maken over bewijsmateriaal dat kon worden aangetoond met behulp van Luminal of andere forensische middelen.

Hij haalde diep adem en zag hoe het hele pakket in het water zonk. Hij veegde zijn handen af aan zijn korte broek, net toen het dekzeil een paar meter van hem vandaan naar de oppervlakte kwam drijven.

Verdorie. Daar had hij geen rekening mee gehouden.

Hij pakte een roeispaan en strekte zijn arm uit zover hij kon, maar het dekzeil dreef net buiten zijn bereik.

Hij hijgde toen hij een arm zag uitsteken van onder het dekzeil vandaan. Melinda was nog helemaal niet gezonken. Het dekzeil zat nog steeds om haar heen.

'Papa?'

Frank schrok, draaide zich om en zag zijn dochtertje staan. 'Emily?' Ik dacht dat je lag te slapen.'

'Waar is mama?' Ze droeg het dure jurkje met roze en gele bloemen dat Melinda had uitgezocht, omdat ze naar een nieuw huis zouden gaan. Typisch Melinda om een klein fortuin uit te geven aan iets onbenulligs.

'Ze is beneden, liefje.' Hij had ook een verdovend middel in Emily's sinaasappelsap gedaan toen ze Vancouver verlieten. Dat had haar uren moeten uitschakelen. In plaats daarvan zag Emily er alleen maar een beetje verlopen uit. Haar haar zat in de war. Een roze sandaaltje ontbrak en de ander zat niet vast.

Hij begon te transpireren. Wat was er in hemelsnaam gebeurd? Hij had Emily een dosis gegeven die ongeveer half zo sterk was als die van Melinda en zij woog maar een derde. Stel dat Melinda's dosis ook niet had gewerkt en dat de schok van het koude water haar bij kennis had gebracht en ze op de een of andere manier werd gered.

'Nee, ze is niet beneden. Papa, ik heb pijn in mijn hoofd.' Ze wreef in haar ogen en fronste. 'Waar is mama?'

Hij keek naar het dekzeil; er was een deel van Melinda's been te zien, nu het drijvende dekzeil loskwam van haar lichaam. Hij moest snel iets doen.

'Ze doet een dutje, liefje. Ga jij ook maar weer slapen.' Stel dat

Melinda werd ontdekt en op de een of andere manier werd gered? In de zeestraat was er 's zomers veel scheepvaart, dus dat was zeker mogelijk. Waarom had hij er niet aan gedacht om haar lichaam te verzwaren met cement zoals die lui van de maffia deden?

Wat dan nog? Hij had zich altijd laten voorstaan op zijn vermogen ter plekke dingen te bedenken en dat kon hij nu ook. Hij moest zich aanpassen en doorgaan.

'Waarom heb je de stoel overboord gegooid? Is dat niet slecht voor de vissen?'

Hij voelde een brok in zijn keel. Hoeveel had ze eigenlijk gezien? 'Geef papa eens een kus.' Hij knielde en hield zijn armen wijd.

Ze schuifelde naar hem toe met haar ene sandaaltje en viel slaperig in zijn armen.

Hij tilde haar met een arm op en deed zijn andere hand over haar neus en mond.

Emily probeerde te schreeuwen. Ze verzette zich en sloeg met haar kleine armpjes heen en weer in een poging adem te halen.

Hoelang nog, vroeg hij zich af.

Net als een vis die gevangen is en naar adem snakt.

In zijn ooghoek zag hij iets bewegen; het blauwe dekzeil ontvouwde zich in het water. Het leek net een groot doelwit dat op het water dreef. Het lichaam van Melinda zat eindelijk niet meer vast aan het dekzeil en zonk langzaam naar beneden. Hij keek ernaar terwijl hij Emily vasthield en wachtte.

Binnen een minuut stribbelde ze niet meer tegen en haar lichaam werd slap. Hij bleef zijn hand op haar mond en neus houden, maar hij hield haar lichaam een beetje minder stevig vast en controleerde of hij in haar nek nog een hartslag voelde. Hij voelde niets. Hij wachtte nog een minuut om er zeker van te zijn dat ze dood was en gooide haar toen overboord.

Net op tijd. Hij zag de zeilboot die vanuit het zuiden naderbij kwam. Tegelijkertijd merkte hij op dat de wind in kracht was toegenomen. Hij keek in het water waar hij Emily overboord had gegooid. Hij verwachtte daar kleine golfjes te zien.

Maar haar lichaam was nog niet verdwenen. Emily dreef nog in het water met haar gezicht naar beneden. Haar roze, rubberen sandaaltje zat nog steeds losjes aan haar voet. Maar alle dode lichamen zonken toch; tenminste, dat had zijn onderzoek hem geleerd. Wat was er in godsnaam aan de hand?

Dat stomme jurkje. Er hadden zich luchtbellen gevormd.

De zeilboot was nu niet meer dan een meter of dertig verwijderd. Dichtbij genoeg om hem duidelijk te zien en misschien zelfs het lichaam van Emily in het water te zien drijven. Als ze een verrekijker hadden, dan hadden ze misschien wel gezien wat hij had gedaan. Hij raakte in paniek en pakte een roeispaan. Hij stak die in Emily's rug en duwde haar naar beneden het water in. De luchtbellen in haar mooie jurkje verdwenen en ze zonk naar beneden.

Toen raakte haar sandaaltje los van haar voet en bleef op het water drijven. Bijna gebruikte hij de roeispaan om het schoentje te pakken, toen hij besefte dat daardoor Emily's lichaam weer naar boven zou komen.

Zijn hart ging wild tekeer toen de zeilboot dichterbij kwam.

Hij vloekte binnensmonds. Hij had het belangrijkste over het hoofd gezien. Hij had zich niet gerealiseerd dat de lichamen wellicht niet onmiddellijk zouden zinken.

De zeilboot veranderde van koers en passeerde hem op een meter of vijftien afstand. Er was maar één man te zien op het dek. Hij was druk bezig met het zeil. 'Godzijdank,' zei hij hardop terwijl hij nog steeds met de roeispaan Emily's lichaam onder water hield. Hij stak zijn vrije arm op en zwaaide.

Het was Melinda's schuld dat ze zwanger was geraakt en hem erin had laten lopen. Hij wilde van het leven genieten, iets wat onmogelijk was met een baby, een vrouw die thuis was en alle rekeningen die dat met zich meebracht. Hij was het spuugzat om te worden gemanipuleerd en te moeten leven met alle compromissen die hij moest sluiten. Hij had maar een leven en hij ging dat niet laten verpesten.

Hij haalde zijn mobieltje uit zijn zak, zijn portefeuille en zijn sleutels en gooide die overboord. In het onwaarschijnlijke geval dat ze werden gevonden, zou het erop lijken dat hij samen met Melinda en Emily overboord was gevallen. Zijn lichaam zou nooit worden gevonden, maar daar maakte hij zich niet echt zorgen over. Vele lichamen raakten zoek in dit deel van de oceaan. Zolang hij maar niet in verband kon worden gebracht met het in brand raken van de boot in de haven, had hij niets te vrezen.

Het voegde allemaal wat geheimzinnigheid en intrige toe aan het geheel. Daar hield hij wel van. Het was leuk om te proberen de politie te slim af te zijn.

Hij keek naar zijn hand en zag zijn trouwring. Hij deed hem af en keek er nog eens goed naar in de palm van zijn hand. Het was symbolisch, dacht hij bij zichzelf, toen hij de ring overboord gooide. Weg met het oude, laat het nieuwe maar komen.

Een nieuw leven. Een rijk leven. En het begon nu.

HOOFDSTUK 2

*H*et kantoor van Katerina Carter in de binnenstad van Vancouver bood een spectaculair uitzicht op de haven. Het uitzicht was fantastisch om bij te dagdromen, maar niet zo geweldig als je werk gedaan wilde krijgen. Kat keek op haar horloge en besefte twee dingen: ze had zeker twintig minuten uit het raam zitten kijken, en haar vriend Jace Burton was te laat.

Jace was altijd op tijd, maar nu niet en hij had er wel moeten zijn om op tijd te vertrekken voor hun weekendje weg. Ze hadden niet veel tijd meer om het watervliegtuig te halen dat hen naar De Courcy zou brengen, een klein, zeer dunbevolkt eilandje in de Juan de Fuca zeestraat bij Vancouver Island.

Jace' nieuwste project voor zijn krant, *The Sentinel*, was een verhaal over een sekte uit de jaren twintig en dertig van de vorige eeuw. Volgens Jace werd de sekte gekenmerkt door een heleboel schandalen en seks en waren er zelfs geruchten over een verborgen schat. De man achter de sekte was Broeder Twaalf, of eigenlijk Broeder XII, zoals hij wilde dat het geschreven werd. Kennelijk hadden de Egyptische goden met wie hij communiceerde een voorkeur voor Romeinse cijfers.

Feitelijk was het zo dat Jace het weekend wegging voor zijn werk.

Zijn Broeder-XII-opdracht maakte deel uit van een reeks historische artikelen die hij aan het schrijven was. Jace werkte freelance, dus een reeks artikelen verspreid over een langere periode was gunstig voor hem. Het bracht hem min of meer vast werk en bijkomende voordelen zoals gratis reisjes door heel Noord-Amerika, afhankelijk van het verhaal waar hij mee bezig was.

Zijn huidige opdracht had betrekking op een locatie in de buurt, maar het had evengoed kunnen gaan om een bestemming duizenden kilometers ver weg. De Courcy Island was gelegen in het zuidelijke deel van de Gulf Islands, een reeks eilanden ingeklemd tussen Vancouver Island en Gabriola Island. Het eiland lag minder dan vijftig kilometer van de kust, maar was toch alleen maar bereikbaar met een particuliere boot of per charter met een watervliegtuig.

De Courcy was een beetje een spookeiland. Net als bij een spookstadje lagen de hoogtijdagen in een ver verleden en nu was het inwonertal beperkt tot twintig of dertig mensen. Minder dan honderd jaar geleden was De Courcy de thuisbasis van de geheimzinnige sekte van Broeder XII, de Aquarian Foundation. Al gauw na de stichting van de sekte verplaatste de grondlegger de organisatie van Cedar-by-the-Sea op Vancouver Island naar de meer afgelegen eilanden De Courcy en Valdes om te voorkomen dat de sekte te veel de aandacht zou trekken.

Sektes intrigeerden Kat. Ze raakte altijd gefascineerd door hoe een charismatisch leider normaal gesproken slimme mensen die echt wel wat wisten om de tuin kon leiden. Broeder XII was een typisch voorbeeld. Zijn echte naam was Edward Arthur Wilson. Hij beweerde dat hij in India was geboren als zoon van een prinses, hoewel het bewijsmateriaal deed vermoeden dat hij in feite geboren was in een gezin uit de lagere middenklasse in Birmingham, Engeland.

Broeder XII baseerde zijn sekte op de leer van het Theosofisch Genootschap en kreeg aanzienlijke donaties van duizenden rijke individuen, onder wie ook miljonairs uit het bedrijfsleven. Ze waren bang voor een financiële catastrofe als wereldwijd de financiële markten in zouden storten.

Hij beweerde dat zijn occulte New Age-geloof hen zou redden en dat zij een veilig heenkomen zouden vinden in de onafhankelijke en zichzelf bedruipende nederzettingen van de Aquarian Foundation op de eilanden De Courcy en Valdes. In plaats daarvan ging de nederzetting van de Aquarian Foundation in vlammen op. Broeder XII verdween en werd nooit meer gezien; zijn volgelingen waren geruïneerd.

Vandaag de dag wist bijna niemand meer iets af van de Aquarian Foundation, maar de ondergang van de beweging leidde destijds tot een wereldwijd schandaal. Het was grappig om te zien hoe de geschiedenis zich steeds herhaalde met slechts een paar kleine veranderingen in het soort bedrog en de soort mensen die erbij betrokken waren. De mensen geloofden wat ze wilden geloven, ook al waren er overweldigende bewijzen die het tegendeel aantoonden. Dat zag Kat iedere dag als forensisch accountant en fraudeonderzoeker.

Carter & Partners, haar bedrijf dat zich bezighield met forensisch accounting en fraudeonderzoek, kreeg veel opdrachten en was winstgevend; ze had moeten overwerken om er een paar dagen tussenuit te kunnen. Ze had er veel zin in en was helemaal klaar voor een paar dagen zon, zand en uitrusten.

Ze had de hele week de dagen afgeteld; ze wilde dolgraag zelf een blik werpen op wat er nog resteerde van de nederzetting. Ze wilde ook tijd op het strand doorbrengen, terwijl Jace onderzoek deed naar Broeder XII en de sekte.

Ze keek op haar horloge en werd ineens ongerust. Jace was nu al een half uur te laat en ze liepen het risico dat ze hun vlucht zouden missen. Ze keek naar de haven en vroeg zich af welk van de vijf of zes watervliegtuigen zij hadden geboekt.

'Daar is hij eindelijk, Kat.' Oom Harry kwam haar kamer binnenlopen, verrassend lenig voor iemand van in de zeventig. 'Die jongen heeft een nieuw horloge nodig.'

'Oom Harry, kalm aan een beetje of je breekt nog een heup.' Eigenlijk stond haar oom niet op de loonlijst van Carter & Partners, maar hij bracht bijna net zoveel tijd door op het kantoor als zij. Hij had zich ontwikkeld tot een permanente vrijwilliger – en 'meubelstuk' – van het kantoor. Hij had geen specifieke taken dus er was niet echt een reden voor hem om er te zijn. Maar cliënten waren dol op hem en hij was prettig gezelschap. Zijn aanwezigheid was een win-winsituatie voor hen beiden.

'Hallo, Kat, ik ben hartstikke fit. Laat me toch.' Harry draaide zich om en botste tegen de muur. 'Au.'

'Gaat alles goed met je?'

'Tuurlijk.' Zijn gezicht vertrok van pijn. 'Morgen krijg ik last van de yoga.'

'Je kunt ook een dagje rust nemen?' Bij de yoga van oom Harry ging het klaarblijkelijk om een extreme sport, wat bleek uit zijn altijd aanwezige blauwe plekken. Wat bracht een man van in de zeventig ertoe om zich in te schrijven voor yogalessen? Ongetwijfeld was het antwoord vrouwen van in de zeventig.

'Dat zou kunnen. Maar dat zou slecht zijn voor mijn lenigheid. O, en Gia komt er trouwens aan.'

Haar vriendin? 'Maar we zijn al zo laat!' riep Kat uit.

Kat en Gia Camiletti waren al sinds de derde klas goed bevriend met elkaar. Ze had wekenlang niets gehoord of gezien van Gia en wilde best bijkletsen met haar vriendin, maar nu was niet het juiste moment.

'Ze heeft een of andere knappe, jonge vent bij zich.' Harry bukte zich voorover om zijn tenen aan te raken. Hij had zijn handen halverwege zijn kuiten toen hij kreunde en weer rechtop ging staan.

De geur van een bloemachtig parfum verspreidde zich in Kats kantoor en een paar seconden later kwam Gia binnen, gekleed in een lichtgekleurd, mouwloos jurkje met een patroon van fuchsia's en bijpassende naaldhakken van tien centimeter. Haar hele lichaam van een meter vijfenvijftig met al zijn weelderige huidplooien had moeite binnen de zomen van de jurk te blijven. Ze woog bijna tien kilo meer dan haar jurkje aankon. 'Kat! Ik wil je voorstellen aan mijn nieuwe vriend, Raphael.'

Kat knipperde met haar ogen. Raphael zag er fantastisch uit en deed niet onder voor de knapste sterren in films of reality-tv-programma's. De man aan Gia's arm leek niet eens echt te zijn. Zijn middellandsezeeachtige, gebruinde huid stak af tegen zijn getailleerde witte overhemd. Het gedeeltelijk opengeknoopte overhemd gaf een casual indruk en liet ook zijn gespierde borst zien. Hij droeg een katoenen broek en duur uitziende mocassins.

'Aangenaam kennis te maken.' Raphael glimlachte en gaf Kat een handkus met een overdreven gebaar. Zijn tanden waren zo wit dat ze bijna ultraviolet leken. Door de hitte buiten plakte zijn overhemd aan zijn huid en zo werd nog duidelijker hoe breed zijn schouders waren en hoe slank zijn lichaam. Hij was nog perfecter dan de geretoucheerde modellen uit tijdschriften, als dat überhaupt mogelijk was.

Kat fronste. Het verbaasde haar Gia met een man als Raphael te zien, aangezien ze mannen had afgezworen nadat haar vriendje van de middelbare school haar twee jaar geleden op hun trouwdag had laten zitten. De bruidegom kwam niet opdagen in de kerk en belde zelfs niet af, zodat Gia zich vernederd voelde en zwoer dat ze nooit meer aan de man zou gaan. Was dit soms haar zoete wraak richting haar ex?

'Kat?' Gia trok haar vriendje dichter tegen zich aan. 'Wat ben je stil?'

Kat kreeg een kleur, in verlegenheid gebracht omdat ze zich in stilte ook afvroeg wat Raphael zou eigenlijk met Gia deed. Hij besteedde duidelijk een hoop tijd en moeite aan zijn uiterlijk en was niet het soort man dat op mollige kapsters zoals Gia vielen. Ze hoopte maar dat Gia dat ook snel zou inzien. Deze vent liet haar griezelen.

Ze mompelde iets van hallo. Raphael hield haar hand iets langer vast dan nodig was en keek haar met een verleidelijke blik aan. Maar zijn blik was ook koel.

Haar intuïtie zei dat ze hem niet kon vertrouwen. Het was duidelijk waarom Gia zich tot hem aangetrokken voelde. Raphael zag eruit alsof hij iedere dag een paar uur in de sportschool doorbracht. Gia, daarentegen, had daar een bloedhekel aan. Ondanks zijn voorbeeldig knappe uiterlijk leek hij niet op de soort man die Gia gelukkig zou maken. Iemand als Raphael zou Gia alleen nog onzekerder maken over zichzelf. Hij was een stuk langer dan Gia, had een gebruind uiterlijk en was de soort man die Gia normaal nooit zou kunnen krijgen.

Raphael gedroeg zich ook totaal anders dan Gia. Zij was onvoorspelbaar en onconventioneel. Haar aanstekelijke enthousiasme was leuk, terwijl mannen als Raphael over het algemeen meer gaven om schone schijn dan om persoonlijkheid. Het was ergens niet goed om zo snel met een oordeel klaar te staan over iemand, maar wat Kat betrof wrong er ergens iets. En als het om geld ging, was haar eerste indruk meestal ook correct.

Raphael boog zich naar Gia en gaf haar een kus op haar voorhoofd, terwijl hij nog steeds Kats hand vasthield. '*Bellissima*, je hebt je mooie vriendin nog helemaal niet genoemd.' Hij draaide zich om naar Kat en bekeek haar van top tot teen voordat hij een wat misprijzender blik op haar kantoor wierp.

'En ze is nog slim ook.' Gia knipoogde naar Kat. 'Kat is forensisch accountant. Ze onderzoekt fraude.'

Raphael liet Kats hand los alsof ze radioactief was. Van knap naar besmettelijk in een oogwenk, dacht ze met een grimas. 'Raphael koopt en verkoopt bedrijven.' Gia keek hem met een stralende blik aan. 'Hij is net aangekomen uit Italië en heeft een miljoenencontract afgesloten om zijn revolutionaire haarproduct op de Noord-Amerikaanse markt te brengen. We gaan samenwonen.'

'Nou, dat klinkt heel interessant.' Het was het enige wat Kat kon zeggen zonder haar wantrouwen te laten doorschemeren. Gia was haar jeugdvriendin en vertelde Kat alles. Ze wist dat er een paar weken geleden nog geen man in Gia's leven was geweest, en nu waren Gia en haar vriendje plannen aan het maken om bij elkaar in te trekken? Het was alsof Raphael plotseling uit het niets was verschenen. Het ging allemaal veel te vlug.

Gia kneep haar wenkbrauwen samen en keek Kat aandachtig aan. 'Is dat alles wat je te zeggen hebt? Ik dacht dat je het fantastisch zou vinden. Bedrijvendeals zijn toch helemaal jouw ding?'

'Ik wil er graag eens meer over horen, maar we zijn al te laat voor ons weekendje weg.' Natuurlijk zou ze blij moeten zijn voor Gia, maar dat was niet zo: ze ergerde zich. Niet aan haar vriendin maar aan Raphael. Ze kende hem pas een paar minuten en nu al voelde ze zich onzeker en ondermaats in haar sjofele kantoortje. Ze vond dat onprettig, omdat ze trots was op het bedrijf dat ze van de grond af had opgebouwd.

Trouwens, wat kon er nou helemaal 'revolutionair' zijn aan haarproducten? Shampoo was gewoon opgehemelde zeep in een luxe verpakking, op de markt gezet voor goedgelovige consumenten. Ze bleef stug bij haar eenvoudige shampoo van de drogist en kocht geen peperdure producten uit de kapperszaak, hoewel ze dat nooit tegen Gia zou zeggen.

Gia had een kapsalon en dacht er anders over. Als er een nieuwe shampoo of nieuw stylingproduct op de markt kwam, dan leek het wel alsof de mens het vuur opnieuw had ontdekt. Iedere keer dat Kat haar haren door Gia liet doen, kreeg ze op haar kop omdat ze goedkope haarproducten gebruikte. Kat beloofde altijd om over te stappen als Gia kon bewijzen dat de producten uit haar salon beter waren. Natuurlijk kon Gia dat niet, omdat er geen wetenschappelijk bewijs voor was en omdat er geen echt verschil zat in de samenstelling van de producten.

'Kat?' Jace stond ineens achter Gia en Raphael, een plunjezak over zijn schouder.

Raphael draaide zich onmiddellijk om en stelde zich voor. De twee mannen schudden elkaar de hand en Gia glimlachte naar Kat.

Eindelijk gered. Kat gebaarde naar Jace en tikte op haar horloge. 'We zijn nogal laat, Jace. We missen de vlucht als we nu niet direct vertrekken.'

'Ogenblikje. Ik heb net een bericht ontvangen van de luchtvaartmaatschappij.' Met gefronste blik keek Jace naar het schermpje van zijn mobiel. Zelfs met gebogen hoofd raakte hij bijna de bovenkant van de deuropening. Hij was langer dan Raphael, maar hij was slungelachtig vergeleken met de gespierde gestalte van de Italiaan.

Harry duwde zich langs Jace de kamer in. Hij stak een hand uit naar Raphael. 'Mijn naam is Harry Denton, ik ben Kats zakenpartner.' In werkelijkheid had Carter & Partners geen partner, maar Harry vond het leuk zich zo voor te stellen.

Raphael schudde hem de hand. 'Wat doet een, eh... partner hier precies?'

'Ik help Kat bij fraudeonderzoeken.' Harry wees naar Kat. 'Ze heeft een paar hele grote fraudezaken aan het licht gebracht waarbij het om miljarden ging, zoals in de Liberty-zaak.'

'Echt waar?' Raphael bekeek met ongeloof het kantoor. 'Dat zou ik nooit hebben gedacht, afgaande op hoe het er hier eruitziet.'

Kat kreeg een kleur. 'Meestal heb ik afspraken met cliënten in hun eigen kantoor, dus er is geen reden om deze plek mooier te maken dan 'ie is.' Onmiddellijk had ze spijt van haar weerwoord – ze had veel te verdedigend geklonken en in feite zichzelf te kort gedaan.

'Ja, dan zou ik waarschijnlijk hetzelfde doen.' Raphael draaide zich om.

Kwam wat hij zei erop neer dat ze in haar kantoor geen gasten kón ontvangen? Wat gaf hem het recht hier binnen te komen lopen en commentaar te leveren op haar kantoor? Kat vond inhoud nog altijd belangrijker dan uiterlijk. Die Raphael stond haar maar niets aan.

'Er zijn een paar verbouwingen gepland. Ik moet er gewoon wat tijd insteken.' Harry wreef over zijn voorhoofd. 'Ik moet de houten vloeren opknappen, schilderwerk doen en lambrisering aanbrengen. Er is gewoon nooit genoeg tijd, er is steeds iets anders dat mijn aandacht vraagt.'

Raphael lachte. 'Ach, er valt in ieder geval genoeg op te knappen.'

Hij kon de pot op. Kat vond haar kantoor van begin twintigste eeuw in de wijk Gastown prima zoals het was. Een combinatie van sjofel en chique, met al het houtwerk en de grote ramen die uitzicht boden op de haven. Dat het gebouw ouderwets was, betekende ook dat de huur laag was en dat ze lage overheadkosten had. *Trek je niets van hem aan*, zei Kat tegen zichzelf.

Ze deed haar laptop in haar tas en ging staan, klaar om te vertrekken. Ze kon niet wachten om zo ver mogelijk bij Gia's onbeleefde vriendje vandaan te zijn.

Jace fronste toen hij opkeek van zijn mobieltje. 'Ik vind het heel erg om te zeggen, maar onze vlucht is geannuleerd. Technische problemen; vóór dinsdag gaat er geen andere vlucht.'

'Oh nee, wat erg!' Kat zuchtte. Eind augustus een weekendje weg samen met Jace, met een vlucht naar een dunbevolkt eiland, en alles betaald? Natuurlijk was het te mooi geweest om waar te zijn. 'Volgend weekend misschien?'

Jace haalde zijn schouders op. 'Zo lang kan ik niet wachten. Mijn deadline verstrijkt vrijdag. Ik moet een andere manier vinden om in De Courcy te komen.'

'Zal ik je anders naar De Courcy brengen?' Raphael gebaarde naar de haven. 'Met mijn jacht?'

'Een geluk bij een ongeluk!' Gia klapte in haar handen. 'Dan zijn we bij elkaar en kunnen we lekker bijkletsen.'

Gia's vriendje had een jacht? Het werd allemaal steeds ongelooflijker.

'Nee, dat kan ik niet van je vragen.' Jace liet zijn plunjezak op Kats bureaustoel vallen. 'Jullie twee hebben natuurlijk andere plannen.'

Ja, alsjeblieft, laten er andere plannen zijn. Kat had mensen behoorlijk snel door en ze was er zeker van dat Raphael geen leuke man was. Wat zag Gia toch in hem?

Een domme vraag. Raphael zag er niet alleen knap uit, hij was kennelijk ook rijk.

'Niet echt, en het is ook niet te veel moeite,' zei Raphael. 'Ik heb die eilanden altijd al willen zien. Dit is de ideale gelegenheid.'

Gia's armbanden lieten een rinkelend geluid horen toen ze met haar hakken van tien centimeter op en neer sprong. 'Het wordt hartstikke leuk. We kunnen de eilanden verkennen en Jace kan zijn verhaal schrijven. We kunnen alles bezichtigen en daarna aan boord relaxen!'

Jace verplaatste zijn gewicht van de ene voet naar de andere. 'Als je het echt zeker weet? Het zou geweldig goed uitkomen. Ik moet echt een deadline halen en de enige andere manier om er te komen is per boot. Ik kan meebetalen aan de brandstof?'

'Misschien is er een andere vliegmaatschappij.' Kats gedachten gingen razendsnel. De brandstof voor het jacht kon wel eens veel geld kosten. Jace besefte niet wat hij voorstelde.

'Doe niet zo raar.' Raphael lachte. 'Ik was toch van plan ernaartoe te gaan. Waar gaat je verhaal over?'

'Over een sekte uit de jaren twintig van de vorige eeuw, inclusief een seksschandaal en een verborgen schat,' zei Jace. 'Een man genaamd Broeder XII stichtte de gemeenschap in 1927. Hij beweerde dat het om een spirituele gemeenschap ging, die in afwachting was van het Tijdperk van Aquarius. Maar de prijs om toe te mogen treden was hoog. Hij zocht alleen rijke leden. Aangezien hij al hun geld kreeg, ging het om een sekte of om oplichterij... of om alle twee.'

'Oplichterij,' zei Kat. 'Een sekte is bijna altijd oplichterij. Vooral als het allereerste wat er gebeurt is dat de volgelingen ervan worden overtuigd al hun geld af te moeten staan.'

Raphael zei spottend: 'Jij bent kennelijk iemand bij wie het glas altijd halfleeg is.'

Kat fronste.

Gia keek Kat aan en vormde met haar mond het woordje sorry; ze trok Raphael aan zijn arm. 'Nou, ik vind het heel spannend om naar een schat te zoeken!'

'Het kwam er wat verkeerd uit,' zei Raphael. 'In mijn ervaring is het alleen zo dat boekhouders altijd nee zeggen. Ze zeggen nee als alle anderen ja zeggen.'

Jace lachte. 'Het zijn zeker realisten, maar dat heeft ook voordelen. Kat kan beter dan wie ook een oplichter ontmaskeren. En ze krijgt het geld ook nog eens terug.'

Ze hadden het over haar alsof ze er niet pal naast stond. Kat wilde er iets over zeggen, maar deed dat niet. Jace had de opmerking van Raphael blijkbaar niet opgevat als ongepast, dus misschien ging het om een overdreven reactie van haar kant. Maar het had wel gevoeld als een belediging. Ze had echter geen zin om ruzie te maken, dus klemde ze haar lippen op elkaar en glimlachte.

'Die Broeder XII lijkt wel een intrigerende persoonlijkheid te zijn geweest,' zei Raphael.

'Hij was in ieder geval charismatisch,' zei Jace. 'Zijn echte naam was Edward Arthur Wilson. Hij beweerde dat hij de reïncarnatie was van de Egyptische god Osiris, en zijn Aquarian Foundation was gebaseerd op de veronderstelling dat de Dag des Oordeels nabij was. Hij beweerde dat het Einde der Tijden nabij was en dat slechts een handjevol uitverkoren gelovigen gered zou worden.

'En daar trapten mensen in?' Raphael trok zijn wenkbrauwen op. 'Dan waren ze toch niet zo slim.'

'Verrassend genoeg waren de meeste volgelingen slimme, hoogopgeleide mensen,' zei Jace. 'Een van de bestuursleden van de Aquarian Foundation was een vooraanstaand internationaal krantenmagnaat. Broeder XII kreeg een heleboel publiciteit via zijn kranten en ook via andere media-uitgaven. Daardoor stond hij wereldwijd in de belangstelling. Al snel had hij duizenden rijke en invloedrijke volgelingen, zelfs presidentskandidaten. Zij droegen miljoenen bij aan Wilson en zijn Aquarian Foundation en hij gebruikte het geld om een zichzelf bedruipende gemeenschap te stichten op een locatie op het eiland De Courcy met hemzelf aan het hoofd. Honderden mensen van over de hele wereld voegden zich bij hem en de meesten van hen gaven hem al hun wereldse bezittingen.'

'Ze moeten wel gek zijn geweest om hem hun geld te geven,' zei Gia. 'Wie zou het risico willen lopen om het zo kwijt te raken?'

'Het zou je verbazen waar mensen toe in staat zijn.' Raphael streek over zijn kin. 'Ze betalen grote sommen geld om te krijgen wat ze willen. Soms willen ze gewoon deel uitmaken van iets wat groter is dan zijzelf. '

Jace knikte. 'Achteraf weet je het altijd beter. Raphael heeft gelijk. De meesten van hen waren al rijk. Wat ze echt wilden, was erkenning; ergens toe behoren. Broeder XII kwam aan die behoefte tegemoet. In het midden van de jaren twintig van de vorige eeuw publiceerde hij in Engeland een reeks artikelen in *The Occult Review*. Hij beweerde dat hij paranormale gaven had en dat Armageddon ieder moment kon plaatsvinden. Het was in 1927 niet moeilijk zijn eerste volgelingen ervan te overtuigen zich bij hem te voegen. Broeder XII had het geluk dat ze allemaal rijk waren, en ze overhandigden al hun bezittingen aan hem en de Aquarian Foundation.'

'Waarom zou iemand dat doen? vroeg Harry. 'Dan ben je knettergek.'

'Dat vind ik ook,' zei Jace. 'Maar ze waren er helemaal van overtuigd dat ze op het punt stonden het nieuwe Tijdperk van Aquarius te binnen te gaan. Ze verwachtten een Dag des Oordeels en rekenden erop dat ze aan de goede kant zouden staan als Armageddon zich uiteindelijk aandiende. Broeder XII zorgde ervoor dat ze zich uitverkoren voelden door eerst slechts twaalf mensen uit te nodigen lid te worden.'

Raphael knikte begrijpend. 'Alleen op uitnodiging. Interessant idee.'

'Daar zou ik niet intrappen,' zei Harry.

'Je zou ervan opkijken,' zei Jace. 'Er werd veel over geschreven in de pers. Mensen zagen het als iets waarvoor je maar eens in je leven de kans krijgt. Bovendien, wat hadden ze aan hun geld als de wereld toch op het punt stond te vergaan?'

'Dat snap ik wel,' viel Gia hem bij. 'Als zijn beweringen in alle kranten stonden, dan was het logisch dat mensen werden meegezogen in de hysterie.'

'Precies,' stemde Jace in. 'En de rijke bekeerlingen van Broeder XII wantrouwden de motieven van de neezeggers, dus verwierpen ze alle beschuldigingen aan het adres van Broeder XII.'

'Slimme man, zelfs al was hij een schurk.' Raphael klapte in zijn handen. 'Nou? Waar wachten we nog op? Laten we naar De Courcy gaan. We kunnen wel naar het schip lopen. Ik lig hier vlakbij in de jachthaven.'

'O, een echt avontuur!' riep Gia enthousiast. 'Ik kan niet wachten.'

'Ik ook niet! Ik pak ook wat spullen.' Oom Harry rende Kats kamer uit voordat ze kon protesteren.

Haar romantische uitstapje met Jace was de op de een of andere manier een groepsuitstapje geworden. Maar Jace had het verhaal nodig, dus wat kon ze ertegenin brengen?

HOOFDSTUK 3

*H*et bleek dat Raphaels jacht, *The Financier*, meer dan vijftig meter lang was, en daarmee verreweg het grootste schip in de jachthaven. De verblindend witte romp glinsterde in de middagzon toen ze er met hun tassen over de steiger naartoe liepen.

In haar vroegere baan als internationaal financieel adviseur had Kat gewerkt voor een flink aantal miljonairs en ook voor een paar miljardairs. Ze had dus echt haar deel van het speelgoed voor de magnaten van deze wereld wel gezien, en zelfs feesten bijgewoond op een paar van die jachten. Ze wist weinig af van jachten, maar *The Financier* was groter en luxueuzer uitgerust dan enig ander jacht waar ze op was geweest. Het jacht van Raphael zette alle andere boten in de jachthaven in de schaduw, zowel qua grootte als qua luxe.

Kat voelde dat er afgunstige blikken op hen werden geworpen toen ze achter Raphael en Gia aan liepen. Die aandacht gaf haar een vreemd gevoel van belangrijkheid, net alsof ze de een of andere beroemdheid was.

Kat voelde de felle middagzon op hun hoofd en schouders branden, toen ze aan boord van *The Financier* stapte. Ze gingen onmiddellijk benedendeks naar een ruime kombuis met airco en een gang die naar de achterkant van het schip leidde. Het luxueuze interieur was afgewerkt met duur uitziend ingebouwd teakhouten meubilair en ingebouwde verlichting. Raphael wees naar een hut aan de rechterkant van het schip. Jace had de hotelkamer die hij voor hemzelf en Kat had geboekt geannuleerd, omdat Raphael erop had gestaan dat ze aan boord van het jacht zouden verblijven.

'Die hut kunnen jullie twee gebruiken en de hut daarnaast is van Harry,' zei Raphael.

Kat liep achter Jace aan hun hut in. Die was groter dan ze had verwacht, minstens twee keer zo groot als de hut, de 'stateroom,' vorig jaar tijdens hun cruise in het Caribisch gebied. 'Wauw.'

Ze gooide haar tas op het bed en ging terug naar de gang. Ze wierp een blik naar binnen in Harry's hut naast die van hen. Die was kleiner, maar net zo luxueus.

'Hier zou ik wel aan kunnen wennen.' Harry keek uit de grote patrijspoort. 'Misschien ga ik wel werken in de koopvaardij, zodat ik een baantje aan boord kan krijgen.'

Kat lachte. 'Je bent over de zeventig, oom Harry. Het is nu te laat om nog op zoek te gaan naar een nieuw baantje en je hebt al pensioen. Verder denk ik dat de bemanning hard moet werken om alles bij te houden.'

Kat stapte de hut van haar oom uit en keek de gang af. Na Harry's hut kwam je bij de accommodatie van de bemanning. Volgens Raphael was het schip uitgerust met de modernste technologie en navigatiesystemen. Ze had nog geen bemanningsleden gezien, maar die waren waarschijnlijk druk bezig met de voorbereidingen op het vertrek.

Ze keerde terug naar haar hut, waar Jace zijn plunjezak stond uit te pakken en de spullen in een ingebouwde kast deed.

'Dit jacht moet meer waard zijn dan ons huis.' Ze ging op bed zitten en streek met haar hand over het dekbed van Egyptisch katoen. Ze was natuurlijk blij voor Gia, maar had toch het gevoel dat haar liefdesrelatie met Raphael een beetje te mooi was om waar te zijn. Alles aan hem was gewoon te perfect.

'Ik weet wel zeker dat het duurder is dan een aantal huizen bij elkaar.' Jace lachte. 'Ik ben blij dat Raphael mijn aanbod om voor brandstof te betalen niet heeft aangenomen. Toen hij het over een jacht had, dacht ik dat hij overdreef.'

'Kennelijk niet. Vind je ook niet dat Gia en Raphael een vreemd stel vormen?' Raphaels maatkleding, zijn perfecte lichamelijke verschijning en zijn klaarblijkelijke status als miljardair grensden aan het ongelooflijke. Het was niet dat Gia geen goede partner was voor een man.

Haar vriendin was een leuke meid, aantrekkelijk en succesvol, maar ze was nu niet bepaald een bikinimodel. Mannen als Raphael gingen gewoonlijk voor imago en uiterlijk. En vaak pasten de vrouwen die zij aan hun arm hadden bij dat streven.

'Een beetje wel, ja.' Jace haalde zijn schouders op. 'Maar ze lijken dol op elkaar te zijn. Dat is fijn voor Gia.'

'Dat is zo.' Ze had maar een kort moment alleen met Jace voordat ze weer naar boven gingen en ze wilde erachter komen wat zijn indruk van Raphael was. 'Ben je hier wel zeker van, Jace? Ik vind het niet prettig om ons aan die Raphael op te dringen. We kennen hem nauwelijks.'

'Je hebt gehoord wat hij zei,' zei Jace. 'Hij heeft ons verteld dat hij altijd die eilanden heeft willen bezoeken. Als ik zo'n boot had, zou ik ook een excuus verzinnen om overal naartoe te varen. Ik moet wel iets bedenken om terug te doen. Misschien kan ik wat zakelijke artikelen voor hem schrijven of zoiets.'

'Misschien.' Kat had nog steeds een onprettig gevoel. Hield Raphael haar vriendin voor de gek met zijn verliefdheid? Ze vond hem een engerd, maar ze had niets tastbaars om dat gevoel op te baseren.

'Gia heeft me verteld dat hij aan boord woont,' zei Jace. 'Kun je je zo'n leven voorstellen? Dit schip moet miljoenen waard zijn.'

'Het lijkt me lastig om te reizen en je zaken af te handelen als je overal ver van verwijderd bent,' zei Kat. 'Het kost vast een vermogen om dit jacht varende te houden.'

Jace ging naast haar op het bed zitten. 'Ja, maar hij heeft ook een vermogen. Ik weet zeker dat hij zich er geen zorgen over maakt.'

'Zijn familie is vast en zeker rijk,' zei Kat. 'Hij is veel te jong om al dat geld zelf te hebben verdiend.' Waar haalde Raphael de tijd vandaan om helemaal uit Italië te komen varen, terwijl zijn nieuwste zakelijke project van start ging? De meeste magnaten hadden geen tijd om zo maar tussendoor met hun jacht te gaan cruisen.

'Misschien vertelt hij ons nog hoe hij het allemaal klaarspeelt,' zei Jace. 'Zou het niet fantastisch zijn om zo te kunnen leven?'

'Het is allemaal heel luxueus,' gaf Kat toe. Hun hut was weelderig ingericht, van het luxe beddengoed van Egyptisch katoen en damast tot de oorspronkelijke olieverfschilderijen met zeegezichten. 'Waarom schrijf je geen verhaal over hoe hij zo succesvol is geworden? We gaan veel tijd met hem doorbrengen. Dan heb je twee opdrachten in plaats van alleen je Broeder XII-opdracht.'

'Dat is een geweldig idee! Het is echt een fascinerende man. Een heleboel mensen zouden graag willen weten hoe hij zijn vermogen bij elkaar heeft gekregen.'

'Dat weet ik wel zeker.' Zij was een van die mensen, aangezien ze er ineens aan twijfelde of Raphael zijn vermogen wel op eerlijke wijze had verkregen. Als je snel rijk werd, betekende dat vaak dat je je niet aan de regels had gehouden. Hoe veel mensen had hij beschadigd op zijn weg naar de top? Met zijn artikel zou Jace wat antwoorden kunnen verschaffen. 'Dan kun je achter zijn geheimen komen.'

Jace knipoogde naar haar. 'Dat ben ik ook van plan.'

'Ik maak me zorgen om Gia.' Ze sprak haar gevoelens toch maar uit. Aan de ene kant was ze blij voor Gia. Ze verdiende dit geluk. Maar Gia's stormachtige romance met Raphael gaf Kat een onprettig gevoel. Haar vriendin was zo gek op hem dat ze de dingen – en Raphael – niet meer duidelijk zag. 'Misschien kun je meer te weten komen over zijn achtergrond, nagaan of die wel klopt.'

'Ik ga hem niet ondervragen, als je dat soms bedoelt.' Jace schudde zijn hoofd. 'Gia kan heel goed voor zichzelf zorgen. Als zij zich geen zorgen maakt, waarom jij dan wel?'

Gia had aanleg voor zaken en had haar kapsalon zonder enige hulp van de grond af opgebouwd, maar Kat betwijfelde of ze dezelfde kritische blik die ze bij het zaken doen gebruikte ook toepaste op de liefde. 'Ik hoop gewoon dat hij haar hart niet breekt.'

'Je hebt je oordeel over Raphael wel heel snel klaar, zeg.' Jace sloeg een arm om haar middel. 'Kom op, het is toch ontzettend gul van hem dat hij ons allemaal naar De Courcy brengt?'

'Oké, maar alles is zo plotseling. Gia heeft hem pas een paar weken geleden ontmoet en het is nu al allemaal zo serieus.' Ze moest met Gia alleen spreken en wel zo snel mogelijk. Het feit dat alles zo snel was gegaan tussen Gia en haar nieuwe vriend was opvallend... net zoals Raphael een of andere deadline moest halen. Als Raphael een verborgen agenda had, moest zij erachter zien te komen waarom. Een klein beetje onopvallend spitten zou geen kwaad kunnen, zolang ze dat in het geheim deed.

'Ik kan er nog steeds niet bij dat Gia uitgaat met een kerel die een jacht heeft van deze grootte,' merkte Jace intussen op. 'Hij moet zeker honderd miljoen waard zijn.'

'Gia doet het financieel anders ook niet slecht. In de laatste vijf jaar heeft ze twee winstgevende salons geopend.' Gia's harde werk en gevoel voor zaken hadden haar geen windeieren gelegd. Onder Gia's bruisende persoonlijkheid school een slimme zakenvrouw met aanleg voor het ondernemerschap. 'Haar *Krul en Verf je Haar* franchise is nu al heel succesvol. Ze heeft Raphael heus niet nodig om succes te hebben.' Kat was trots op het zelfstandig opgebouwde zakelijk succes van haar vriendin. Kat had Gia's bedrijf zien groeien en had haar geholpen met financieel advies sinds ze tien jaar geleden haar salon was gestart.

'Ze heeft hem misschien niet nodig, maar het is wel leuk om je ambities en dromen met iemand te delen.' Jace trok haar naar zich toe en kuste haar. 'Dat maakt al het harde werken de moeite waard.'

Kat zuchtte toen ze ging staan. 'Gia verdient geluk, maar ik denk dat er iets niet klopt. Ik weet niet precies wat het is, maar ik maak me een beetje zorgen.'

'Wees nou gewoon blij voor haar, Kat. Maak het niet moeilijk door hem te ondervragen of wantrouwen uit te stralen.' Jace schudde zijn hoofd en liep naar de deur. 'Niet iedereen is een misdadiger.'

Misschien niet, maar Raphael had wel iets weg van de schurken die ze als fraudeonderzoeker was tegengekomen. 'Dat weet ik ook wel. Ik zou het mezelf alleen niet vergeven als mijn achterdocht terecht was en ik niets had gedaan.' Het feit dat ze zo vaak te maken had met witteboordencriminelen gaf haar misschien een cynische blik op de wereld. 'Natuurlijk ben ik blij voor haar. Ik wil gewoon niet dat ze gekwetst wordt.'

'Ben je niet gewoon jaloers? We hebben niet zoveel geld als Raphael en zullen dat waarschijnlijk ook nooit hebben.' Jace zuchtte. 'Ik geef toe, zelfs ik ben een beetje jaloers. Maar laten we afspreken dat we ons met onze eigen zaken bemoeien.'

Jace en Raphael verschilden van elkaar als dag en nacht. Kats vriend was niet fanatiek bezig met het verwerven of tentoonspreiden van rijkdom en status. Zij en Jace waren niet echt rijk, maar ze hadden alles wat ze nodig hadden en hadden het goed. Maar misschien had hij gelijk – ze voelde inderdaad wat afgunst.

Jace hield de deur voor haar open toen ze de hut verlieten. 'Je moet het maar zo zien: Raphael is veel succesvoller dan Gia. Als iemand hier zich zorgen moet maken, dan is híj dat.'

De motoren begonnen te draaien en trilden onder haar voeten toen ze de trap opging naar het bovendek. Raphaels aanbod om hen naar het eiland De Courcy te brengen mocht dan genereus zijn, het moest natuurlijk ook indruk op hen maken. Maakte dat allemaal deel uit van een of ander plan? Er klopte iets niet, en Kat was van plan uit te zoeken wat het was.

HOOFDSTUK 4

*K*at en Jace stapten het dek op in het verblindende zonlicht. De stralen werden weerkaatst door het glanzend witte fiberglas en het chroom van het jacht. Raphaels jacht zag eruit als om door een ringetje te halen, uitgerust met de modernste spullen. Ze liepen naar de voorkant van het schip; ze hadden afgesproken elkaar daar te ontmoeten bij de buitenbar.

Kat liet haar hand langs de reling glijden en schrok toen ze zich brandde aan het metaal. Ze raakte even haar evenwicht kwijt toen het schip begon te bewegen. De ligplaats scheen te bewegen, toen het jacht achteruit voer in de jachthaven.

Ze besloot dat nu de tijd was aangebroken om wat dieper te gaan graven in Raphaels achtergrond. Haar zorgen zouden verdwijnen als er niets aan de hand was, en Gia zou er nooit iets over te weten komen... even aangenomen dat er niets aan de hand was. Als dat wel het geval was, dan kon ze maar beter zoveel mogelijk weten, des te beter kon ze Gia waarschuwen dat haar miljardairsvriendje in werkelijkheid een oplichter was.

Gia en Raphael stonden arm in arm op de achtersteven. Ze leunden tegen de reling met de haven als achtergrond. Weer viel het Kat op hoe slecht ze bij elkaar pasten. De afgetrainde Raphael met zijn gebruinde uiterlijk en zijn maatkleding vormde een scherp contrast met de mollige Gia, die wel een paar kilo kwijt kon. Haar te krappe jurk was een goedkopere versie van een designermodel, bedoeld voor iemand die jonger en dunner was. Hoelang zou het duren voordat Raphael haar zou inruilen voor een supermodel? Haar bruisende persoonlijkheid zou zijn aandacht niet lang gevangen houden.

Gia glimlachte. 'Ik vroeg me al af waar jullie bleven. Laten we genieten van het uitzicht terwijl we de haven uitvaren.'

Klaarblijkelijk ging de meeste aandacht naar hen uit, te oordelen naar het dozijn mensen dat bleven staan en hun ogen uitkeek naar *The Financier*, toen die door de jachthaven navigeerde. Die aandacht gaf haar een zeker gevoel van opwinding. Dit was dus wat beroemdheden meemaakten als ze werden herkend. Rijkdom en wat daarbij hoorde trok altijd bewonderende blikken.

Kat had gehoopt Gia alleen te kunnen spreken. Ze nam aan dat Raphael het druk zou hebben als het schip vertrok, maar dat was niet het geval. De bemanning had alles onder controle en zijn hulp was niet nodig.

Oom Harry verscheen naast haar en tikte haar op de arm. 'Is dit niet geweldig? Vergeet wat ik gezegd heb over werken aan boord van een schip. Ik ben toch liever verstekeling. Zeg dus maar niets als ik stiekem aan boord blijf, afgesproken?'

'Dat is goed.' Ook al had zij zelf een eenvoudiger smaak, aan cruisen met een schip kon je gemakkelijk wennen.

Ze verlieten de jachthaven en zetten koers naar het westen richting de open zee. Het landschap gleed voorbij toen de boot aan snelheid won. De North Shore Mountains waren nu dichterbij en lagen rechts van hen – of heette dat aan stuurboord? – in plaats van recht vooruit.

Raphael en Jace stonden op de achtersteven te praten over zeilen en oom Harry ging bij hen staan, een paar meter bij Kat vandaan. Ze keken naar de golven die het schip maakte bij het verlaten van de haven.

Gia zat alleen aan een klein tafeltje en gebaarde naar Kat dat ze moest komen. 'Ik kan gewoon niet wachten om je alles te vertellen. Is hij niet geweldig?'

Kat keek naar de mannen toen ze ging zitten. Ze stonden een paar meter bij hen vandaan en hadden het met elkaar over motoren en snelheid en andere mannendingen. Eindelijk kon ze alleen met Gia praten en meer te weten komen over haar nieuwe liefde.

Ze ging tegenover Gia aan het tafeltje zitten. 'Wat een heerlijke dag om op het water te zijn.'

Gia knikte. 'Wil je iets drinken?' Gia had een martiniglas in haar hand met daarin een sprankelend roze goedje en wees naar de goed gevulde bar een paar meter bij hen vandaan.

Kat schudde haar hoofd. 'Ik hou het nog even bij water.' Ze nam een slokje uit de waterfles die ze voor het weekend had gekocht.

Gia nam een flinke slok van haar drankje. 'Ik had nooit gedacht dat ik iets met een miljardair zou krijgen.'

'Miljardair?' In ieder geval was Gia zelf begonnen over Raphaels achtergrond. Nu kon ze vragen stellen zonder dat ze te nieuwgierig leek. 'Is hij zo rijk dan?'

Gia giechelde. 'Hij is rijk, sexy en gek op me. Niet te geloven, hè? Ik kan me mijn leven niet eens meer voorstellen voordat ik Raphael leerde kennen. Ik ben stapelverliefd op hem.'

'Hoe lang ken je hem al?'

'Lang genoeg om te weten dat we de rest van ons leven bij elkaar zullen zijn.'

Eindelijk een antwoord, al was het niet het antwoord waar Kat op had gehoopt. 'Gaat het niet een beetje snel, Gia? Je kent hem pas een week, twee weken?' Gia had het niet gehad over een nieuwe man toen ze een paar weken geleden uit eten waren geweest.

Gia draaide haar halfvolle glas rond in haar hand. 'Ik weet alles al wat ik moet weten. Hij is zo fascinerend.'

'Hij is nogal jong om al zoveel geld te hebben. Is zijn familie rijk?'

Gia knikte en zette haar lege glas op tafel. 'Nu wel, maar dat komt door het product dat Raphael en zijn moeder een paar jaar geleden hebben bedacht. Ze hebben het allemaal zelf gedaan. Heel iets anders dan mensen die weer de een of andere gadget uitvinden. Ze hebben een haarproduct gemaakt, een háárproduct. Is dat niet toevallig?'

'Ja, dat is het zeker. Heb je het zelf al geprobeerd?'

'Nog niet. Maar ik word betrokken bij het bedrijf.' Gia wierp Raphael een kushandje toe. 'Is het niet geweldig?'

'Maar hoe zit het dan met je salon? Waar ga je de tijd vandaan halen om voor hem te werken?'

'Ik ga niet werken voor het bedrijf, lieverd. Ik word investeerder,' zei Gia. 'Mijn ervaring in de Noord-Amerikaanse schoonheidsindustrie is iets waar ze gebruik van willen maken.'

Kat trok haar wenkbrauwen op.

'Ik kan ervoor zorgen dat ze toegang krijgen tot de markt hier.'

Gia's salon was een succesverhaal in Vancouver, maar dat maakte haar natuurlijk helemaal niet tot een deskundige in het complete Noord-Amerikaanse bedrijfsleven. 'Hoe ga je het product dan op de markt zetten en verkopen?'

'Raphael heeft het helemaal uitgedacht. Ik ben op de werkvloer en voer het bedrijfsplan uit. Hij zei dat ik daarvoor de ideale persoon ben, aangezien ik het werkveld echt begrijp.' Ze kneep in Kats hand. 'Is het niet geweldig allemaal? Ik had nooit kunnen dromen dat ik de liefde van mijn leven tegen zou komen in de wereld van de cosmetica-industrie. We hebben een topproduct. *Bellissima* is een haarversteviger die op het punt staat de schoonheidsindustrie op zijn kop te zetten.'

'Lijkt het op Brazilian Blowout of zoiets?' Kat had die semipermanente haarversteviger een keer geprobeerd, maar was tot de conclusie gekomen dat een paar warrige krullen beter was dan een hoop chemicaliën op haar hoofd.

'Daar heeft het iets van weg, maar het is veel beter. Een Brazilian Blowout is alleen maar tijdelijk. Bellissima is een permanente haarversteviger. En dan bedoel ik ook echt permanent.'

'Heb je het al gezien? Hoe werkt het?' Als het product zo lucratief was, waarom had dan niet een van de grote cosmeticabedrijven het al ontwikkeld? Ze beschikten over een heel legertje aan wetenschappelijke productontwikkelaars en over miljoenenbudgetten. Het kwam vreemd op haar over dat Raphael en zijn moeder eigenhandig een beter product zouden hebben bedacht.

Gia draaide zich om en haalde haar schouders op. 'Dat moet je aan Raphael vragen. Alles wat ik weet is dat hij in Europa al een fortuin heeft verdiend met Bellissima.'

'Hoe heet Raphaels bedrijf eigenlijk?' Kat was nu van plan alles uit te vinden over Raphael. Aangezien Gia alle voorzichtigheid had laten varen, moest zij haar vriendin op de een of andere manier beschermen.

'Dat weet ik niet, een Italiaanse naam. Waarom maak je je daar zo druk om, Kat? Doe niet zo raar.'

'Je bent zelf Italiaans, maar je kunt je een Italiaanse naam niet herinneren?' Als Raphaels bedrijf zo succesvol was, waarom had hij dan überhaupt Gia nodig als investeerder? Kat aarzelde. Gia zou kwaad worden ongeacht wat ze zei, dus ze kon het net zo goed vragen. 'Ben je nagegaan of het wel klopt wat hij zegt?'

'Wat? Denk je soms dat hij leugens heeft verteld? Waarom zou hij dat doen?' Gia's gezicht werd rood van woede. 'Echt, Kat. Ik kan niet geloven dat je dit zegt.'

'Ik zeg niet dat hij liegt. Maar het is wel goed om te kijken of zijn verhaal klopt.'

'Onze relatie is gebaseerd op vertrouwen. Waarom zou ik vragen gaan stellen als ik het bewijs voor mijn neus heb?' Gia wees om zich heen. 'Dit jacht is van hem, nota bene. Hij is echt wel wie hij zegt dat hij is.'

'Waar haalt hij de tijd dan vandaan om rond te varen op dit jacht? Moet hij zijn bedrijf niet runnen?'

'Dat heet delegeren, Kat. Dat doen rijke mensen. Ze laten het werk over aan hun ondergeschikten.' Gia gooide met een overdreven gebaar haar haren achterover. 'Ze laten hun ondergeschikten en hun kapitaal voor hen werken. Misschien moet jij dat ook eens proberen.'

Dit gesprek was volledig uit de hand gelopen. Aan de ene kant wilde Kat dat ze niets had gevraagd over Raphael en zijn bedrijf. Aan de andere kant: Gia was nu al veel te intensief bij de hele zaak betrokken. Ze móést er wel met Gia over praten, of ze dat nu wel of niet wilde. 'Je hebt nog helemaal niet verteld waar je hem hebt ontmoet.'

'Dat is nog het mooiste. Hij liep gewoon mijn kapsalon binnen. Hij zei dat die er net zo uitzag als de zaak van zijn moeder thuis. Als dat geen toeval is?'

Kat geloofde niet zo in toeval; ze zag vooral tegenstrijdigheden. 'Dat is ook interessant.'

'Het is veel meer dan interessant. In nog geen week is mijn hele leven op zijn kop gezet.'

'Nou, nou, dat klinkt wel heel dramatisch. Je bent gewoon verliefd op hem.'

Gia schudde haar hoofd. 'Nee, dit gaat veel verder. Ik ben mijn zielsverwant tegengekomen, Kat. Hij is degene met wie ik de rest van mijn leven wil doorbrengen.'

Voordat Gia nog meer kon zeggen, verscheen Raphael aan haar zijde. Hij legde bezitterig zijn arm om haar schouder. 'Alles goed, *bellissima?*'

'Alles is geweldig.' Gia wierp hem een stralende blik toe.

Hij boog zich voorover en gaf haar een kus op haar voorhoofd. Hij draaide zich om en voegde zich weer bij Jace en Harry. Ze voeren door de Burrard-inham, op weg naar open zee.

Gia straalde. 'Niet alleen is hij de man van mijn dromen, hij is ook nog Italiaans!'

'Hij heeft helemaal geen accent. Hij klinkt net als wij.'

Gia schudde langzaam met haar hoofd. 'Natuurlijk heeft hij geen accent. Hij heeft op een internationale school gezeten. Hij spreekt zeven talen vloeiend.'

'Wauw. Het lijkt wel alsof hij overal goed in is.' Hij leek vooral op een goede acteur, maar waarom had hij Gia uitgekozen om op te oefenen?

'Niet jaloers zijn, Kat. We zitten niet meer op de middelbare school.' Gia leek blij te zijn met Kats reactie.

Raphael keek hen even aan voordat hij zich weer omdraaide naar de andere mannen.

'Hoeveel heb je geïnvesteerd, Gia?'

Geen reactie.

'Gia, heb je goed nagedacht over wat je aan het doen bent? Je hebt die man net ontmoet en hij heeft je om geld gevraagd?'

'Ik ben een volwassen vrouw, Kat. Ik ben oud en wijs genoeg om zelf na te denken.'

Toen Gia dat zei, stopte Raphael met wat hij aan het vertellen was en alle drie de mannen keken naar hen. Een paar tellen later hervatten ze hun gesprek.

Kat zei zachtjes: 'Ik maak me er gewoon zorgen over dat je hier niet goed over hebt nagedacht.'

Kat hoorde Harry tegen Jace en Raphael zeggen dat hij naar de brug wilde gaan om te zien hoe de navigatie werkte. Dat gaf haar een idee voor later. Misschien dat Raphaels bemanningsleden minder terughoudend zouden zijn om over hun baas te praten, of in ieder geval over waar het jacht allemaal naar toe vaarde. Ze zou in ieder geval zijn bewering kunnen nagaan, of hij wel echt uit Italië was komen varen. Een terloops gesprek zou geen argwaan wekken.

'Hij heeft mij niet om geld gevraagd, Kat, ik heb het zelf aangeboden.'

Kat trok haar wenkbrauwen op.

'Oké, ik heb hem praktisch gesmeekt om te mogen beleggen.' Gia deed een losse haarlok achter haar oor. 'Hij wilde niet, maar ik heb erop aangedrongen. Het gaat om een investering in mijn toekomst. Onze toekomst.'

Kat voelde zich misselijk worden en er bekroop haar een gevoel van angst: wat Raphael ook van plan was, het klopte niet. Gia was zo smoorverliefd dat ze het niet doorhad.

Raphael en Jace kwamen bij hen staan en Kat gaf de hoop op dat ze nog kon doorpraten met Gia. Van Raphaels gezicht viel niets af te lezen, maar Jace leek geïrriteerd, waarschijnlijk omdat hij fragmenten van Kats gesprek met Gia had gehoord.

Raphael zette zijn stoel naast die van Gia en liet zijn arm rusten op de achterkant van haar stoel. 'Wat een geweldige dag om op het water te zijn.'

'Dit is veel leuker dan een chartervlucht. Ik kan niet zeggen hoe zeer ik dit op prijs stel.' Jace zette zijn biertje op het tafeltje en leunde achterover in zijn stoel. Hij wendde zich tot Raphael. 'Ik zou ook graag een verhaal over jou willen schrijven, als je dat goed vindt.'

Raphael lachte. 'Weet je dat zeker? Dat vindt niemand interessant.'

'Zeker wel. Mensen worden gefascineerd door succes. Vooral door iemand als jij. Je bent nog niet eens veertig en je leidt een leven waar mensen alleen van kunnen dromen. Wil je je geheimen prijsgeven?'

Perfect, dacht Kat. Ze zou alles in zich opnemen wat Raphael aan Jace vertelde en dat later allemaal verifiëren.

'Er zijn geen geheimen. Je moet gewoon weten waarin je moet investeren en je intuïtie volgen,' zei Raphael. 'Het belangrijkste is weten wanneer je moet handelen.'

'En wat zegt je intuïtie nu?' vroeg Kat.

Raphael glimlachte. 'Op dit moment is er een geweldig goede mogelijkheid. Ik zou die graag met jullie delen, maar het is nog te vroeg.'

Gia trok hem aan zijn arm. 'Kat en Jace zijn mijn beste vrienden. Eigenlijk zijn ze zowat familie. Je kunt het hen wel vertellen. Zij praten er met niemand over.' Ze keek naar Kat alsof ze wilde zeggen *ik heb het je toch gezegd*.

'Ik weet het niet, Gia.' Raphael draaide zich om en keek Kat en Jace aan. 'Ik wil het jullie wel vetellen, maar ik heb afgesproken dat ik mijn mond zou houden.'

'Ze kunnen wel een geheim bewaren. Vertel het hen maar, schat.' Gia giechelde. 'Ik heb Kat er al wat over verteld. Ik wil haar ook mee laten doen, zodat zij net als ik enorm veel winst kan maken.'

'Oké, wat kan het mij ook schelen,' zei Raphael. 'Ik maak een uitzondering. Ik loop echter wel risico. Als jullie hier ook maar iets over loslaten, vermoord ik jullie en gooi ik jullie overboord.'

Jace grinnikte. 'Ik beloof je dat we een geheim kunnen bewaren.'

Raphael boog zich voorover en drukte een kus op Gia's voorhoofd. 'Vertel jij het maar, *bellissima*.'

Gia trok haar stoel een beetje dichterbij en leunde over de tafel. Ze sprak op fluistertoon. 'Raphaels nieuwe haarproduct is geweldig. Het is een gepatenteerd haarverstevigingsproduct genaamd *Bellissima* en het is de beste uitvinding op kappersgebied sinds shampoo.'

'Waarom fluister je zo?' vroeg Jace. 'Wie zou ons hier nu kunnen afluisteren?'

'Je kunt niet voorzichtig genoeg zijn.' Gia keek over haar schouder in midscheepse richting. 'Bellissima is revolutionair. Het is net alsof je permanente krullen krijgt, maar dan omgekeerd. Je doet het op krullend haar en het haar wordt steil. Voor altijd.'

Ze klonk als een commercial en herhaalde alleen wat ze Kat al had verteld.

Gia legde haar hand op haar borst. 'Ik ben de exclusieve distributeur voor Noord-Amerika. Iedere salon zal van mij moeten kopen. We lanceren het product vlak na de Oscaruitreiking. We hebben een promotiecontract met een aantal topsterren en er komen Oscar-tasjes met een certificaat voor in de haarsalons. Raphael heeft overal aan gedacht!'

De Oscaruitreiking was pas in februari en het was nu nog maar augustus. Tegen die tijd kon Raphael er al lang vandoor zijn. Waarom had Gia geld geïnvesteerd zonder het product te proberen? Tenslotte was ze kapster. Zij had verstand van haarproducten.

'Wat maakt Raphaels product zo bijzonder vergeleken met andere producten?' vroeg Jace.

Gia trok ineens aan een pluk van Kats haar.

'Au!' Kats handen vlogen naar haar achterhoofd. 'Je hebt een stuk van mijn haar uitgetrokken!'

Gia liet Kats haar los en streek erover. 'Die krullen zouden verdwenen zijn na één behandeling en een keer föhnen.'

'Welke krullen?' Kat duwde gepikeerd Gia's hand weg. Ze had haar haar vanmorgen tijdelijk gefatsoeneerd met een steiltang en vond dat haar kapsel er behoorlijk goed uitzag. Het was niet eens vochtig buiten, dus hoe kon haar haar dan krullen? Misschien nam Gia wraak voor haar opmerkingen over Raphael van zonet.

Jace en Raphael hielden op met luisteren toen het over Kats haar ging. De mannen stonden op van tafel. Jace fronste naar Kat en volgde toen Raphael naar de reling.

Gia zuchtte. 'Doe niet zo knorrig. Je bent nu eenmaal met dit haar geboren. Maar je kunt er wel wat aan doen. Bellissima zorgt ervoor dat krullen veranderen in glad, recht haar.'

'Je hebt geld geïnvesteerd in een product dat je nog niet hebt geprobeerd? Welk bewijs heb je dat het echt werkt?'

'Allemachtig, Kat. Denk je echt dat ik zo dom ben?' Ze schudde haar hoofd. 'Ik zie het product volgende week als ik met Raphael naar Italië vlieg. We kunnen het nu nog niet gebruiken en het risico lopen dat het in verkeerde handen komt voordat het Noord-Amerikaanse patent is geregistreerd. Denk aan het 'recept' voor Coke™®. Als ik zou afweten van het geheime recept, zou mijn leven gevaar lopen. Ik zou kunnen worden gekidnapt of zoiets.'

'Je bedoelt bedrijfsspionage? Dat is belachelijk.' Het product was al te koop in Europa, dus er was echt geen extra risico.

'Je kunt er wel grappen over maken, maar Bellissima verandert straks de hele industrie. De andere producten werken alleen tijdelijk. Bellissima werkt voor altijd.'

'Maar is dat eigenlijk niet ongunstig?' vroeg Kat.

Gia fronste. 'Hoezo?'

'Je hebt nog geen netwerk. Je gebruikt Bellissima haarverysteviger maar een enkele keer en daarna nooit meer. Dat geldt ook voor vergelijkbare producten. Dan moet je wel héél veel geld voor Bellissima vragen.'

Gia maakte een afwerend gebaar, maar Kats opmerking had haar aan het denken gezet. 'Dan moet je met Raphael praten. Het heeft in Europa gewerkt, dus dan is dat hier ook zo. Als het eenmaal in het Oscar-tasje zit en de sterren het gebruiken, dan wil iedereen het hebben. We verdienen er een fortuin aan!'

'Het verbaast me dat je geld hebt geïnvesteerd zonder dat je over meer details beschikt, Gia.' Kat ging verzitten in haar stoel.

'Ik weet genoeg, Kat. Als haarstyliste weet ik dat dit product een enorm succes zal zijn. En ik zei al dat Raphael me niet eens heeft gevraagd of ik wilde investeren en dat ik hem er zelfs van moest overtuigen mijn geld te accepteren.'

'Is dat echt zo?' Net als andere oplichters leek Raphael aardig wat af te weten van psychologie.

'Ja, dat is echt zo.' Gia snoof. 'Ik wilde dat ik je er nooit iets over had verteld. Ik bied je nota bene de kans om ook veel geld te verdienen, maar je maakt alleen maar kritische opmerkingen. Moet je nu alles wat ik hierover zeg in twijfel trekken?'

'Ik snap dat je dat denkt, maar je hebt me niets concreets verteld over het product.' Kat verschoof weer in haar stoel. 'Ik dacht dat dit soort haarverstevigingsproducten verboden waren. Bevatten ze geen formaldehyde of een andere gevaarlijke stof?'

Gia schudde haar hoofd. 'Dat is nou juist zo revolutionair aan Bellissima. Het is honderd procent natuurlijk.'

'Als het helemaal natuurlijk is, hoe kun je er dan patent op aanvragen?'

'Je kunt overal patent op aanvragen. Menselijke genen, graansoorten, alles.'

De opgewekte stemming was verdwenen. 'Ik zou toch meer details willen weten voordat ik er geld in stak. Als het honderd procent natuurlijk is, hoe kan het dan dat niemand het nog ontdekt heeft?'

'Raphael kan je alle details geven. Dan kun je naar hartelust met cijfers stoeien.'

Kat had ernstige twijfel of Raphael zo mededeelzaam zou zijn. Het weekend veranderde al heel snel in een nieuwe fraudezaak, ook al was het deze keer een zeer persoonlijke zaak.

he Financier vaarde door Active Pass en zette daarna koers naar het noorden door de straat van Juan de Fuca. Door de stevige bries werd de lucht boven de oceaan afgekoeld, wat goed uitkwam na het snikhete zomerweer in Vancouver. Harry en Gia zaten te kaarten in de kombuis met de airco aan, terwijl Jace en Raphael op het dek over zeilen zaten te praten.

Kat zat een paar meter daarvandaan in haar eentje in een ligstoel. Ze kon de anderen niet horen, maar ze kon zich niet concentreren op haar misdaadroman in de wetenschap dat Gia misschien in problemen verkeerde. Ze herlas steeds opnieuw dezelfde bladzijde, maar ze was niet in staat het verhaal echt te volgen.

Met een paar algemene vragen had ze zowel Jace en Gia boos gemaakt, maar het waren wel vragen die gesteld moesten worden. Iemand moest dat doen en ze kon niet gewoon achterover gaan zitten leunen en toezien hoe iemand misbruik maakte van haar vriendin. Het was al moeilijk genoeg om beleefd te blijven doen tegen Raphael.

Hoewel ze geen bewijs had van het feit dat hij iemand anders was dan wie hij beweerde te zijn, ging ze altijd af op haar intuïtie. Die man verborg iets en ze zou niet rusten voordat ze achter zijn geheim was gekomen.

Om een strategie uit te stippelen moest ze hier even weg. Ze stond op en liep langzaam over het dek om haar benen te strekken. Er waren manieren om na te gaan hoe het zat met Raphael zonder Gia nog bozer te maken. Als ze bij hem geen lijken in de kast vond, des te beter. Maar als ze die wel vond, dan zou ze dat aan Gia vertellen.

Een paar minuten later stond Kat aan de andere kant van het schip, alleen. De afstand tussen haar en Raphael maakte dat ze hem bijna uit haar hoofd kon zetten. Ze leunde tegen de reling en ademde de zilte lucht in. Er was iets met de oceaan wat haar altijd haar zorgen deed vergeten.

Ze schrok op toen ze een plons hoorde en er iets door het water schoot. Het was een groepje orka's, op dertig meter afstand van de boot. Ze spartelden in het water en bliezen waterfonteinen uit terwijl ze om elkaar heen dartelden en helemaal geen oog hadden voor het jacht of voor haar.

De walvissen speelden met elkaar en sprongen steeds hoger uit het water. Ze verspreidden ronde golven om zich heen. De dieren waren prachtig om te zien, wild en onbezorgd.

Ze dacht er even aan de anderen te roepen, maar besloot dat niet te doen. De orka's zouden toch gauw genoeg verdwijnen. Ze zou gewoon van ze genieten totdat de betovering werd verbroken. Het was prettig om even met haar gedachten alleen te zijn.

Ze wilde ook niet het risico lopen op een nieuwe ruzie met Gia. Ze kenden elkaar al zo lang dat ze praktisch in staat waren elkaars gedachten te lezen. Als ze elkaar even niet zagen, gaf hun dat een kans om te kalmeren.

De orka's verdwenen uit het zicht toen de boot langs hen heen-voer. *The Financier* was de straat van Juan de Fuca nu overgestoken en zou volgens de verwachting binnen het uur bij De Courcy aankomen.

Haar tijd alleen gaf haar de gelegenheid zelf wat inlichtingen in te winnen. Ze wandelde rondjes over het dek in de hoop iemand van de bemanning tegen het lijf te lopen zonder te worden opgemerkt door Raphael of een van de anderen.

Een terloops gesprek met een bemanningslid zou een manier kunnen zijn om meer informatie te krijgen over Raphaels achtergrond. Om te beginnen zou ze kunnen vaststellen hoe en wanneer hij zijn jacht had gekregen. Een onschuldig klinkende vraag, die zijn beweringen zou kunnen bevestigen of ontkrachten en die ook verdere informatie zou kunnen opleveren over zijn achtergrond. Wat Gia had verteld, was te weinig om te kunnen beoordelen waar haar vriendin in terecht was gekomen. Die was dolverliefd en had er kennelijk zelf geen behoefte aan meer te weten te komen.

Tien rondjes later had Kat nog steeds niemand gezien. Waar de bemanningsleden zich ook bevonden, ze waren niet aan dek. Alles wat haar inspanningen hadden opgeleverd, waren kleren die nat waren van het zweet en een droge keel. Ze zuchtte en ging op weg naar de trap en haar comfortabele hut met airco.

'Wat…!' Ze ging de hoek op en botste pardoes op een gespierde, blonde man. Hij had een ongeschoren gezicht en droeg een rafelige korte broek en een T-shirt met allemaal vlekken. Hij zag er eerder uit als een drugsverslaafde dan als een bemanningslid en paste helemaal niet in de luxe omgeving van *The Financier*. Hij stonk alsof hij al een week niet onder de douche had gestaan. Hij leek er ook op gebrand haar uit de weg te gaan, wat niet gemakkelijk was aangezien ze net met elkaar in botsing waren gekomen.

'Sorry.' Hij wendde vlug zijn blik af en stapte opzij.

'Wacht even – jij hoort toch bij de bemanning?' Hoewel ze niet had verwacht dat Raphaels medewerkers een uniform zouden dragen, had ze wel gedacht dat ze er in ieder geval toonbaar uit zouden zien. En haar aan zouden kijken. Deze kerel was niet toonbaar en keek haar niet aan, wat haar een onprettig gevoel gaf.

'Ja.' Hij stapte achteruit en wilde weglopen.

'Moet wel geweldig zijn om te werken op een boot die zo modern is.' *The Financier* had alles: de modernste technologie om te navigeren en de allernieuwste elektronica in de hutten. Ze keek op en zag het cameraatje boven hun hoofd. Natuurlijk beschikte een jacht van deze grootte over bewakingscamera's.

Hij haalde zijn schouders op. 'Ach, het is werk.'

Een vreemd antwoord. Ze was er zeker van dat de meeste zeelui er heel wat voor over zouden hebben om te mogen werken op zo'n luxu-eus, hi-tech schip. 'Je hebt geen Italiaans accent. Hebben ze je net ingehuurd?' Hij zag er ook helemaal niet Italiaans uit. Afgaande op zijn kleding en accentloos Engels kon hij zomaar uit de buurt komen.

Zijn gezicht werd rood. 'Ik moet ervandoor.'

'Lijkt me heerlijk, hoor, om zo de hele wereld over te varen.' Kat ging voor hem staan en glimlachte. Haar pogingen om tot een gesprek te komen bleken niet te werken.

'Dat zou ik niet weten.' Hij draaide zijn hoofd om alsof hij naar iemand zocht. 'Ik ben pas een paar weken geleden begonnen.'

'Je vaart dus nog niet zo lang op het schip van Raphael?'

'Niet echt.' Hij leek even in verwarring te zijn. 'Zoals ik al zei, ze hebben me net ingehuurd.' Hij draaide zich om en wilde weglopen.

Als *The Financier* uit Italië was komen varen, hield dat in dat het schip een groot deel van de reis over open water had gevaren en dat er maar weinig havens waren geweest om nieuwe bemanningsleden in te huren. 'Waar ben je dan aan boord gekomen?'

De man reageerde niet op haar vraag. Hij deed alsof hij de reling inspecteerde toen hij wegliep.

'Wacht – hoe heet je?'

Hij bleef staan en leek onzeker van zichzelf. 'Pete.'

'Prettig met je te hebben kennisgemaakt, Pete. Ik ben Kat.' Ze stak haar hand uit.

Na een moment van aarzeling deed Pete een stap naar voren en schudde haar hand. 'Ik moet er nu echt vandoor. Ik kan hier niet blijven praten. Ik heb nog dingen te doen.'

'Ik neem aan dat jullie ons naar De Courcy brengen?' Hoewel ze haar hele leven in Vancouver had gewoond, had ze nog nooit van De Courcy gehoord, totdat Jace erover was begonnen. Dat was niet raar, als je bedacht dat het eiland alleen maar bereikbaar was per privéboot of per watervliegtuig. Er waren maar twintig of dertig huizen op het eiland en er waren geen voorzieningen. Levensmiddelen en andere voorraden moesten per boot naar het eiland worden gebracht.

Hij grinnikte zachtjes. 'Dat klopt, ja.'

'Heb je weleens gehoord over Broeder XII en de Aquarian Foundation?'

'Dat is toch die cult?' Pete schopte tegen een denkbeeldig steentje bij zijn voeten op het smetteloze dek.

Kat knikte. 'Er gaan verhalen dat er ook sprake was van slavenarbeid. Mensen werden ertoe gebracht hun geld af te geven zodra ze op het eiland kwamen. Mannen en hun echtgenotes werden van elkaar gescheiden en ze werden gedwongen lange dagen te werken.'

'Sommige van die verhalen zijn waarschijnlijk overdreven.' Pete's gezicht betrok. 'Door de jaren heen heb ik dingen gehoord over zwarte magie, occultisme en dergelijke dingen. Het meeste verzonnen.'

'Moeilijk te zeggen of de verhalen kloppen,' stemde Kat in. 'Ik denk zeker dat het verhaal door de jaren heen mooier is gemaakt.' Ze moest er Jace eens naar vragen.

'Waarschijnlijk wel, ja.'

'Die Broeder XII – ik heb gehoord dat hij iedereen zijn geld aan hem liet overhandigen zodra ze aankwamen. Alsof het ging om gemeenschappelijk eigendom of zoiets,' zei Kat. 'Behalve dan dat hij al het geld voor zichzelf gebruikte. De Aquarian Foundation betaalde voor de eigendommen, maar alle eigendomsbewijzen stonden op zijn naam.'

Pete glimlachte. 'Dat is wat ze zeggen. Er gaat ook een gerucht dat er ergens op het eiland een schat verborgen ligt. Door de jaren zijn er heel wat mensen naar op zoek geweest, maar ze hebben nooit wat gevonden. Er zouden onder de grond potten met goud verborgen liggen, maar niemand heeft er ooit een gevonden.'

Pete kende het verhaal wel heel erg goed. Dan moest hij toch hier uit de buurt komen?

'Dat klinkt fascinerend. Ik zou er heel graag meer van willen weten.'

Kat wilde graag het eiland verkennen. Ze wilde zelf ook wel wat onderzoek doen naar die geheimzinnige Broeder XII. Maar voorlopig bleef haar aandacht vooral gericht op Raphael. Nu het ijs met Pete gebroken was, zou hij misschien meer vertellen over hoe hij überhaupt op Raphaels jacht terecht was gekomen. Dat zou het startpunt kunnen zijn voor nader onderzoek naar Raphael zelf.

'Later.' Hij knikte en verdween om de hoek.

De volgende paar minuten speurde ze de horizon af. Overal om hen heen lagen eilanden, maar ze wist geen enkele naam. Ze vroeg zich af waarom Broeder XII deze plek had uitgezocht voor zijn cult. Je kon er niet gemakkelijk komen, maar dat maakte het natuurlijk ook moeilijker om er weg te komen.

Ze dacht weer aan Pete en vroeg zich af hoe hij en Raphael elkaar überhaupt waren tegengekomen. Waarschijnlijk ergens in een jachthaven in de buurt, maar waarom had Raphael lokale zeelui ingehuurd voor zijn Italiaanse jacht waarop hij permanent verbleef? Normaalgesproken reisde de bemanning met een jacht als dit mee, waar dat ook naar toe ging.

Misschien had een van de Italiaanse bemanningsleden zijn baan opgegeven of was hij ontslagen, maar dat was niet erg waarschijnlijk in een vreemd land zo'n eind weg van huis. De haveloos uitziende Pete leek wel de laatste die je als bemanningslid zou uitzoeken, vooral in het geval van een miljardair. Die zouden op zijn minst kiezen voor iemand die zich professioneel presenteerde. Dat deed Pete niet.

Afgezien van Raphaels bemanning – die nogal klein van omvang leek – en de bewakingscamera's was er geen beveiliging aan boord van het jacht. Ze had minstens verwacht een lijfwacht aan te treffen. Er waren maar weinig miljardairs die de open zee op gingen zonder dat ze zich verzekerd wisten van beveiliging.

Pete beschikte misschien over een stukje van de puzzel dat nodig was om Raphaels ware bedoelingen te doorgronden. Als ze hem maar aan het praten kon krijgen.

Ze draaide zich om en kwam bijna in botsing met Harry. Deze hoek van het schip bracht een groot risico op ongelukken met zich mee. Raphael moest hier echt een spiegel laten installeren of zoiets.

Pete verscheen plotseling achter hem. Harry keek hem aan en wees naar stuurboord. 'Land Ahoy!'

Pete barstte in lachen uit. 'Die uitdrukking heb ik al heel lang niet meer gehoord.'

'Jij hebt het beste baantje in de wereld,' zei Harry. 'Afgezien van je baas, natuurlijk. Hoe lang werk je al voor Raphael?'

'Een paar weken,' zei Pete. 'Ik werk hier tot het einde van de maand, net als de andere jongens.'

Het was niet eens bij Kat opgekomen dat Pete tijdelijk in dienst zou kunnen zijn. Zelfs als Raphael zijn jacht in een haven afmeerde, kon dat niet zonder bemanningsleden, vooral omdat hij zelf op het jacht woonde.

Wat stond er aan het eind van de maand te gebeuren? Hoe kon het dat Raphael zijn bemanning niet langer nodig had – wilde ze dat wel weten?

Met zo'n opmerking wist Harry wel raad. Zonder bemoeizuchtig te zijn had hij binnen een minuut de waarheid achterhaald. De hele bemanning was nieuw en dat bevestigde Kats idee dat Raphael waarschijnlijk had gelogen toen hij vertelde dat hij uit Italië was komen varen. Hij had zeker voor langere tijd dan een paar weken een voltallige bemanning nodig als hij van plan was naar Italië terug te varen.

Het lag niet voor de hand dat Raphael er veel over los zou laten, maar zij was van plan om meer te weten te komen van Pete. Misschien was Raphael niet eens de eigenaar van de boot. Het was helemaal niet onmogelijk dat hij het jacht had gehuurd. Die theorie was niet onlogisch als je bedacht dat de bemanning aan het eind van de maand van boord zou gaan.

Maar als Pete aan het einde van de maand was vertrokken, dan gold dat waarschijnlijk ook voor Raphael. Dat betekende dat er over minder dan twee weken van nu een beslissend moment zou zijn. Of trok ze nu een te snelle conclusie? Ze had immers geen bewijs dat Raphael iets kwaads in de zin had. Ze had alleen maar dat akelige voorgevoel.

Als Raphael nu al beschikte over Gia's geld, dan kon hij er ieder moment vandoor gaan. Tenzij hij méér geld wilde. Ze had geen idee hoeveel geld Gia al had geïnvesteerd, maar alleen al het dagelijks in de vaart houden van het jacht kostte een klein vermogen. Zelfs als Gia al haar geld had geïnvesteerd, zou dat nauwelijks Raphaels kosten dekken. Waarschijnlijk had hij plannen om nog meer geld te krijgen.

Maar zo niet, dan had ze de kerel volledig verkeerd ingeschat. Raphael was misschien gewoon wie hij zei dat hij was... zoals Gia beweerde.

Pete deed een voorraadkist open en haalde daar reddingsvesten uit.

'Ik zal je even helpen,' zei Harry. Samen met Pete legde hij een stapel reddingsvesten op het dek naast de voorraadkist.

'Wat ga je doen als je hier weggaat?' vroeg Harry.

'Weet ik nog niet. Ik zal wel naar een ander baantje moeten zoeken.'

'Weer op een boot?'

Pete zuchtte. 'Dat zou leuk zijn, maar het valt niet mee om nu werk te vinden. Dit werk werd pas op het laatste moment aangeboden.'

Kat spitste haar oren. Een tekort aan werk hield in dat er veel concurrentie was voor de weinige beschikbare banen, en Pete zag er nauwelijks uit als een topkandidaat. 'Hoe had je over deze baan gehoord?'

Pete fronste. 'Ik hoorde dat er werk was op deze boot.'

Haar vraag had hem argwanend gemaakt. Harry was veel beter in het stellen van onschuldige vragen dan zij. Waarschijnlijk omdat hij niet echt aan het hengelen was naar antwoorden. 'Van wie? Iemand die je kende?'

Pete maakte een gebaar. 'We zijn bijna bij het eiland. Jullie kunnen maar beter je spullen pakken en je klaarmaken.'

Kat keek even naar Harry en hoopte dat hij door zou gaan met vragen stellen.

Hij had het begrepen. 'Is dit de leukste boot waarop je ooit hebt gewerkt?'

Pete knikte. 'Het is de enige boot waarop ik heb gewerkt. Alleen het feit al dat ik hier terug kon komen heeft het werken aan boord de moeite waard gemaakt.'

'Terug van waar?' vroeg Harry. 'Ben je weggeweest?'

'Ik moet maar weer eens aan mijn werk.' Pete gooide Harry zowat omver in zijn haast om weg te komen. 'Dit schip meert zichzelf niet af.'

Toen Pete om de hoek verdween, dacht Kat na over zijn opmerking. Uit zijn woorden kon je opmaken dat hij uit de buurt kwam. En in tegenstelling tot Raphael leek hij wel iets af te weten van het eiland De Courcy. Terug van waar, precies? Dat moest ze eerst maar eens uitzoeken.

Kat ging haar hut binnen; ze had zin in een koele en verfrissende douche. Jace was al binnen. Hij pakte wat kleren in zijn rugzak op het bed.

'Ga je ergens naar toe?' vroeg ze.

'Raphael en ik gaan het eiland verkennen. We willen uitzoeken wat er nog over is van de nederzetting van Broeder XII.'

'Ik neem even een douche, doe wat andere kleren aan en pak mijn spullen.' Ze deed haar paardenstaart los en zocht in haar tas naar andere kleren.

Jace reageerde niet.

Ze draaide zich om en keek hem aan. Hij zat op het bed en wreef in zijn handen. Hij keek naar zijn wandelschoenen en vermeed het haar aan te kijken.

Kat slikte en kreeg een brok in haar keel. Was hij van plan geweest zonder haar op stap te gaan? 'O, ik snap het al. Ik ben zeker niet welkom?'

'Ik, eh, dacht dat je al iets had afgesproken met Gia. Of misschien met Harry.' Jace slingerde zijn rugzak over zijn schouder en stond op. 'Je kunt heel veel doen aan boord. Of misschien willen jullie naar het strand of zoiets.'

'Maar we hadden afgesproken dat we het eiland samen zouden verkennen, Jace.' *Voordat ik plaats moest maken voor Raphael*, dacht ze bij zichzelf. Was ze jaloers of vertrouwde ze het niet? Allebei een beetje, leek het wel.

'Ik dacht dat het zo efficiënter zou zijn, vooral omdat ik twee verhalen tegelijkertijd doe. Ik kan Raphael interviewen terwijl we naar de plek lopen waar Broeder XII woonde. Jij en ik kunnen dan later samen de boel verkennen.'

Kat fronste. 'Ik snap al waar dit heen gaat. Je wilt me er niet bij hebben.'

'Doe niet zo raar. Als je opschiet, kan je met ons mee.' Hij liep naar de deur en draaide zich om. 'We staan klaar op het dek.'

De tranen prikten in haar ogen. Jace wilde haar er echt niet bij hebben. Hij ontkende het wel, maar het leek er heel veel op dat hij haar en Raphael liever niet alle twee mee wilde nemen. Ze begreep wel een beetje waarom hij zo gefascineerd was door Raphael en zich zo met hem bezighield. Hij ontmoette niet iedere dag een miljardair, maar daar ging het niet om. Hun weekend samen was nu veranderd in een groepsuitje zonder dat er enige tijd voor hen samen alleen over leek te zijn.

Ze ontweek zijn blik en staarde uit de patrijspoort. Ze dobberden net buiten de jachthaven. Er lagen maar twee boten in de haven, een sloep en een oude trawler. De jachthaven leek veel te klein te zijn voor *The Financier*.

Haar hart begon sneller te slaan. 'Afgezien van jouw opdracht, was het de bedoeling dat we het weekend samen weg zouden zijn. Maar jij brengt dat liever met Raphael door dan met mij. Ik snap het. Ik ben geen opzichtige miljardair met dure speeltjes. Ik ben alleen maar je vriendin.' Misschien stelde ze zich wel aan, maar dat kon haar nu even niet schelen. Er was nog maar een paar uur van het weekend veerbij en zij wilde nu eigenlijk al het liefst weer naar huis.

'Zo bedoelde ik het niet, Kat.' Jace stond in de deuropening en trok zijn wenkbrauwen op. 'Natuurlijk zou ik mijn tijd liever met jou doorbrengen. Maar dit is wel een hele goede kans op een verhaal. Ik kan stof voor twee artikelen in één dag verzamelen. Jij bent degene die voorstelde dat ik een artikel over hem zou schrijven, dus waarom doe je daar nu zo moeilijk over? Als ik een verhaal over hem moet schrijven, moet ik toch eerst met hem praten.'

'Je hoeft toch niet elk moment van de dag met hem door te brengen.'

Jace gooide zijn handen in de lucht. 'We zijn pas een paar uur aan boord. We hebben het hele weekend nog voor ons. Daar komt nog bij dat die man het echt druk heeft en er misschien op een bepaald moment weer vandoor moet. Ik weet niet hoe lang hij hier nog is.'

'Niet lang, hoop ik.' Hij zou niet lang blijven hangen als ze hem eenmaal had ontmaskerd. Dat wist ze zeker.

'Jij lijkt te denken dat hij de een of andere misdadiger is. Ik krijg het gevoel dat je alleen maar belang stelt in mijn verhaal omdat je alles wat hij zegt wilt nagaan.'

Kat zei niets.

'Zo is het toch?' hield Jace aan.

'Het zou geen kwaad kunnen om wat meer te weten te komen over zijn achtergrond. Sommige van zijn beweringen zijn moeilijk te geloven. Die moet je hoe dan ook verifiëren.'

Harry liep langs hun open deur en zwaaide. 'Komen jullie al naar boven?'

Jace schudde zijn hoofd.

Harry keek eerst naar Jace en toen naar Kat. Zijn glimlacht verdween, en daarna hijzelf ook.

Jace draaide zich om en deed de deur achter zich dicht. Hij ging naast Kat op het bed zitten. 'Waarom maken we hier ruzie over? Waarom hebben we het niet gewoon naar onze zin?'

'Omdat je liever met hem optrekt dan met mij.' Het klonk onzinnig als ze het hardop zei, maar het was wel de waarheid.

'Nee, dat is niet zo.' Hij trok haar naar zich toe en kuste haar. 'Ik zou liever willen dat je met ons meeging, maar ik ben bang dat je ruzie gaat maken met Raphael. Dat je iets zegt dat confronterend voor hem is of ons in verlegenheid brengt.'

'O, nu breng ik óns in verlegenheid?' Ze kreeg tranen in haar ogen, maar ze wilde niet gaan huilen. Ze draaide zich van hem af en ademde diep in. Ze had recht op haar eigen mening over Raphael. Kon ze daar niet voor uitkomen zonder dat ze werd buitengesloten?

'Je weet wel wat ik bedoel. Ik vind dat je Gia te veel in bescherming wilt nemen; je moet je argwaan echt voor jezelf houden. Hun relatie gaat ons helemaal niets aan. Ik denk dat Raphael wel te vertrouwen is, ook al denk jij van niet. Bovendien heeft hij ons hier helemaal naartoe gebracht. Het minste dat we kunnen doen is beleefd tegen hem zijn.'

Misschien had Jace wel gelijk. Tenminste, als het erom ging haar verdenkingen voor zichzelf te houden. Ze zou zich beheersen, maar ze zou niet toestaan dat die kerel haar vriendin nog meer geld afhandig maakte. Meer dan ooit was het nodig Raphaels achtergrond na te gaan. Ze zou er alleen niemand iets over vertellen. Vooral Jace niet.

HOOFDSTUK 7

Kat had zich niet hoeven haasten. Toen ze een kwartier later aan dek verscheen, had het jacht nog niet aangemeerd. *The Financier* was te groot voor de kleine jachthaven van De Courcy, dus moesten ze ergens anders aanmeren. Het jacht wierp dan ook het anker uit bij Pirate's Cove.

'Pete zegt dat we de sloep naar het eiland moeten nemen.' Oom Harry kneep zijn ogen samen toen hij haar eens goed aankeek. 'Je ziet eruit alsof je een rotbui hebt.'

'Nee, hoor.' Ze had een rotbui en kon dat niet voor haar oom verbergen. Gelukkig stelde hij geen verdere vragen.

'Oké, maar je ziet er niet erg gelukkig uit. Ik ga maar eens kijken hoe het zit met die sloep.' Oom Harry verdween in de richting van het voorschip.

Ze haalde diep adem en blies weer uit. Jace had gelijk. Hoe moeilijk kon het zijn om te blijven glimlachen en een paar dagen Raphaels gezelschap te verdragen? Het was weekend en ze lagen afgemeerd bij een dunbevolkt eiland.

Eigenlijk was het eiland De Courcy een ideale plek. Ze had tijd om achter Raphaels geheimen te komen. Doordat ze dicht op elkaar zaten op een jacht, kon ze hem goed in de gaten houden. Dat zou in

Vancouver onmogelijk zijn geweest. Ze vertrouwde erop dat als ze eenmaal achter zijn geheimen was gekomen en zijn ware aard had onthuld, iedereen zou luisteren naar wat ze te zeggen had.

Harry kwam binnen tien minuten terug. 'Ik wilde dat Raphael en Gia opschoten. Kunnen we niet gewoon aan land gaan zonder hen?'

'Ze zijn er waarschijnlijk zo,' zei Kat. Gia had iets gezegd over een telefonische vergadering met Raphaels investeerders in Italië, maar die had al een half uur geleden afgelopen moeten zijn.

'Ik wil ook heel graag aan land, maar ik denk dat we beter even kunnen wachten,' zei Jace. 'Je kunt je moeilijk voorstellen dat hier ooit een commune gevestigd was, hè? Er woonden hier heel wat mensen en toch weet bijna niemand er nog iets vanaf.'

'Of dat zoveel mensen zich lieten bedriegen en al hun geld aan Broeder XII overhandigden,' zei Kat.

Jace keek Kat behoedzaam aan. 'Die kerel had genoeg charisma om een nieuwe godsdienst aan de Paus te verkopen. Hij kreeg meer dan achtduizend mensen zover dat ze hem volgden door hen te verleiden met zijn verhalen over mystiek en reïncarnatie.'

'Dat krijg je als je zegt dat de wereld zal ophouden te bestaan,' zei Harry. 'Dan raken mensen hun gezond verstand kwijt.'

'Broeder XII beloofde hun dat er een uitweg was. Voor de grote massa zou de wereld ophouden te bestaan, maar niet voor de uitverkoren elite die mocht toetreden tot de Aquarian Foundation. Iedereen die bij de sekte kwam, kreeg het uitzicht op een goede afloop. Het aantal volgelingen nam toe, toen de kranten met verhalen kwamen over zijn gave om in de toekomst te kijken.'

'Mensen geloven nu eenmaal wat ze willen,' zei Kat. 'Ze denken dat als ze zich overgeven aan een hogere macht, ze hun lot niet meer in eigen hand hebben. Op die manier kan hun niets meer worden verweten.'

Jace knikte. 'Van sommige mensen werd meer misbruik gemaakt dan van andere. Afgezien van de uitgevers die zijn boodschap deelden, overtuigde hij Mary Connally, een rijke weduwe uit Asheville in North Carolina, ervan dat hij de sleutel in handen had tot goddelijke hulp en geestelijke verlossing. Connally stuurde hem tweeduizend dollar en zei dat ze nog meer geld beschikbaar had.'

'Tjonge, die kerel wist wel hoe hij mensen om de tuin kon leiden.' Harry schudde zijn hoofd. 'Waarom geloofde ze hem?'

'Het was moeilijk om hem niet te geloven. Broeder XII stapte op de trein naar Toronto en ontmoette haar in eigen persoon. Maar onderweg ernaartoe kwam hij mevrouw Myrtle Baumgartner tegen. Hij maakte haar wijs dat ze de gereïncarneerde Egyptische godin van de vruchtbaarheid was, Isis.'

'Elke minuut wordt er weer een dwaas geboren,' merkte oom Harry op.

Jace knikte. 'Aan het eind van een treinreis van drie dagen had hij haar er ook van overtuigd dat ze voorbestemd waren om samen te zijn. Hij was namelijk de reïncarnatie van Osiris, echtgenoot van Isis.'

'Maar ze was toch getrouwd?' Kat fronste haar wenkbrauwen.

'Klaarblijkelijk maakte hij zo'n indruk op Myrtle dat ze wachtte op zijn terugkeer. Ze was zo in zijn ban dat, toen hij dat deed, ze uiteindelijk haar man en kinderen verliet en lid werd van de Aquarian Foundation.'

Oom Harry schudde zijn hoofd. 'Hoe kan iemand iets geloven dat zo vergezocht is?'

'Broeder XII kwam heel overtuigend over, want vele mensen geloofden in zijn beweringen. Toen hij in Toronto was, kreeg hij bijna zesentwintigduizend dollar van Mary Connally, die ook nog eens een gelofte van trouw aflegde. Dat bedrag was in die tijd een heleboel geld. En vergeet niet dat hij ook nog steeds getrouwd was. Maar het was wel de druppel die de emmer deed overlopen. Zijn vrouw Alma had er genoeg van en ging eindelijk weg bij haar echtgenoot. Binnen een week ging Broeder XII met Myrtle samenwonen.'

'Een enge vent,' zei Harry. 'Hij was zo goed in andere mensen geld afhandig maken dat ik me afvraag of er geld is achtergebleven op het eiland.'

Jace leunde tegen de reling. 'Dat denk ik niet. Maar je weet het nooit.'

'Het verbaast me dat de mensen het niet door kregen,' zei oom Harry. 'Lag het niet voor de hand dat ze werden opgelicht?'

'Mensen beseffen het meestal pas als ze het al te laat is,' zei Kat. 'Broeder XII vertelde hen gewoon wat ze wilden horen. Ze wilden geloven dat ze niet alleen speciaal waren, maar ook deel uitmaakten van iets wat groter was dan henzelf. Dat ze er op de een of andere manier meer toe deden dan andere mensen. Het versterkte hun gevoel van eigenwaarde en maakte hen blind voor wat er verder om hen heen gebeurde. Het werkte perfect.'

'Zo was het precies,' beaamde Jace. 'Broeder XII hield al hun geld voor zichzelf en liet iedereen als slaven werken. Hij scheidde de mannen van de vrouwen, ook getrouwde stellen, en liet ze meer dan twaalf uur per dag werken zonder veel rust.'

'Je moet wel gek zijn om dat te doen.' Oom Harry schudde zijn hoofd. 'Ik zou me daar nooit toe lenen.'

'Je zou verbaasd staan, oom Harry, 'zei Kat. 'Je zit op een eiland, gescheiden van de rest van de maatschappij en ver weg van de bewoonde wereld. Je hebt geen geld, geen bezittingen en je hebt geen manier meer om van het eiland af te komen. Het komt erop neer dat je bent overgeleverd aan de genade van degene die je te eten geeft. Ironisch genoeg koopt die persoon het eten met jouw geld. Maar het is jouw geld niet meer. Je bent de controle kwijt over alles wat van jou was.'

'Dat is precies wat er gebeurde,' zei Jace. 'Broeder XII beweerde dat er niet genoeg plaatsen in de gemeenschap waren voor iedereen. Iedereen deed mee aan een soort wedstrijd om uit te maken wie kon worden toegelaten. Alleen voor de uitverkorenen was er een plaats in de stad die ze bouwden.'

'En de rest?' vroeg Kat.

'Iedereen buiten de stad zou sterven, dat is tenminste wat ze dachten. Het was hun enige kans op overleven, dus ze waren bereid alles te doen om tot de uitverkorenen te behoren. Misschien was het gek, maar na een paar maanden en met het verstrijken van de jaren voelde het net alsof het allemaal normaal was. Aangezien niemand op het eiland arriveerde of er wegging, was er geen invloed van buitenaf. Niemand sprak hen aan op wat ze geloofden.'

'Je zegt dat ze meededen aan een wedstrijd,' zei oom Harry. 'Wie waren de winnaars?'

'Die waren er niet.' Jace zuchtte. 'Iedereen verloor wel iets. Sommigen meer dan anderen.'

Ze hoorden meeuwen schreeuwen, die de stilte boven hun hoofd doorbraken. Kat, Jace en Harry stonden stil en keken naar De Courcy, waar zich zoveel drama en ellende had afgespeeld. Nu echter waren alle sporen uitgewist.

'Ik zou in een toestand van ontkenning terechtkomen als ik zo'n enorme fout had gemaakt,' zei Harry. 'Zo lang je kan doen alsof alles in orde was, hoef je de waarheid niet onder ogen te zien dat je een dwaas bent geweest. Die mensen gaven al hun zuurverdiende geld op en richtten hun leven te gronde. Broeder XII speelde daarbij een kwalijke rol, maar het was uiteindelijk wel hun eigen stomme schuld.'

'Inderdaad,' beaamde Jace. 'Het is makkelijk achteraf praten. Maar zelfs dan: niet iedereen wil de waarheid onder ogen zien.'

Kat keek naar de deur. 'Wat zijn Gia en Raphael eigenlijk aan het doen? In wat voor zakelijk overleg zitten die?'

Jace wierp haar een waarschuwende blik toe.

Ze keek op haar horloge. Het was bijna drie uur in de middag. 'In Italië is het bijna middernacht. Met wie kunnen ze zo laat op de vrijdagavond nog overleg hebben?'

'Miljardairs houden zich niet aan gewone kantooruren,' zei Jace. 'Maar ik zou ook willen dat ze een beetje opschoten. Ik kan niet wachten om voet op het eiland te zetten. Weet je, sommige mensen noemen dit een schateiland, omdat ze zeggen dat Broeder XII hier bijna vijfhonderd kilo gouden munten heeft verborgen.'

Weer dat goud waar Pete het over had gehad.

'Pete zei dat Broeder XII de gouden munten in weckpotten had gedaan.' Harry herhaalde wat Pete had verteld. 'Hoe kwam hij aan al dat geld?'

'De donaties aan de Aquarian Foundation werden allemaal in contanten gedaan,' zei Jace. 'Broeder XII wisselde dat allemaal om in goud. Aangezien hij over een ongelooflijk talent beschikte om rijke leden te werven, kwamen hun wereldse bezittingen bij elkaar neer op een heel aardig sommetje. Minstens een van zijn volgelingen was miljonair, dus de hoeveelheid geld groeide snel.'

'Waarom zette hij het geld niet gewoon op de bank?' Harry krabde bedachtzaam over zijn kin. 'Dat zou toch veel gemakkelijker zijn geweest.'

'Misschien wel, maar banktransacties leiden tot een papieren spoor. Dat is niet zo met goud. In tegenstelling tot geld op de bank was het goud niet te traceren en waren er geen transactiegegevens. Dat was slim bedacht. Hij kon het geld uitgeven zonder dat iemand daar achter kon komen. Er waren ook geen bewijzen dat de donoren hem geld hadden gegeven, dus die konden ook niet aantonen dat ze hem überhaupt geld hadden gegeven als er problemen kwamen. Natuurlijk was het vanaf het begin de bedoeling dat hij het geld voor zichzelf zou houden.'

'Het is te gek voor woorden,' zei Kat. 'Ze hadden beter moeten weten. Het waren rijke mensen. Wat kregen ze te horen van hun financieel adviseur?'

'Ze waren niet tegen te houden, wat ze ook te horen kregen van hun financieel adviseur. Ze waren helemaal in de ban van de bewering van Broeder XII dat hij de toekomst kon voorspellen. Achteraf kregen ze natuurlijk spijt, toen de witte magie in zwarte magie veranderde. Ze gaven hem al hun geld, omdat ze alles geloofden wat hij hun vertelde. Hij moedigde hen aan om zich op het eiland te komen vestigen. Ze bouwden er huizen en investeerden alles wat ze hadden in de grond onder het huis. Maar ze kregen nooit een eigendomsakte. Die kreeg Broeder XII allemaal. Hij zei dat het om een gezamenlijk project ging en dat er geen privé-eigendom was.'

'Waarom hadden zijn volgelingen dat niet door?' vroeg oom Harry. 'Na een tijdje moet het toch duidelijk zijn geweest.'

'Niet echt. Er was ook niemand die wist waar het goud werd bewaard. Voor zover we weten, bleef het goud het eigendom van de Aquarian Foundation en ligt het nog steeds verborgen zonder dat iemand erbij kan komen.'

'Maar als hij geld van hen kreeg en niets daarvoor teruggaf, dan moesten ze zich dat vroeg of laat toch hebben gerealiseerd,' zei oom Harry.

'En daar wordt het interessant, zei Jace. 'Hij overtuigde de mogelijke twijfelaars ervan dat hun ziel verloren zou gaan. Zij zouden daarom niet worden gereïncarneerd. Bovendien liepen ze het risico te worden buitengesloten van de gemeenschap, aangezien er meer kandidaten waren dan beschikbare plaatsen. Alleen de kleine groep uitverkorenen zou een schuilplaats hebben als Armageddon aanbrak en als zij in verzet kwamen, waren er heel wat anderen die graag hun plaats zouden innemen.'

Raphael en Gia kwamen eindelijk aan dek. Gia glimlachte verontschuldigend. 'We zijn klaar om aan land te gaan, hoor. Sorry dat we jullie hebben laten wachten.' Gia gaf geen verdere uitleg.

'Vertel eens wat meer over die vijfhonderd kilo gouden munten,' zei Harry. 'Is er ook een schatkaart?'

Jace lachte. 'Ik weet daar niets vanaf. Maar naar verluidt heeft Broeder XII het goud gewoon hier op het eiland begraven.'

Het gepraat over de schat maakte Raphael nieuwsgierig. 'Waarom zou hij dat doen?'

'Om te voorkomen dat iemand er onderzoek naar zou doen en om het dicht bij zich in de buurt te houden. Daar gaat het in mijn artikel ook voornamelijk over.' Jace wees naar het eiland. 'De Aquarian Foundation kocht De Courcy en nog een paar andere eilanden in de lente van 1929, nadat de sekte een paar jaar had bestaan. Telkens als mensen lastige vragen begonnen te stellen, verhuisde hij de beweging naar een meer afgelegen bestemming.'

Kat vergat even haar hekel aan Raphael toen ze werd meegesleept door het verhaal. 'De 'roaring twenties,' de roerige jaren twintig, waren bijna afgelopen,' vulde ze aan. 'Het was een paar maanden voor de ineenstorting van de beurs in Wall Street in 1929 en de daaropvolgende grote depressie.'

'Dat klopt,' zei Jace. 'Hoewel de aandelenbeurs het geweldig goed deed, verwachtten een heleboel mensen dat er vroeg of laat een crisis zou komen. Alle tekenen wezen daarop – de onrustige markten in

Europa en hier in Noord-Amerika, en de grote ongelijkheid tussen arm en rijk.'

'Waarom zou iemand ervoor kiezen hier te gaan wonen?' vroeg Gia. 'Het eiland is dan misschien wel mooi, maar het is heel klein en helemaal verlaten. Als je geen boot hebt, kun je nergens naartoe.'

'Dat is nu precies waarom Broeder XII ervoor koos. Het beschermde hem voor nieuwsgierige blikken. De mensen waren begonnen te speculeren over zijn motieven. Hij richtte zich op rijke mensen en het aantal rijke volgelingen groeide, toen bleek dat hij de ineenstorting van de aandelenbeurs juist had voorspeld. Zij zagen daarin het bewijs dat hij inderdaad in de toekomst kon kijken en Armageddon kon zien aankomen. De mensen zagen de eilanden als een oord waar je veilig was voor financiële conflicten en de onrustige aandelenmarkten.'

'Ik neem aan dat al die rijke beleggers dachten dat ze in een toekomstig leven meer geld zouden krijgen.' Harry lachte. 'Alsof dat ooit zou gebeuren.'

'En de dichtstbijzijnde bank was kilometers ver weg per boot.' Raphael streek over zijn kin. 'Dus hij begroef het geld om het veilig te stellen.'

'Hoe kreeg hij zo veel macht over mensen? Je moet toch wel behoorlijk dom zijn om gewoon je geld weg te geven.' Gia keek naar Raphael voor bevestiging, maar zijn gezicht verraadde niets.

'Charisma,' zei Jace. 'Hij had hun er ook van overtuigd dat hij een mysticus was, die in direct verband stond met de goden. Ze waren bang om ook maar iets te doen wat de kans zou verminderen dat hun ziel zou overleven als het einde van de wereld was aangebroken.'

'Iedere normale persoon kijkt daar toch doorheen.' Gia fronste. 'Daar is alleen een beetje gezond verstand voor nodig.'

Jace glimlachte. 'Dat zou je wel denken, maar Broeder XII had een paar trucjes achter de hand. Hij trok zich terug in wat hij het Huis van het Mysterie noemde, en daar hield hij séances. Hij beweerde dat hij direct communiceerde met de andere elf Broeders. Hij stond niemand toe het Huis van het Mysterie te betreden en hij dwong zijn volge- lingen buiten te blijven staan, soms urenlang. Hij zei dat hun meditatie hem hielp met astrale projectie en de verbinding met de andere goden.

'Zijn séances duurden soms uren en het was onvermijdelijk dat de mensen ongeduldig werden. Sommigen begonnen te roddelen, anderen klaagden. Broeder XII wist altijd wat er buiten werd gezegd en door wie. De twijfelaars werden altijd gestraft. In hun ogen had hij echt psychische gaven. Ze waren bang voor hem en ze hadden ontzag.

'Wat zijn volgelingen niet wisten was dat Broeder XII in het geheim een elektriciën had ingehuurd, die microfoontjes had geïnstalleerd bij de aangewezen wachtplek buiten zijn huis. Destijds was dat de allernieuwste technologie, niet iets waar veel mensen vertrouwd mee waren en niet iets wat ze konden verwachten. Hij hoefde alleen maar te luisteren.'

Kat zuchtte. Als er nu eens iemand naar háár zou luisteren...

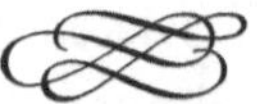

HOOFDSTUK 8

Kat stapte uit de sloep en stond direct tot haar knieën in het water. Ze was blij dat ze eindelijk op het eiland was. Ze keek achterom naar *The Financier* toen ze naar het rotsachtige strand liep. Zelfs van een afstandje maakte het jacht een reusachtige indruk.

Raphael trok de sloep zo ver het strand op dat de golven hem niet het water in konden trekken. De mannen waren haar aanwezigheid alweer vergeten. Jace praatte over Broeder XII en Raphael hing aan zijn lippen.

Ze wachtte heel even en liep toen achter Jace en Raphael aan het strand over, een paar meter achter hen. Zo hield ze enige afstand tot Raphael en kon ze nog steeds hun gesprek volgen. Die tactiek maakte dat ze rustig bleef.

Gia en Harry waren achtergebleven op het jacht. Gia was moe en Harry had weer last gekregen van zijn rug. Kat had er ook aan gedacht op om de boot te blijven, maar ze was hier niet helemaal naartoe gekomen om wat restte van de wereld van Broeder XII aan zich voorbij te laten gaan. Bovendien geloofde ze in het oude Chinese spreekwoord dat je je vrienden dicht bij je in de buurt moest houden en je vijanden nog dichterbij.

Het was nu bijna vier uur 's middags. Raphael had nog steeds niet uitgelegd waarom hij telefonisch overleg had gehad met zijn Italiaanse beleggers, alleen dat het iets te maken had met Gia. Toch deed die ontwijkend als Kat haar om meer uitleg vroeg.

Gia was woedend dat Kat vraagtekens had durven zetten bij de geloofwaardigheid van Raphael en zijn bedrijf. Kat bedacht dat ze die reactie ook had kunnen verwachten, maar ze kon niet achterover-leunen en toezien hoe haar vriendin in de steek werd gelaten én ook nog eens bestolen.

Nu Gia nauwelijks met haar sprak, was het moeilijk om meer bijzonderheden te krijgen over wat Raphael met haar overeen was gekomen. In haar pogingen haar vriendin te beschermen, had ze haar van zich vervreemd. Sterker nog, alles wat ze zei maakte Gia alleen maar bozer. Dat verweet ze haar niet. Maar er waren dingen die gezegd moesten worden, al was het alleen maar om te voorkomen dat Gia failliet zou gaan.

Ze bleef even staan op het rotsstrand en stelde zich voor hoe nieuwe leden van de commune zich moesten hebben gevoeld als ze aan land stapten. Ze hadden al hun bezittingen afgestaan en waren aangekomen op een troosteloos eiland, ver weg van de bewoonde wereld.

Kat zag ernaar uit de overblijfselen te zien van de verlaten neder-zetting van Broeder XII. Ze was altijd gefascineerd geweest door het fenomeen 'sekte'. Redelijk denkende mensen werden er op de een of andere manier toe gebracht hun bezittingen af te staan en, nog belangrijker, hun vrije wil op te geven. De Aquarian Foundation was een prachtig voorbeeld. Er waren goede redenen waarom bijna niemand nog iets afwist van de cult. Waarschijnlijk wilden mensen zulke ongelukkige gebeurtenissen vergeten en achter zich laten.

'Waar wachten we nog op? Laten we gaan,' zei Raphael.

Ze liepen naar boven over een pad dat landinwaarts leidde. Het pad liep parallel aan de klippen en lag gedeeltelijk in de schaduw door de aanwezigheid van aardbeibomen die zich tussen de rotsen hadden geworteld. Toen ze zich verder verwijderden van de kust en landin-waarts liepen, maakten de aardbeibomen plaats voor hogere pijnbomen. Het pad werd vlak en de zon die net nog door de bomen had geschenen was niet meer te zien; de schaduw betekende een verfrissende verandering.

'Vertel me eens over je bedrijf. Hoe ben je begonnen?' vroeg Jace.

Raphael knikte. 'Mijn moeder had een kapsalon, thuis in Milaan. Als kleine jongen speelde ik daar altijd en ook al was ik jong, ik merkte op hoe ze lelijk uitziende dames veranderde in mooie vrouwen. Ze was niet zo goed in de financiële kant van de zaak. Haar talenten lagen meer op het gebied van het bedenken van nieuwe stijlen en haarproducten. Al snel trok ze de aandacht van Italiaanse filmsterren en van modellen. Eigenlijk doet Gia me denken aan mijn moeder.'

'O ja? In welk opzicht?' vroeg Jace.

'Ze kent haar klanten en weet ook wat goed verkoopt. Ze is niet bang om verantwoorde risico's te nemen.'

Dat was nieuw voor Kat. De Gia die zij kende was extreem voorzichtig. Iemand die de verbouwingen in haar zaak uitstelde totdat de winst toenam. Wat was er met de komst van Raphael veranderd?

Ze hield haar mond om zo veel mogelijk informatie van Raphael te krijgen. Ze volgde de mannen naar een uitstekende rots, waar het pad zich splitste. Ze sloegen af naar rechts.

'Werkt je moeder nog steeds in haar salon?' vroeg Jace.

'Nee, natuurlijk niet.' Raphael lachte. Het pad ging even iets omhoog en liep toen verder het bos in. 'Ze hoeft voor de rest van haar leven geen vinger meer uit te steken. Dankzij Bellissima zijn we nu heel rijk. Nu is mijn moeder degene die schoonheidsbehandelingen krijgt.'

Jace grinnikte. 'En jij hebt haar geholpen om zover te komen.'

'Ik ben me bezig gaan houden met de zakelijke kant, met marketing en het aantrekken van durfkapitaal om de productie en de productontwikkeling te kunnen financieren. Maar het idee, de mond-op-mondreclame en de steun van beroemdheden voor de producten, dat was allemaal het werk van mijn moeder. Dat is iets wat je met geld niet kunt kopen.'

'Je klinkt erg bescheiden,' zei Jace.

Jace was binnen de kortste keren toegetreden tot Raphaels fanclub. Waar waren zijn journalistieke scepsis en onpartijdigheid gebleven?

'Hoe heet je bedrijf, Raphael?' De woorden waren eruit voordat Kat zich kon inhouden. Hij praatte veel over al zijn successen, maar hij gaf wel heel weinig details.

Er kwam geen antwoord.

Het was vrij zeker dat hij haar had gehoord, dus herhaalde ze de vraag niet. Jace was Raphaels selectieve gehoor blijkbaar niet opgevallen.

Korte tijd daarna arriveerden ze bij de nederzetting. Raphael vond zijn stem weer terug toen het gesprek verder ging over Broeder XII en de Aquarian Foundation. Er was niet veel overgebleven van het terrein, afgezien van vage afdrukken waar eens gebouwen hadden gestaan.

Jace wees op de overblijfselen van een betonnen fundering die de omvang had van een aantal huizen. 'Dat moet de plek zijn van het schoolgebouw, ' zei hij. 'Ze hebben dat gebouwd, omdat ze dachten dat er leerlingen zouden komen, maar die waren er niet. De meeste communeleden waren van middelbare leeftijd of nog ouder, dus er waren geen schoolkinderen.'

'Misschien was dat eigenlijk wel goed,' zei Kat. 'Stel je voor dat je binnen een sekte wordt geboren. Je zou niet weten dat er ook nog een andere wereld was.'

Jace knikte. 'Van jongs af aan gehersenspoeld. Moeilijk om je daaraan te ontworstelen.'

'Is dit alles wat er nog is?' Raphael schopte wat aarde weg met zijn voet. 'Ik dacht dat er gerestaureerde gebouwen en zo zouden staan.'

'Waar is het Huis van het Mysterie?' Kat zocht de grond af naar de omtrekken van een ander gebouw dat groter was dan de meeste andere. 'O, ik geloof dat ik het zie.' De vage resten van een fundering waren te zien op een kleine heuvel die over de nederzetting uitkeek. Waar hij zijn onderdanen in de gaten kon houden, dacht ze bij zichzelf.

'Hoe lang heeft deze sekte bestaan?' vroeg Raphael. 'Het schijnt dat ze nogal veel hebben rondgetrokken.'

'Niet meer dan een jaar of zes,' zei Jace. 'Zelfs zijn meest fanatieke volgelingen raakten gedesillusioneerd, toen zijn beloften van een Nieuwe Tijd niet uitkwamen. Uiteindelijk kregen ze door dat sommige van zijn beweringen niet klopten.'

'Het is niet bepaald gemakkelijk om hier te komen.' Raphael nam het landschap in zich op. 'En dit is een rotsachtig eiland. Je kunt hier niet zelfvoorzienend zijn. Wat maakt deze plaats zo aantrekkelijk?'

'Broeder XII vond het prettig dat niemand de commune in de gaten kon houden. Hij wilde geen aandacht trekken, want dan zouden er vragen worden gesteld. En die vragen kwamen niet alleen van buitenaf. De leden van de Aquarian Foundation wilden weten hoe hij kon samenwonen met Myrtle, terwijl hij nog steeds met Alma was getrouwd. Dat soort gedrag was destijds schandalig. Of waarom de eigendomsbewijzen op zijn naam werden gezet en niet op die van de Foundation.

'Maar wat nog meer vragen opriep, was waarom de volgelingen zo hard moesten werken; in feite kwam dat neer op onbetaalde dwangarbeid. Velen van hen waren ouden van dagen, die zichzelf praktisch dood werkten. Eigenlijk waren het zijn slaven.'

Kat staarde naar de omtrekken van de gebouwen, die soms waren overwoekerd door vegetatie. De locatie leek op een archeologische vindplaats. Een plek waarvan mensen het bestaan liever vergaten. 'Ik kan nog steeds niet geloven dat mensen ervoor kozen om hier te verblijven. Ik neem aan dat ze toen al doodarm waren en waarschijnlijk geestelijk en lichamelijk te uitgeput om te ontsnappen,' zei ze.

'En te bang,' voegde Jace eraan toe. 'Ze geloofden nog steeds dat Broeder XII macht over hen had. Ze vreesden de gevolgen van een vertrek. En zelfs als zijn spirituele beweringen vals waren, waar moesten ze heen? Ze hadden zich vervreemd van hun familie, toen ze hun rijkdom overdroegen aan Broeder XII. En er waren ook vrouwen die hun echtgenoot hadden verlaten omdat ze van Broeder XII waren gaan houden. De meesten kwamen uit het buitenland. Ze hadden geen mogelijkheid en ook geen geld om terug naar huis te gaan.'

'Er kwam enigszins verlichting van hun harde arbeid en karige bestaan toen Broeder XII en zijn toenmalige maîtresse, Mevrouw Zee, in 1930 naar Engeland vertrokken. Dat deden ze in een trawler uitgerust met geschutskoepels om zich te kunnen verdedigen. Ze bleven bijna twee jaar weg, lang genoeg om mensen te laten inzien dat ze een vergissing hadden begaan. Ze verenigden zich en riepen Broeder XII ter verantwoording bij zijn terugkeer. Hij verbande de luidruchtigste opponenten, maar dat was wel het begin van het einde. Zijn volgelingen waren eindelijk in staat om op de een of andere manier het eiland te verlaten. Toen ze eenmaal de buitenwereld hadden bereikt, beseften ze de omvang van hun verliezen. In 1933 spande een aantal volgelingen een proces aan tegen de Aquarian Foundation om de bezittingen te laten bevriezen en hun geld terug te krijgen.'

'Ze hadden maar gedeeltelijk succes, aangezien Broeder XII heel slim was geweest bij het verbergen van de bezittingen. Het goud kon niet worden achterhaald en hij had veel van het geld al voor zichzelf uitgegeven. Mary Connally kreeg een deel van haar geld terug, toen de eigendomsbewijzen van het onroerend goed op de eilanden De Courcy en Valdes op haar naam werden overgeschreven als gedeeltelijke compensatie.'

'Broeder XII voorzag zijn eigen ondergang en hij vertrok in grote haast uit de nederzetting samen met mevrouw Zee.' Jace schudde zijn hoofd. 'Maar niet voordat hij alle gebouwen in brand had gestoken. Hij gebruikte een bijl om het meubilair in stukken te hakken en vernietigde verder alles, zodat niemand anders er wat mee kon doen.'

'En wat gebeurde er met het geld?' vroeg Raphael.

'Het goud?' Jace haalde zijn schouders op. 'Sommige mensen zeggen dat het nog op het eiland begraven ligt, dat hij geen tijd had om het mee te nemen. Maar ik betwijfel dat.'

Raphaels mond viel open. 'Met hoeveel ging hij ervandoor?'

'Niemand weet dat echt. De meeste mensen schaamden zich en gaven niet toe dat ze geld hadden geïnvesteerd, laat staan voor hoeveel ze waren opgelicht. Aangezien ze allemaal rijk waren geweest toen ze lid werden, moet het een behoorlijk groot bedrag zijn.' Jace was even stil. 'Er is nog een gerucht over een grot ergens op het eiland. Sommigen denken dat hij een deel van het goud daar heeft verborgen.'

'Waar wachten we nog op?' Raphael draaide zich om naar het pad. 'Laten we naar die grot gaan.'

Kat liep achter de twee mannen aan toen ze de nederzetting achter zich lieten. Ze keerden terug naar het pad, maar namen een zijpad dat achter de open plek langs voerde, met weelderige, kniehoge vegetatie en frambozenstruiken langs de kant. Door de schaduw was het er koel, wat een scherp contrast vormde met de kale en winderige klippen aan de kust.

Nog geen honderd meter verder ging het pad steil omhoog. Kats voeten waren nog nat en ze gleed weg in haar slippers; ze pakte takken en planten beet om op de been te blijven. Ze wilde dat ze steviger schoenen aan had getrokken.

Jace liep voorop, gevolgd door Raphael. Ze moest moeite doen om het tempo bij te houden en de afstand tussen haar en Raphael werd steeds maar groter.

'Een beetje langzamer,' zei ze, toen haar rechtervoet uit haar slipper schoot.

Raphael hoorde haar niet of wilde haar niet horen. Ze kreeg haar slipper weer aan en haalde de twee voor haar weer in.

'Vertel me nog eens wat over je moeder,' zei Jace.

'Mijn moeder werd heel bekend en vrouwen uit de wijde omgeving kwamen naar haar salon. Ze trok al snel de aandacht van een grote Italiaanse leverancier van schoonheidsartikelen. Mijn moeder verleende hun de licentie om het geheime recept te gebruiken en de rest is bekend.' Raphael bleef staan op het pad en draaide zich om; hij keek Kat aan.

'Het was slim om een licentie te verlenen,' zei Kat. 'De meeste mensen zouden hun uitvinding direct verkocht hebben.' Het grensde aan het ongelooflijke dat in deze moderne tijd Raphaels moeder een nieuw haarproduct had ontwikkeld zonder de beschikking te hebben over een chemisch laboratorium. Maar ze speelde het spelletje mee. Ieder antwoord dat Raphael gaf zou verzonnen zijn, maar vroeg of laat zou hij een fout maken en iets onthullen.

'Mijn moeder verkocht haar formule niet, omdat ze het creatieve eigendom wilde behouden,' zei Raphael. 'Dat deel van de overeenkomst werkte heel goed.'

'Werkt ze nog aan nieuwe producten?'

Raphael gaf geen antwoord. Zijn selectieve gehoor was weer aan het werk.

Ze bleven staan op een open plek. Hiervandaan liepen twee paden in tegengestelde richting zonder enige aanduiding.

'Ach, de verhalen die ik jullie zou kunnen vertellen over sommige van die beroemdheden.' Raphael maakte met zijn vinger een beweging langs zijn lippen. 'Maar natuurlijk hou ik mijn lippen op elkaar.' Hij noemde een lijst van een stuk of tien filmsterren en beroemdheden die Bellissima konden aanbevelen. 'Alle grote Europese namen en spoedig ook de grootste Amerikaanse sterren.'

'Slimme dame, jouw moeder,' zei Jace. 'Kat, misschien moet jij ook eens zijn haarproducten uitproberen.'

Kat keek boos. 'Waarom? Wat is er niet goed aan mijn haar zoals het nu zit?' Waarom dacht iedereen dat ze iets aan haar kapsel moest doen?

'Ik zeg niet dat het moet, maar jij bent hier de enige persoon met krullen in je haar. Het zou een interessant experiment zijn. Heb je een van je producten aan boord, Raphael?'

Raphael lachte. 'Ik ben bang van niet. Het spijt me dat ik je moet teleurstellen, maar Kats haar zal voorlopig zo moeten blijven als het is.'

Ze negeerde de belediging. 'Heb je het niet bij je?' Géén product hield in dat zij niet het risico liep dat er met haar haar werd geëxperimenteerd. En Raphael liep niet het risico dat hij als oplichter werd ontmaskerd. Alleen een oplichter zou het zo spelen dat hij geen producten bij zich had voor demonstraties en voor promotie.

'Ik heb geen monsters bij me,' zei Raphael. 'Ik krijg die volgende week pas weer.'

Kat ontweek een grote boomwortel. Raphael kon geen klanten krijgen zonder dat hij producten kon laten zien. Toch had hij Gia zover kunnen krijgen dat ze geld in zijn bedrijf had geïnvesteerd zonder Bellissima zelfs maar te proberen.

'Ik neem aan dat de fabrikant de hele distributie voor zijn rekening neemt?' vroeg Jace.

'Precies.' Raphael zwaaide met zijn arm. 'Zij doen alle logistiek. Wij sluiten contracten met de erkende detaillisten en laten de productie en distributie aan hen over. Niemand kan ons gepatenteerde procedé kopiëren.'

Jace trok zijn wenkbrauwen op. 'Jullie hebben het goed voor elkaar. Geen wonder dat je tijd hebt om de wereld rond te reizen op je jacht.'

'Hoe kun je voorkomen dat iemand het procedé 'omgekeerd' navolgt?' vroeg Kat. Tientallen Chinese fabrieken ontsloten dagelijks gecompliceerde procedés. Als Raphaels product net zo revolutionair en winstgevend was als hij beweerde, dan zou er geen gebrek aan zijn aan kopieerders en vervalsers die ook met het succes mee wilden liften.

Zoals te verwachten viel, reageerde Raphael daar niet op.

Het bladerdek was hier dichter en de lucht was vochtiger. Ze bleef even staan om een watervalletje te bewonderen en ook om weer kalm te worden. Ze slaakte een zucht toen de stemmen van de mannen zich van haar verwijderden.

Heel erg vond ze dat niet. Ze was het zat om te horen over de ongeëvenaarde successen van Raphael. Niet alleen omdat het leugens waren, maar ook omdat ze het niet kon uitstaan dat de gewoonlijk zo objectieve Jace zijn verhalen voor zoete koek slikte.

Eventjes zette ze haar gedachten op een rijtje. Toen het stil werd in het bos, besefte ze dat ze de stemmen van de mannen niet meer hoorde. Ze deed er verstandig aan zich weer bij hen aan te sluiten.

'Ik loop vlak achter jullie,' riep Kat naar Jace en Raphael.

Er kwam geen antwoord.

Ze was boos dat Jace niet had gemerkt dat ze achterop was geraakt.

Kat vroeg zich af of ze niet beter om kon keren en teruggaan naar het strand, vooral omdat ze niet echt goed door kon lopen in haar slippers. Maar toch besloot ze verder te gaan, omdat ze dit hele eind al had gelopen om de nederzetting en de grot te zien. De nederzetting was een teleurstelling geweest, maar misschien stelde de grot meer voor. Ze ging niet weg voordat ze die gezien had.

Kat sjokte in stilte verder en nam de tijd. Er was maar één pad, dus er was eigenlijk geen gevaar dat ze zou verdwalen. Ze vertrok even van de pijn toen ze een blaar voelde opkomen aan haar rechtervoet. De volgende keer zou ze beter schoeisel kiezen.

Ze boog zich voorover om haar slipper goed te doen en schrok, toen ze plots een mannenstem hoorde.

HOOFDSTUK 9

Kat draaide zich snel om en zag Pete. Hij zat op een boomstronk een paar meter bij haar vandaan en keek haar met een grijns aan.

'Met zulke schoenen kom je niet ver.' Raphaels schuchtere bemanningslid was ineens vol zelfvertrouwen en uitte zich enigszins sarcastisch. 'Ben je helemaal alleen?'

Kat vocht tegen een algeheel gevoel van ongemakkelijkheid. Pete léék wel te vertrouwen, maar wat wist ze nu echt van hem? Niets, behalve dan dat hij een tijdelijke kracht was, die was ingehuurd door iemand die bijna zeker een oplichter was.

Hij ging staan en deed een paar stappen in haar richting.

Er kwam een geur van oud zweet en vuil op haar af en ze deinsde terug. Ze stapte een stukje achteruit, maar struikelde op de ongelijke grond. Haar slippers schoven onder haar voeten vandaan. Ze verdraaide haar enkel toen ze probeerde haar evenwicht te bewaren, maar dat niet lukte. Kat zakte in elkaar op de grond en gleed weg van het pad.

Ze keek omhoog en zag Pete boven haar staan. 'Het is niets. Het gaat wel.'

'Rustig maar. Ik doe niets.' Pete stak zijn hand uit en hielp haar omhoog. 'Maar waarschijnlijk was het niet zo'n goed idee om alleen op pad te gaan. Je zou kunnen verdwalen of zoiets.'

'Ik ben niet in m'n eentje. Raphael en Jace lopen een stukje voor me uit.' Ze boog zich voorover en veegde het vuil van haar knieën en voeten. Haar enkel klopte; ze pakte een boom beet om in evenwicht te blijven en schudde de enkel los.

Pete leek verrast te zijn. 'Nee, ze zijn teruggegaan. Volgens mij zijn ze hier een paar minuten geleden voorbijgekomen.'

'O? Ik heb ze niet gezien. Ze liepen ook niet ver voor me uit. Waar gingen ze heen?' Dat moest dan zijn geweest toen ze een klein stukje van het pad was afgeweken, maar ze had niemand voorbij horen lopen.

Pete haalde zijn schouders op. 'Terug naar het schip, denk ik.'

'We – ik – ben op weg naar de grot. Zij ook. Het kan niet dat ze daar zijn geweest en al weer terug zijn gekomen.'

Hij krabde bedachtzaam aan zijn kin. 'Dan zullen ze wel van gedachten zijn veranderd toen ze de grot eenmaal zagen.'

Ze wachtte tot hij meer zou zeggen, maar dat deed hij niet. 'Ik loop toch wel in de goede richting?' Het verbaasde haar dat Jace niet minstens een paar minuten bij de grot had rondgekeken.

'Ja.' Hij knikte. 'Het is een paar minuten verder het pad af.'

'Oké, dan kan ik maar beter gaan. Ik wil zien waar Broeder XII zijn goud heeft verborgen.'

'Jij en nog duizend anderen.' Hij gniffelde. 'Er is geen goud. Iedereen zoekt maar naar het verkeerde. Er is echter wel een andere schat.'

'Wat voor een soort schat?'

'Een geheime doorgang onder de bodem van de oceaan. Een onderaardse tunnel die naar een ander eiland voert.'

'Wauw! Een echte tunnel onder de bodem van de oceaan?'

Hij knikte. 'Ja, de plaatselijke bevolking heeft hem duizenden jaren gebruikt. Het is alsof er onder de grond een andere wereld is. Het is echt ongelooflijk, maar er zijn niet veel mensen die er iets van afweten.'

'Hoe komt het dat je zoveel weet over deze plek?' Zij was opgegroeid op het vasteland van Canada, maar zo dichtbij dat ze zeker iets zou hebben gehoord over iets geweldigs als een onderaardse tunnel. Aangezien dat niet zo was, nam ze aan dat de tunnel waarschijnlijk niet bestond. 'Kom jij hier vandaan?'

'Zo ongeveer. Ik ben opgegroeid op een eiland in de buurt. Maar dat is een ander verhaal.' Hij fronste zijn wenkbrauwen en staarde in de verte. 'Weet je überhaupt iets af van de grot?'

Ze schudde haar hoofd. 'Wat is er zo bijzonder aan?'

'De grot is vijf kilometer lang en loopt onder de bodem van de oceaan door.' Hij bewoog zijn hoofd in de richting van waar ze naar op weg was. 'De toegang tot de grot is in het midden van het eiland, maar als je er ver genoeg inloopt, dan ga je een meter of zestig meter naar beneden. De tunnel loopt dan onder de oceaanbodem door en komt uit op het eiland Valdes aan de andere kant van de zeestraat.

'Echt waar?' Dit fascinerende verhaal was echt iets voor Jace, maar hij was kennelijk te veel in de ban van Raphael. Het mocht hém dan ontgaan zijn, maar zij zou deze kans niet laten lopen. 'Kun je me er nog meer over vertellen?'

'De grot werd gebruikt door het indianenvolk van de Coast Salish als onderdeel van hun ceremoniële riten. De mannen moesten vasten en liepen vervolgens alleen door de onderaardse tunnel met slechts een enkele toorts om hun de weg te wijzen. Ze voltooiden hun missie door hun staf in de heilige kamer neer te zetten en ze werden feestelijk onthaald als ze de weg terug hadden afgelegd.'

'Serieus? Ben je er zelf doorheen gelopen?'

Pete schudde zijn hoofd. 'Meer dan een eeuw geleden werd de toegang tot de tunnel versperd door een aardbeving. Ook de heilige kamer werd daardoor afgesloten. Men neemt aan dat de kamer volstaat met archeologische schatten zoals ceremoniële maskers en staven en andere spullen.'

'Als het zo adembenemend is, waarom is de toegang tot de tunnel dan niet opnieuw vrijgemaakt?' Die heilige kamer klonk als een paradijs voor archeologen. Haar sceptische inslag zei haar dat het allemaal niet klopte. Het was een onbewezen legende.

'De rotsblokken zijn soms zo groot dat je een heleboel zwaar materiaal nodig zou hebben. Misschien wegen de kosten niet op tegen wat je ervoor terugkrijgt. Soms is het beter dingen te laten zoals ze zijn.'

'Tenzij het goud van Broeder XII zich daar bevindt.' Kat glimlachte. 'In ieder geval klinkt het alsof de grot fantastisch is. Ik wil hem dolgraag zien.'

'Wees voorzichtig als je de grot ingaat. Je moet goed kijken waar je loopt.' Hij keek naar haar voeten. 'Je moet er echt niet alleen naar binnen gaan.'

Hij had natuurlijk gelijk. 'Kun jij me de grot anders laten zien?'

Hij schudde zijn hoofd. 'Ik moet nu terug naar het schip, maar ik kan je de grot morgen wel laten zien.'

'Dat zou ik heel leuk vinden.' Als morgen niet al te laat was. Als Jace en Raphael geen interesse hadden in de grot, zouden ze misschien niet nog een dag op De Courcy blijven. 'Ik loop toch nog maar even naar de ingang. Ik kan net zo goed een snelle blik werpen voordat ik terugga naar het schip.'

Ze bedankte hem en liep verder het pad af. Ze spitste haar oren toen ze stromend water hoorde en nauwelijks waarneembare stemmen. Maar het waren kinderstemmen, niet die van Jace en Raphael.

Een paar minuten later haalde ze een gezin in van vier personen met een jongetje van ongeveer tien en een meisje van ongeveer dertien. Ze naderde hen tot op een meter of tien en kon hen horen praten. De jongen sprak opgewonden over de rots, terwijl het meisje niets zei en rijpe frambozen plukte van de struiken langs het pad.

Om een reden die ze zelf niet goed kon verklaren week ze een stukje van het pad af naar beneden. Ze had gewoon geen zin om met het gezin te kletsen, dus ging ze op het geluid af van stromend water en kwam uit bij een klein beekje. Ze sloeg een mug op haar arm dood en bleef staan bij het beekje. Kat boog zich voorover en ging met haar hand door het koude water. Ze deed haar handen bij elkaar, schepte er water in en leste haar dorst. Ze rilde een beetje toen ze water over haar gezicht en armen gooide en het zweet van haar huid veegde.

Ze wachtte op een paar meter afstand van het pad tot het gezin een stuk verder was gelopen. Nadat hun stemmen niet meer te horen waren, hoorde ze weer andere stemmen naderbij komen. Jace en Raphael waren dus niet teruggegaan naar het schip zoals Pete had gezegd. Of hij had zich vergist, of hij had opzettelijk gelogen.

Ze liep naar het pad met de bedoeling zich bij hen te voegen. Ze klauterde naar boven, terug naar het pad, maar bleef met haar voet hangen achter een blootliggende boomwortel. Ze viel voorover en kwam met een plof op haar zij terecht.

Pijnlijk lag ze met haar ribbenkast tegen de wortels op de grond. Had ze iets gebroken?

Nee. Ze klopte de dennennaalden en bastschilfers van zich af en nam de schade op. Een beetje bloed van een geschaafde knie. Verder had ze niets.

Ze klauterde verder omhoog. 'Hé! Wacht op mij.'

Er kwam geen antwoord.

Ze had hen alleen gehoord en niet gezien, dus was het niet eenvoudig om vast te stellen welke kant ze op waren gelopen. Misschien waren ze helemaal niet op de terugweg. Het kon zijn dat ze nog steeds op weg waren naar de grot en in dat geval kon ze hen gewoon volgen. Ze slaakte een zucht van opluchting. Ze zou toch niet alleen zijn bij de grot.

Wel raar dat Pete had beweerd dat hij hen gezien had. Waarschijnlijk had hij in de verte andere mensen gezien en gedacht dat het Jace en Raphael waren. Daar stond tegenover dat het pad slechts een meter of dertig verwijderd was van waar Pete had gezeten. Je kon je toch niet echt vergissen als het om die twee ging, tenzij hij iets aan zijn ogen had.

Ze liep weer een eindje verder, maar de stemmen van de mannen waren niet te horen. Ze waren dus op weg naar het strand en niet naar de grot.

Nou, dan moesten ze maar op haar wachten bij het strand. Ze ging niet aan boord van de sloep zonder dat ze in ieder geval een blik op de grot had kunnen werpen. Hoewel Pete had aangeboden dat hij haar morgen de grot zou laten zien, was er geen garantie dat ze dan nog voor anker zouden liggen bij het eiland. Jace' opdracht was de enige reden waarom ze hier waren en als hij geen interesse had in de grot, zouden ze waarschijnlijk niet langer blijven.

Haar enkel deed pijn en ze was boos dat ze alleen was achtergelaten. Ze was vooral boos omdat Jace zich niet eens had afgevraagd waar ze was. In plaats van zich zorgen te maken, was hij haar helemaal vergeten.

Ondanks haar zere enkel had ze het gezin spoedig weer ingehaald. Ze ging langzamer lopen, omdat ze liever alleen was. Ze kreeg een steeds slechter humeur. Hun stemmen werden weer vager nu de afstand tussen hen groter werd. Ze bleef ver genoeg achter hen lopen om hen te horen maar niet te zien. Tien minuten was alles wat ze nodig had om een snelle blik op de grot te werpen, zodat ze in ieder geval kon zeggen dat ze er geweest was. Dan zou ze een klein half uurtje later terug zijn bij de sloep.

Jace en Raphael konden elkaar vast wel een tijdje bezighouden door over Raphael te praten.

HOOFDSTUK 10

Kat moest zich op haar zij draaien om zich door de ingang van de grot te wurmen. Het was niet veel meer dan een spleet en ze had direct last van claustrofobie, toen ze de koude, vochtige lucht inademde. Pete had de nauwe opening niet genoemd. Ze aarzelde en onderdrukte de neiging om direct weer weg te gaan.

Ze kon het gezin niet zien of horen, maar aangezien het pad hier eindigde, moesten ze zich in de grot bevinden. Ze ging voorzichtig verder, terwijl haar ogen aan het duister begonnen te wennen. In ieder geval was de bodem van de grot vlak. Ze ging met haar hand langs de gladde, vochtige wanden en liep een meter of zes naar binnen. Hoewel er nauwelijks licht doordrong in de donkere holte, was het duidelijk dat de grot nergens naar toe leidde. Ze zag niets dat op een tunnel leek.

Ze stond op het punt weer naar buiten te gaan, toen ze met haar handpalm opeens de wand van de grot niet meer voelde. Rechts van haar was een opening of een soort nis. Ze volgde de bocht die de grot maakte en ging de hoek om. Ze kwam terecht in een grote, open ruimte die baadde in gefilterd zonlicht. Het contrast met hoe het een paar meter terug was geweest, was verbazingwekkend. Door een opening die minstens tien meter boven haar was, stroomde licht naar binnen. Ondanks de open ruimte was de lucht hier nog vochtiger dan in de donkere toegangstunnel. Er hingen klimplanten langs de wanden van de grot en er vielen waterdruppeltjes. Eerst zag ze het vocht voor regen aan, maar de nevel was het resultaat van bijna honderd procent luchtvochtigheid.

Ergens in de verte hoorde ze water stromen, misschien een beekje of een watervalletje. Ze liep op het geluid af en aarzelde. Ze moest zich niet in haar eentje verder wagen. Behalve dan dat ze niet alleen was, aangezien het gezin voor haar moest lopen. Eigenlijk was het dan beter om hen in te halen.

Jace en Raphael moesten natuurlijk weten dat ze hier was, omdat ze niet was teruggekeerd naar het strand. Het zou niet lang duren voor ze terug zouden gaan om haar te zoeken. Niet dat ze dat wilde. Ze was nog steeds boos dat ze niet op haar hadden gewacht, of kennelijk niet eens hadden gemerkt dat ze er niet meer was.

Het maakte niet uit. Ze was hier niet naartoe gekomen om alle bezienswaardigheden te missen. Ze was in ieder geval van plan om de grot een beetje verder te verkennen. Ze had nog wel tijd voor een snelle blik voordat ze terugging naar het strand.

Het geluid van het water werd luider en ze stelde zich een waterval voor die langs de rotsen naar beneden stroomde. Het licht werd minder toen ze op het melodieuze geluid afging. Het was een mooie, onderaardse wereld, zelfs in het duister. Ze liep naar de andere kant van de open ruimte en was zo gebiologeerd dat ze in volle vaart tegen de rotswand opknalde.

'Au!' Haar stem echode door de ruimte. Haar neus deed pijn van de botsing. Ze was met haar gezicht tegen de rotswand gelopen.

Kat stapte terug en verloor haar evenwicht. Ze vloekte toen ze op de grond viel. Dat was nu al de tweede keer binnen een paar minuten dat ze viel.

'Hallo?' Haar stem echode door de hele ruimte toen ze zichzelf opdrukte en op haar ellebogen steunde. Ze was er zelfs niet zeker van dat ze nog dezelfde kant op keek. De duisternis had haar zo snel en volledig omgeven dat ze gedesoriënteerd was geraakt en niet meer wist waar ze vandaan gekomen was. Hoe kon ze in hemelsnaam teruglopen als ze niet wist welke kant dat op was? Haar ogen zouden nu toch wel gewend moeten zijn aan de duisternis, maar ze zag helemaal niets. Alles was zwart en ze had geen idee waar de open ruimte zich bevond waar ze enige ogenblikken geleden doorheen was gelopen. Ze onderdrukte de paniek die bij haar opkwam en bedacht dat ze helder moest blijven denken. Het enige wat ze moest doen was de wand van de grot methodisch aftasten en de opening in de wand vinden. Dan kon ze haar weg terugvinden naar de ingang en de grot verlaten.

Nadat ze de grot was ingegaan, had ze de stemmen van het gezin niet meer gehoord, zelfs de stemmen van de kinderen niet. Ze moesten verderop in de grot zijn en waarschijnlijk net als zij zijn afgegaan op het geluid van het stromende water.

'Hallo' Ze hoopte op een reactie die haar gerust zou stellen, maar ze hoorde alleen de echo van haar eigen stem. Vreemd dat ze niemand kon horen.

Ze overwoog om de grot verder te verkennen, maar wat zou ze in vijf of tien minuten nog meer kunnen ontdekken? Als ze zich verder waagde, dan zou dat alleen maar het risico vergroten om te verdwalen. Bovendien, nu ze iets gevonden had, zou ze gemakkelijk de hele groep ervan kunnen overtuigen hiernaartoe te gaan en de enorme grot zelf te zien. Misschien was Harry's rug dan weer wat beter en zou ook Gia zin hebben in de tocht. Het was leuker om als groep de grot te verkennen.

Zonder een zaklantaarn en goede schoenen was ze sowieso niet in staat verder te gaan. Ze had ook geen ander licht in de grot gezien. Haar hartslag werd sneller toen ze zich afvroeg of het gezin überhaupt de grot in was gegaan.

Ze ging op haar knieën zitten en nam even rust. Haar ogen waren nu voldoende gewend aan de duisternis om een meter van haar vandaan een vage omtrek te zien. Dat moest de wand van de grot zijn. Ze telde haar stappen toen ze ernaartoe schuifelde. Ze slaakte een zucht van opluchting toen ze de vochtige wand aanraakte.

Kat leunde tegen de wand en nam de schade op. Haar knie deed pijn. Los van de schaafwond had ze waarschijnlijk een spier verrekt. Daar kwam haar zere enkel nog bij en dat hield in dat het een lange, pijnlijke wandeling terug naar het strand zou worden. Ze ging langzaam staan en probeerde haar been uit. Ze kon lopen, zolang ze plotselinge bewegingen maar vermeed.

Ze dwong zichzelf kalm te blijven en streek met haar handpalm langs de wand. Binnen een minuut had ze de opening gevonden. Maar was het wel dezelfde tunnel? Ze had er niet bij stilgestaan dat er meerdere openingen konden zijn.

Ze ging de hoek om en kwam uit in een andere ruimte. De moed zonk haar in de schoenen toen ze besefte dat het niet om dezelfde ruimte ging. Zo liep de grond naar beneden en was het plafond veel lager, niet meer dan een meter of drie hoog. Dit moest het begin zijn van de ondergrondse tunnel.

Kat waagde zich een stukje verder de tunnel in en het werd onmiddellijk weer een stuk donkerder. Ze wachtte tot haar ogen weer wat gewend waren en kon al snel de vage omtrekken van de wanden van de grot onderscheiden. Toen ze een paar stappen naar voren deed, werd het plafond een stuk lager, zo laag dat ze er bijna met haar hoofd tegenaan ging.

Ze liep nog een stukje verder naar beneden en het plafond werd langzaam weer hoger. Een paar minuten later werd de grond vlak. Ze had geen idee of ze nu nog op het eiland was of onder de zee. Het was moeilijk daar zeker van te zijn, omdat ze een paar keer een bocht had gemaakt. Het enige wat ze zeker wist, was dat ze niet terug was gelopen in de richting van waar ze de grot in was gegaan.

Ze hield haar linkerhand tegen de rotswand om er zeker van te zijn dat ze haar weg terug kon vinden naar de grote kamer aan het begin. Het was een verbazingwekkend idee dat de natuur een tunnel onder de zee had gevormd. Ze had ergens gelezen dat het bijna onmogelijk was om in dit deel van de Stille Oceaan ondergronds te bouwen of zelfs elektriciteitskabels aan te leggen. Het diepe water en de instabiele oceaanbodem in een gebied waarin regelmatig aardbevingen voorkwamen was een te grote opgave gebleken voor ingenieurs. En toch had deze natuurlijke tunnel het al duizenden of zelfs miljoenen jaren uitgehouden. Hij had aardbevingen, stormen en mogelijk zelfs de IJstijd doorstaan.

Ze bedacht dat ze nog geen dertig minuten in de grot was geweest. Nu ze haar zelfvertrouwen terug had, besloot ze dat nog eens vijf minuten geen kwaad konden. Ze ging met haar vinger langs de vochtige rotswand ter geruststelling en liep door. Nog een paar minuten en dan zou ze omdraaien en teruglopen naar de ingang van de grot.

Het geluid van het water werd sterker. Het moest wel een behoorlijk grote waterval zijn, een waterval die Jace en Raphael volledig hadden gemist. Dat was het probleem met de obsessie van Jace voor Raphael. Hij was op zoek gegaan naar een tweede verhaal en had zo de kans gemist om dit unieke natuurwonder te zien. Dat was des te teleurstellender omdat Jace hield van de natuur en het niet voor de hand lag dat ze hier ooit terug zouden keren. Het eiland was alleen bereikbaar met een eigen schip, en dat hadden ze niet. Jace had de *glitter and glamour* van Raphaels verhaal nagejaagd en de ware schat gemist die hij zo had kunnen vinden. Te oordelen naar hoe vlug de mannen waren teruggekeerd, waren ze de grot waarschijnlijk helemaal niet ingegaan.

Ze ging af op het geluid van het water en kwam uit in een derde grotkamer. Deze was de grootste tot nu toe en er was veel meer licht. Ze stond voor een bassin dat ongeveer zes meter breed was. Er viel turquoise en groengekleurd water in vanaf een plek ongeveer vijfentwintig meter boven haar hoofd. Haar mond viel open toen ze langs de waterval omhoogkeek. Het water had de rots diep uitgeslepen en een nauwe geul gevormd waardoor het water over de rand naar beneden viel en terechtkwam in het bassin voor haar voeten.

De omvang en het geluid van de onderaardse waterval waren adembenemend. Pete had duidelijk niet van het bestaan ervan af geweten of hij zou er wel iets over hebben gezegd. Ze keek er met ontzag naar en vroeg zich af of zij de eerste was die de waterval zag. Waarschijnlijk behoorde ze tot een select groepje en hopelijk was ze niet de laatste.

De waterval was niet de enige bezienswaardigheid. Rechts van het waterbassin lag een grote, platte rots, waarschijnlijk zo'n drie meter in het vierkant. Ze liep er dichter naar toe en veegde met haar hand over het oppervlak. Het leek op een altaar of in ieder geval een ceremoniële rots. Ze boog zich voorover om er beter naar te kijken en ging met haar hand over de vage omtrekken van dierenfiguren gemaakt met rood en bruin pigment.

Ze rilde en vroeg zich af hoe ver ze onder de zeebodem was. Het pad was heel geleidelijk naar beneden gegaan en daarom had ze zich niet gerealiseerd hoeveel meter ze was afgedaald.

Dit deel van de grot was wel donker, maar er was meer licht dan in de vorige twee kamers, zelfs al was je hier verder onder de grond. Ze zocht de ruimte af om te achterhalen waar het licht vandaan kwam en zag een klein speldenprikje licht achter het bassin, waarschijnlijk zo'n twintig meter bij haar vandaan. Was dat licht afkomstig van een opening naar Valdes aan de andere kant van de tunnel of van een tweede uitgang op De Courcy?

Haar conclusie was dat het om De Courcy moest gaan. Ze drukte op het lichtknopje van haar horloge. Volgens de verlichte wijzerplaat was ze nu dertig minuten in de grot. Dat was niet lang genoeg om de vijf kilometer af te leggen naar het andere eiland.

Los van het feit dat ze een aantal malen was gestopt, had ze ook verscheidene bochten genomen. Je had een uur nodig en een flink tempo om vijf kilometer wandelend af te leggen en nog langer als je strompelde zoals zij.

Het was minstens veertig minuten geleden dat ze Pete had gezien en het was nog langer geleden dat ze Jace en Raphael op het pad uit het oog was verloren. Ze moest nu echt terug naar het strand. Maar het kon geen kwaad ook de andere kant van het bassin te verkennen. Ze zou zichzelf later voor haar hoofd slaan als ze vlakbij het water was geweest en er niet goed naar gekeken had. Ze zou zichzelf nog vijf minuten gunnen. Dan zou ze echt teruggaan. Maar dan kon ze in ieder geval het bassin goed beschrijven en de anderen vertellen wat ze gemist hadden. Als ze hier met de anderen terugkeerde, zou ze een zaklantaarn meenemen.

Ze wierp nog een laatste blik op de waterval, buitenaards mooi in het vage licht. Ze draaide zich om naar de lichtbron en liep in de richting van de nauwe tunnel. Had Broeder XII jaren geleden ditzelfde pad gevolgd? Het gerucht ging dat zijn weckpotten met goud op het eiland verborgen lagen. Waarom dan niet hier? Dit was de ideale plaats om iets te verbergen.

Het licht werd sterker en daarna weer zwakker toen ze verder de tunnel inliep. Binnen een paar minuten was het pikdonker en opnieuw liep ze blind door de tunnel met haar hand tegen de vochtige rotswand. Plantjes en korstmos kriebelden tegen haar hand. Ze streek met haar hand over het slijmerige oppervlak en probeerde niet te denken aan waar ze nog meer met haar hand overheen ging.

'Au!' De bodem van de grot verdween onder haar voeten en ze kwam in water terecht. Ze voelde paniek opkomen toen het ijskoude water in haar neus en longen doordrong en ze helemaal werd ondergedompeld. Ze zonk weg en sloeg om zich heen in het water, bang dat ze niet wist hoe ze uit het water moest komen.

Een van haar slippers glipte van haar voet en kwam zachtjes tegen haar hoofd. Haar paniek verdween toen ze doorhad dat hij naar de oppervlakte was gedreven. Ze duwde haar lichaam in dezelfde richting en kwam boven. Ze hapte naar lucht toen ze rechtop ging zitten. Kat hoestte vanwege het water dat ze binnen had gekregen en was verbaasd toen ze tot de ontdekking kwam dat het water slechts tot haar heupen kwam. Ze had nog steeds een probleem, maar door water waden was beter dan er blind in rondzwemmen.

Ze moest zich een paar keer hebben omgedraaid in haar pogingen rechtop te komen. Uit welke richting was ze gekomen? Haar gedachten tuimelden over elkaar heen, terwijl ze probeerde de rotswanden af te zoeken. Ze zag geen tunnel meer, of wat voor opening dan ook.

In het vage licht zag alles er hetzelfde uit.

Haar niet geplande verkenning van de grot was misschien een fatale vergissing geweest.

HOOFDSTUK 11

Slachtoffers raken in paniek, overlevenden overleven. Kat herhaalde in gedachten dat mantra en dwong zichzelf rustig na te denken. Ze had ergens gelezen dat veel slachtoffers van branden slechts centimeters verwijderd waren van een veilig heenkomen toen ze stierven. Ze raakten gedesoriënteerd en kozen de verkeerde richting. Zij had te maken met een soortgelijke situatie, behalve dan dat ze meer dan voldoende zuurstof had en niet in onmiddellijk gevaar verkeerde.

Ze was verdwaald, maar ze had niet echt een hele grote afstand afgelegd. Ze moest gewoon de richel vinden waar ze vanaf was gevallen en weer omhoog klimmen. Ze moest heel methodisch de route teruglopen waarlangs ze was gekomen of ze zou het risico lopen dat ze nog verder zou verdwalen.

Kat vloekte binnensmonds. Ze had zichzelf een paar minuten geleden uit een moeilijke situatie bevrijd en nu had ze zichzelf in een nog moeilijker parket gebracht. Ongeacht hoeveel natuurwonderen ze nog tegen zou komen, deze keer ging ze echt terug. Deze grot verkennen zonder zaklantaarn was vragen om problemen.

Niet meer in haar eentje op verkenning, sprak ze met zichzelf af.

Maar ze moest eerst de weg terugvinden.

Ze had haar slippers in haar linkerhand en ging voorzichtig naar rechts. Ze telde twaalf stappen en nog steeds stond ze in het water. Ze liep terug en na veertien stappen stootte ze met haar dij tegen een richel. Ze glimlachte. Het voelde alsof het om dezelfde richel ging waar ze vanaf was gevallen.

Ze trok zichzelf omhoog en bedacht toen dat er meer dan één richel kon zijn. Ze kon er maar beter zeker van zijn dat ze in de goede richting ging voordat ze verder liep.

Ze liet zich weer in het water zakken en ging terug in de richting van waaruit ze was gekomen. Ze telde veertien stappen. Daarna nam ze nog eens acht stappen, dus had ze er tweeëntwintig in totaal genomen. Nu kwam ze bij een vergelijkbare richel, alleen bevond die zich deze keer op kniehoogte. Ze legde een slipper op de richel als merkteken. Toen stapte ze op de richel.

Zes meter verder liep ze vast. De lichtbron in de tunnel was een opening in het plafond van de grot. Die was te klein en te ver weg om echt iets te zien. Dat maakte haar nog bezorgder, omdat het betekende dat ze veel dieper onder de grond was dan ze had gedacht.

In ieder geval had ze wel een antwoord op haar vragen. Toen ze zich omdraaide, protesteerde haar knie en ze voelde een scherpe pijnscheut. Ze voelde eraan; haar knie was dik. Hoe eerder ze bij de boot was, hoe beter het was, maar de terugtocht zou langzaam gaan. Inmiddels zou de ergernis van Jace wel zijn omgeslagen in bezorgdheid.

Ze draaide zich weer om en liep terug naar de richel. Ze voelde in het rond om haar slipper te pakken.

Niets.

Dit was waar ze bang voor was geweest. Aangezien ze niet in een rechte lijn had gelopen, was ze op een andere plek bij de richel gekomen. De zoekgeraakte slipper was daar het bewijs van. Dan klopten al haar eerdere conclusies over de richting waar ze vandaan was gekomen niet meer. Als ze een eind uit de route was, dan zou ze daar zelfs nooit achter komen. En wat nog erger was, ze had nu nog maar één slipper.

Ze zuchtte en stapte weer het water in. Het stond nu op borsthoogte, veel hoger dan het had gestaan dan bij de plek op de richel waar ze de slipper had neergelegd. Ze liep voorzichtig langs de richel en voelde naar haar slipper. Haar hart ging sneller slaan toen ze niets vond.

Overlevenden overleven.

Ineens liep ze hard tegen een rotswand aan die haar belette door te lopen.

Een rotswand die er net nog niet was.

Ze had een verkeerde bocht genomen, maar waar dan? Tot aan de waterval was ze zo voorzichtig geweest om met haar hand steeds de rotswand aan te raken, zodat ze wist hoe ze de goede weg terug moest vinden.

Dat wilde zeggen: totdat ze van de richel in het water was gevallen en haar been had bezeerd. Dat moest de plek zijn waar ze verkeerd was gegaan. In haar opwinding over het vinden van de waterval, was ze vergeten om haar weg te zoeken terwijl ze met haar hand langs de rotswand streek. Ze besefte met afschuw dat ze echt verdwaald was.

En ook dat ze alleen was. Het gezin dat ze had gezien was duidelijk nooit de grot binnengegaan of ze zou hen inmiddels wel tegen zijn gekomen. Jace en de anderen zouden hiernaartoe komen om haar te zoeken, maar zouden ze zo ver de grot ingaan? Zouden ze überhaupt naar de grot gaan? Voor zover zij wisten, was ze niet in de buurt van de grot geweest. En dan was er nog het feit dat ze een verkeerde bocht had genomen. Misschien zouden ze haar wel nooit vinden.

Haar enige hoop was Pete. Als de anderen zich eenmaal realiseerden dat ze vermist was, dan zou hij hun vertellen dat ze in de grot moesten kijken. Die gedachte luchtte haar op.

'Hallo?' Haar stem echode door de grot zonder dat er antwoord kwam.

Maar stel dat Pete niets zei? Hij stelde haar nieuwsgierige vragen niet op prijs, en als hij iets te verbergen had, dan maakte hij zich er misschien zorgen over dat zij daar achter zou komen. Nu kon ze geen kwaad meer doen. Pete zou toch niet zo wreed zijn om haar helemaal alleen opgesloten in een grot te laten zitten?

Of misschien toch?

Stel dat hij wel zo gemeen was. Hoe kon ze in hemelsnaam iemand bereiken? Haar mobieltje werkte niet in de grot. Toen, ineens, schoot haar iets te binnen.

Natuurlijk. Het was dan wel zo dat haar mobieltje geen bereik had in de grot, maar er zat wel een zaklamp op. Waarom had ze daar niet eerder aan gedacht? Ze haalde hem uit haar zak, blij dat ze hem in een plastic hoesje had gedaan voor het korte tochtje met de sloep. Ze haalde hem uit het hoesje, drukte op een knopje en haar mobieltje kwam tot leven. Een paar seconden later verspreidde het zaklampje licht zodat ze een meter om zich heen kon kijken.

De opening naar de kleinere kamer was maar een meter bij haar vandaan. Ze had zich de verkeerde kant opgedraaid. Ze waadde in de richting van de ingang en trok zichzelf de richel op. Ze knielde en pakte haar slipper. Deze keer duurde het wat langer om omhoog te komen. Haar knie was stijf en opgezwollen en dat gold ook voor haar enkel. Ze vloekte toen ze ging staan, strompelde naar de opening en wandelde terug door de tunnel.

Kat kreeg nieuwe hoop toen ze het geluid van dieren hoorde, misschien van vogels. Dat betekende dat ze dicht bij een uitgang was. Vreemd dat ze die geluiden niet eerder had gehoord.

Het zaklampje had dan wel haar leven gered, maar in bepaalde opzichten was het beter geweest in de duisternis. Het licht had een negatieve invloed op haar claustrofobie. Voor de eerste keer zag ze haar omgeving. Ze voelde een zuchtje wind bij haar arm, toen er iets een paar centimeter boven haar hoofd vloog. Ze trok een grimas toen ze besefte dat het een vleermuis was. Hij scheen met haar mee te vliegen en streek neer in een nis recht voor haar.

Toen ze naar de vleermuis keek, besefte ze dat het volledige plafond leek te bewegen. Er hingen honderden vleermuizen omge- keerd aan het plafond boven haar hoofd. Ze huiverde en vroeg zich af hoe ze had kunnen denken dat de dierengeluiden die ze hoorde van buiten kwamen. De verfrissende koelte van zonet was plotseling verstikkend. Ze dwong zichzelf aan vrolijker dingen te denken. In een paar minuten zou ze buiten in de zon staan, of in ieder geval op het pad. Tenminste, dat was wat ze tegen zichzelf zei.

Rustig blijven.

Haar tocht in de grot had bijna een uur geduurd, maar het zou minder dan tien minuten moeten kosten om weer buiten te komen.

Of misschien iets langer, aangezien het steeds moeilijker werd om te lopen met haar gekwetste been.

Hoe lang het ook duurde, het kon haar niet schelen. Ze bevond zich weer in een bekende omgeving en ze hoefde nu alleen maar de tunnel te volgen. Haar stemming werd positief beïnvloed toen ze de waterval in het oog kreeg. Ze sjokte om het bassin heen en liep in de richting van de opening naar de volgende kamer met de bekende nevel.

Al snel stond ze weer in de buitenste kamer. Ze moest alleen nog maar de uitstekende rots vinden met de inkeping, die haar naar de juiste gang zou leiden. Ze had die inkeping alleen maar gevoeld en niet gezien, dus ze ging met haar hand langs de rotswand om hem te vinden. Binnen een paar minuten zou ze buiten staan, terug op het pad.

Dat was het laatste waar ze aan dacht voordat ze viel.

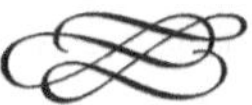

HOOFDSTUK 12

Kat snakte naar adem toen er een pijnscheut door haar been trok.

Ze was gestruikeld op de ongelijke bodem en naar beneden gevallen. Ze was zo gefocust geweest op het vinden van de inkeping op de rots dat ze niet had opgemerkt dat de grot vlak daarnaast steil naar beneden liep. Haar opgezwollen knie en verdraaide enkel maakten het steeds moeilijker om haar evenwicht te bewaren. Door vooral op haar goede been te steunen had ze de enkel van dat been te veel belast en was ze gevallen toen ze in een gat stapte.

Daar maakte ze zich nog het minst zorgen over. Ze zat namelijk ook nog eens klem tussen de rotswand en een los rotsblok.

Door haar val waren er een paar stenen losgeraakt en haar arm lag onder een van die stenen. Ze vloekte binnensmonds, toen ze nadacht over hoe groot de kans eigenlijk was dat je in minder dan een uur jezelf drie keer verwondde. Was ze echt zo onhandig?

Nee, ze was gewoon stom geweest.

Waarom was ze de grot ingegaan op slippers en zonder dat er iemand bij haar was? Maar ze was niet alleen geweest toen ze vanmiddag vertrok.

Ze zuchtte en haalde haar mobieltje tevoorschijn om haar omgeving bij te lichten. Ze lag maar een paar meter van de opening vandaan, zo dichtbij dat ze de frisse lucht zowat kon ruiken. Waarschijnlijk was het gewoon zo dat ze zich dat inbeeldde, maar wat ze zich niet inbeeldde was dat haar mobieltje nu een veel duidelijker signaal gaf. Tegen alle verwachting in had ze weer bereik. Ze toetste Jace' nummer in en belde hem.

'Kat, waar ben je toch?' Zijn stem klonk luid en dan weer zacht. 'We hebben overal naar je gezocht.'

'Ik zit vast in de grot.' Pete wist dat ze naar de grot was gegaan. Hij moest iets hebben meegekregen van de opwinding op het jacht, toen ze het erover hadden waar ze kon zijn.

'Hoe is dat nou mogelijk? De grot is maar een paar meter diep.'

'Nee, de grot is veel groter. Ik heb een verborgen opening gevonden. Ik kwam die haast toevallig tegen. Maar laat maar even. Je moet me hier uithalen. Ik zit vast.'

'Hoezo vast?'

In het kort beschreef ze de situatie. 'De details zijn niet zo belangrijk en ik wil niet dat mijn mobieltje leeg raakt. Ik ben een paar keer gevallen. Misschien kun je een wandelstok meenemen of zoiets. En schoenen.'

Er volgde een lange pauze aan de andere kant van de lijn. 'Oké.'

'Vraag Pete maar naar de grot. Hij weet ervan af.'

'Wie is Pete?'

'Een van de bemanningsleden. Je moet hem gezien hebben op het pad. Hij was er tegelijk met ons.'

'Ik heb niemand op het pad gezien, maar er was wel iemand op het strand.' Jace beschreef hem. 'Nu je het zegt, Raphael scheen hem wel te kennen. Hij heeft een paar minuten met hem staan te kletsen voordat we teruggingen naar het schip.'

'Dat is hem. Hij ziet er groezelig uit.' Ze was verbaasd dat Jace hem niet aan boord van het schip had gezien. Maar het was natuurlijk wel zo dat Jace gedurende het grootste deel van de overtocht bij de bar had gezeten, zowat vastgekluisterd aan Raphael.

'Hij vertelde aan Raphael dat jij met hem mee terug zou gaan. Daarom zijn Raphael en ik teruggegaan naar het schip.'

'Dat is belachelijk, Jace. Pete was volgens mij van plan om later terug naar de boot te zwemmen vanaf het strand.'

'Waarom zou hij naar het jacht gaan zwemmen als hij met ons mee had kunnen terugvaren in de sloep?'

'Hoe moet ik dat nou weten? Ik heb geen idee, maar daar gaat het niet om. Je vraagt je niet eens af of alles goed met me gaat.' Haar gezicht werd rood, maar ze probeerde kalm te blijven. 'Stel dat die Pete een misdadiger is of zoiets?'

'Misschien heb ik er niet goed bij nagedacht. Aangezien Raphael hem kende, nam ik aan dat alles wel goed zat.' In zijn stem was het eerste spoortje twijfel te horen.

'Ja, ja. Raphael komt uit Italië, en we bezoeken een eiland waar hij nog nooit is geweest en dan kent hij de een of andere knul op het strand die eruitziet als een zwerver.' Als dat geen bewijs was van de tegenstrijdigheden in het verhaal van Raphael, dan wist ze het niet meer.

'Hé, waarom word je nu zo boos op mij? Je hebt zojuist bevestigd dat die Pete bij de bemanning hoort, dus dan klopt het toch allemaal?'

'Daar gaat het niet om, Jace.' Ze zou nooit uit deze grot komen als ze maar ruzie bleef maken, maar ze moest weten wat Pete's betrokkenheid bij deze zaak was. 'Heeft Pete je dat zelf verteld of heb je dat van Raphael gehoord?'

'Van Raphael,' gaf Jace toe.

'Nou, Pete wist dat ik jullie probeerde in te halen. Waarom zou hij liegen?' Pete had niet gelogen, maar Raphael dus wel. Jace zou dat misschien niet geloven. Hij was zo in de ban van Raphael dat hij niets negatiefs over hem wilde horen. Raphael had gelogen om van haar af te komen. Ze voelde boosheid opborrelen. 'Hoe moest ik dan terugkomen bij het jacht als jullie twee de sloep hadden?'

'Pete zei dat hij je terug zou brengen in zijn boot.

'Dat heb je zeker ook van Raphael gehoord?'

Stilte.

'Raphael wist dat er maar één sloep was.' Pete zou bijna zeker hebben aangeboden haar te helpen zoeken. Had Raphael dat ook tegengehouden?

'O?'

'Is dat alles wat je kunt zeggen?'

Jace zuchtte. 'Het spijt me, oké? Ik nam gewoon aan dat je bij Pete in veilige handen was. Het eiland is zo klein, wat kan daar nou gebeuren?'

'Heel wat. Kom nu maar hierheen en haal me uit deze grot.'

'Doe ik. Zodra ik Raphael kan vinden. Ik weet niet waar de sloep is.'

Haar mobieltje gaf de waarschuwing dat de batterij bijna leeg was. 'Mijn mobieltje is bijna leeg. Schiet maar op.' Ze zou met Pete praten als ze weer op de boot was om zijn kant van het verhaal te horen, maar eigenlijk wist ze dat al. 'Probeer Pete zover te krijgen dat hij met je meegaat. Hij is al eens in de grot geweest.'

'Maak je geen zorgen,' zei Jace. ' We halen je er wel uit. Ik weet zeker dat Raphael heel wat gereedschap op het jacht heeft.'

'Probeer hier zo snel mogelijk te zijn.' Kat besefte dat het niet al te lang zou duren voordat de duisternis inviel en een reddingsoperatie zou moeilijk zijn als het eenmaal avond was. Het laatste wat ze wilde was de nacht doorbrengen in een vochtige, donkere grot. Waarom kwam ze toch steeds in lastige situaties terecht?

Omdat haar nieuwsgierigheid het won van haar verstand, iedere keer opnieuw.

Haar gedachten gingen terug naar Broeder XII en zijn nederzetting. Degenen die hier waren komen wonen hadden zonder aarzelen zijn en hun droom gefinancierd. Heel wat van hen waren verdwenen zonder een spoor achter te laten. Ze huiverde bij de gedachte en vroeg zich af of sommigen in deze grot hun laatste rustplaats hadden gevonden, net zo verloren als zij.

De volgelingen van Broeder XII hadden hem hun geld overhandigd, zonder betaling op het land geploeterd en zich te laat gerealiseerd dat hij hen had opgelicht. Misschien hadden sommigen zich wel gewaagd in deze grot, in een poging te ontsnappen of wellicht op zoek naar de vermeende schat van Broeder XII.

Natuurlijk was de schat van Broeder XII eigenlijk van hen, aangezien die bij elkaar was gebracht met het geld dat zij hadden afgestaan toen ze zich bij de beweging voegden. Misschien hadden ze er spijt van gekregen dat ze Broeder XII al hun geld hadden gegeven en waren ze hiernaartoe gekomen om het terug te krijgen. Ze hadden gezocht naar een manier om van het eiland af te komen, maar ze hadden geen plek meer om naar terug te keren, toen ze eenmaal geen geld meer hadden.

De verloren zielen in de tijd van Broeder XII moesten zelf hun ontsnapping regelen. Niemand zocht naar hen of waarschuwde de autoriteiten. Het waren verloren mensen die niet meer bestonden in de buitenwereld. Als ze zich hadden overgeleverd aan de Aquarian Foundation, raakten ze in de loop van de tijd door iedereen vergeten.

Kat huiverde bij de gedachte. Ze had voor altijd kunnen verdwijnen in deze grot als er niet de moderne verworvenheid van een mobiele telefoon was geweest.

Ze werd opgeschrikt door een mannenstem.

'Kat, hoor je me?' Raphaels stem leek uit de richting van de ingang te komen. De mannenstem was gedempt, waarschijnlijk vanwege de akoestiek in de grot of het ontbreken daarvan.

'Ik zit hier. Gewoon naar binnen, dan rechtdoor naar de rotswand en dan een bocht naar links. Waar is Jace?'

'Wat zeg je? Ik versta je niet.' De mannenstem werd zwakker.

'Loop rechtdoor naar de achterste wand,' schreeuwde Kat. 'Daarna moet je de rotswand naar links volgen.' Waarom kon hij haar niet horen? Terwijl zijn stem gedempt was, kon zij hem prima horen zonder dat hij schreeuwde.

Plotseling was er het oorverdovende lawaai van over elkaar vallende rotsblokken en stenen.

Het zwakke licht verdween en maakte plaats voor duisternis. De nauwe opening was nu volledig afgesloten.

Iets had de uitgang versperd.

Iets... of iemand.

HOOFDSTUK 13

Er was een rotsblok tegen de nauwe opening gevallen; Kats enige uitgang was versperd. De enige stem die ze buiten had gehoord was die van Raphael. Hij was het toch geweest? Jace was het in elk geval niet geweest.

'Jace? Ben je daar?' Waarom was hij er niet om haar hieruit te halen?

Stilte.

'Raphael, ben jij dat? Waar is Jace?' Ze dacht terug aan de opmerking van Jace over de sloep. Hij zei dat hij hem niet kon vinden. En Raphael was nu hier. Was hij alleen naar het eiland teruggekeerd? 'Is er iemand bij je, Raphael?'

Geen antwoord.

'Laat me eruit!' Het was duidelijk dat Raphael een hekel aan haar had, maar haar opsluiten in een afgesloten grot kwam neer op moord. Haar hart sloeg op hol toen ze zich afvroeg waar Jace, Harry en Gia zich bevonden. Die zouden alle drie alles laten vallen om haar te gaan zoeken. Jace wist dat ze opgesloten zat, dus waarom was hij hier nog niet? Ze voelde paniek bij zich opkomen.

Misschien was er met hen ook iets gebeurd.

Waarschijnlijk was ze zich gewoon aan het aanstellen. Maar als dat zo was, waarom gaf die mannenstem dan geen antwoord? Ze wist twee dingen zeker: ze had de stem van Raphael buiten de grot herkend en het rotsblok dat nu de uitgang versperde, was daar niet vanzelf terechtgekomen. Raphael had haar opgesloten in de grot in plaats van haar eruit te halen.

Dat was belachelijk, tenzij Raphael een duister geheim had dat nog veel verder ging dan het oplichten van Gia. Hoewel ze er zeker van was dat Raphael Gia bezwendelde, was haar vriendin niet bepaald een miljonair. Raphael kon gemakkelijk zijn sporen uitwissen en er met haar geld vandoor gaan. Hij hoefde heus geen moord te plegen om daarmee weg te komen.

Er was dus nog meer, maar ze had alleen maar achterdocht en geen feiten ter verklaring van zijn extreme gedrag. Wat zou er zo ernstig kunnen zijn dat hij haar wilde vermoorden?

Jace vergiste zich sterk in Raphael. Hij zou erop vertrouwen dat Raphael haar zou redden. Ze dacht terug aan hun telefoongesprek. Jace had nog steeds niet het idee dat er echt iets niet klopte.

Ze hoorde buiten voetstappen kraken.

'Wat gebeurt er?' riep ze.

Op Kats schreeuw kwam geen reactie. Haar hart klopte als een razende en ze had ineens last van claustrofobie. De grot leek nog donkerder en de lucht nog muffer. Ze moest zichzelf dwingen rustig na te denken.

Jace zou haar komen bevrijden. Hij zou er heel snel zijn.

Als hij daartoe in staat was.

Ze raakte in nu echt paniek en kreeg het benauwd. Was er ook met Jace iets gebeurd? Wat Raphael ook verborg, hij vond het belangrijk genoeg om het risico te nemen haar op te sluiten in deze grot. Als het kon zou hij haar hier laten sterven.

Ze moest hiermee ophouden.

Overlevenden overleven.

Nadat ze een keer of tien langzaam had in- en uitgeademd, kwam ze tot één onontkoombare conclusie. Ze zou hier niet uitkomen als ze passief ging zitten wachten totdat ze zou worden gered. Om te beginnen moest ze haar arm zien te bevrijden. Ze vertrok van de pijn toen ze heel voorzichtig haar arm heen en weer bewoog. Nadat ze dat een paar minuten gedaan had, was haar arm eindelijk los. Kat slaakte een zucht van opluchting dat ze er zo goed vanaf was gekomen. Nu moest ze terug naar het pad zien te komen. Ze haalde de stenen van haar buik, klauterde terug naar het pad en de vlakke ondergrond en hinkte naar de opening van de grot.

Ze duwde tegen de rots, ook al wist ze nu al dat die poging geen enkele zin had. Het massieve stuk steen kwam niet in beweging.

Verslagen leunde ze tegen het rotsblok. Haar keel was uitgedroogd. Ze had er niet eens aan gedacht een flesje water mee te nemen, omdat de tocht maar zo kort zou zijn. Alsof het zo afgesproken was, begon haar maag ook nog te rammelen van de honger.

Ze had de batterij van haar mobieltje bijna helemaal opgebruikt door de zaklampfunctie te gebruiken. Zou haar mobieltje het überhaupt nog doen nu de grot helemaal was afgesloten?

Ze kon niet anders en toetste Jace' nummer in. Opgelucht zag Kat dat ze verbinding kreeg. Ze zou hier binnen een paar minuten weg zijn, of in ieder geval binnen het uur.

De moed zonk haar in de schoenen toen ze direct werd doorverbonden naar Jace' voicemail. Dat was geen goed teken. Jace zette zijn mobieltje nooit uit.

Haar batterij gaf een piepsignaal, dus liet ze een boodschap achter. Ze sprak snel en gaf aanwijzingen over de plaats waar het rotsblok de verborgen toegang tot de grot versperde en wat hij moest doen als hij eenmaal binnen was. Ze was zo voorzichtig niets over Raphael te zeggen voor het geval die Jace' mobieltje in zijn bezit had.

Oom Harry was haar laatste hoop. Ze hoopte dat er nog genoeg leven in de batterij zat om hem te bereiken. Maar er was ook een gerede kans dat hij zijn mobieltje niet eens meegenomen had. Zelfs als hij het in zijn zak had, hoorde hij het vaak niet overgaan. Ze toetste zijn nummer in en wachtte.

Een keer, twee keer, drie keer. Geen antwoord.

Toen hij voor de vierde keer overging, nam oom Harry op. 'Kat, ben je nog steeds in de grot?'

'Ja, ik zit er nog steeds.'

'Wat zeg je? Ik kan je nauwelijks horen. Misschien kan je nog een keer bellen – '

'Nee, niet ophangen. Luister goed, oom Harry.' Ze ging wat dichter naar de opening van de grot toe in een poging om het signaal te versterken. 'Ga naar Pete en vertel hem dat ik opgesloten zit in de grot.'

'Wat heeft Pete met de situatie te maken?'

'Dat is op dit moment niet belangrijk. Zorg dat je hem te pakken krijgt en kom hiernaartoe.'

'Maar Raphael heeft de sloep...' Harry's stem werd zwakker en viel abrupt weg toen haar mobieltje helemaal leeg was.

Ze keek naar haar telefoon, uit het veld geslagen. Ze had in ieder geval kunnen bellen en oom Harry wist dat ze in de grot zat. Een schrale troost, maar uiteindelijk zou er hulp komen. Ze kon ervan op aan dat haar oom iets zou doen. Waar ze echter niet van op aankon, was zijn discretie. Hij zou vast eerst contact opnemen met Raphael voordat hij naar Pete toeging.

Dat was wel een probleem, maar ze bedacht dat het uiteindelijk niet uitmaakte. Hoe vervelend de situatie ook was, haar oom zou niet rusten voor hij haar had gevonden. Ze zou met Raphael wel bespreken wat er was gebeurd als ze eenmaal uit de grot was.

Ze liet zich langs de wand naar beneden glijden tot ze zat. Het koude zweet brak haar uit. Er waren maar heel weinig mensen die wisten dat deze grot bestond en afgaande op wat Pete haar had verteld, wisten nog minder mensen iets af van de gangen en bochten in deze spelonk. Nu een rotsblok de toegang naar de grot versperde, was de ingang niet te zien voor iemand die niet bekend was met deze plek. Ze kon hier langzaam doodgaan van de honger terwijl de weinige bezoekers van de grot andere gangen aan het verkennen waren. Ze huiverde en deed haar armen om haar knieën.

Ze bedacht ook dat zij, oom Harry, Jace en - voor zover ze wist - Gia niemand iets hadden verteld over hun last-minute tripje.

Niemand wist waar ze waren. Raphael kon hen allemaal uit de weg ruimen zonder dat er een haan naar kraaide. Het was een bizarre situatie; het was sowieso al bizar dat iemand haar zo maar opsloot in een grot.

Als en wanneer ze werd gevonden, zou ze dan een mummie zijn – niet meer dan een fossiel uit het verleden?

HOOFDSTUK 14

Kat schrok wakker. Er was iemand anders – of iets anders - in de grot. Ze hield haar adem in en luisterde. Het schrapende geluid kwam van dichtbij, niet meer dan een meter van de ingang. Ze huiverde en dacht aan de vleermuizen. Ze was echt niet het enige levende wezen in de grot.

Ze hield haar adem in en luisterde om vast te stellen hoe dichtbij het geluid was. Het was toch geen dier. Ze kreeg nieuwe hoop toen ze het geluid van metaal tegen rots hoorde. Er was buiten iemand.

'Help!' Ze sprong op en kromp ineen van de pijn. In haar blijdschap had ze haar dikke enkel en gewonde knie vergeten. Ze struikelde naar achteren. 'Ik zit hier opgesloten.'

Er kwam geen antwoord.

Ze moest in slaap zijn gevallen. De batterij van haar horloge was nu leeg en het was te donker om de wijzerplaat te zien. Ook haar telefoon deed het niet meer, dus ze had geen idee hoeveel tijd er was verstreken. Het kon niet zo lang zijn. Ze had wel honger, maar ze rammelde niet van de honger. Haar laatste maaltijd was de lunch op het schip geweest.

'Ik ben hier!'

Stilte.

Haar blijdschap maakte plaats voor teleurstelling. Ze haalde zich iets in haar hoofd wat niet bestond. Er was daar niemand, hoe graag ze ook wilde dat het wel zo was. Ze had het zich maar verbeeld.

'Is daar iemand?' Nee, ze hoorde niets.

Nu het rotsblok de grot afsloot was het veel donkerder binnen. Ook buiten was het nu minder licht.

Het geschraap klonk weer.

Kat verloor de hoop. Waarschijnlijk was er buiten een dier aan het graven of wroeten. Daar kon ze geen hulp van verwachten.

Maar een paar tellen later hoorde ze weer geluiden en opnieuw hoorde ze metaal tegen rots. Tenzij er in de grot dieren met gereedschap bezig waren, was het geluid van metaal een goed teken.

Het was meer dan goed. Het klonk haar als muziek in de oren. Als een symfonie!

'Ben je daar?' Jace' stem was duidelijk te horen. Hij kon niet meer dan drie meter bij haar vandaan zijn.

'Ja, Jace! Haal me hieruit.' Gelukkig, ze had toch niet gedroomd. 'Kun je me horen?'

'Ja. Gaat het goed met je?'

'Min of meer.' Opluchting overspoelde haar – ze zou eindelijk bevrijd worden.

'Godzijdank!' Ze hoorde ook de stem van oom Harry. 'We halen je eruit, Kat. Nog even volhouden.'

Nog nooit in haar leven had ze zo'n geluksgevoel ervaren. 'Het is zo goed om jullie stemmen te horen! Ik ben zo blij dat jullie me gevonden hebben. Hoe laat is het?'

'Net na vijven.' zei Jace. Aan het geluid van zijn stem te horen was hij zich aan het inspannen. Dat verklaarde de schepgeluiden.

'Maar ik was bij jou en Raphael. Waarom ben je zonder mij weggegaan?' Ze had geen idee of Raphael daar buiten bij hen stond, maar ze wilde nu zijn antwoord horen. Ze kon niet langer wachten.

'Je zei toch dat we door konden lopen?'

'Dat heb ik helemaal niet gezegd,' zei Kat.

'Heb je niet tegen Raphael gezegd dat je met Pete terug zou lopen? Ik heb het zelfs nog een keer nagevraagd.'

'Nee, ik heb dat nooit gezegd.' Haar woord tegen dat van Raphael, maar zou háár woord niet zwaarder moeten wegen? 'Ik heb zelfs helemaal niet met Raphael gesproken.'

'Dan heeft hij het zeker verkeerd begrepen.' Jace gromde. 'Dit rotsblok ligt hier behoorlijk klem. Ik heb niet het juiste gereedschap.'

'Een koevoet zou helpen,' zei oom Harry. 'Maar op de boot hebben ze zoiets niet.'

De moed zonk Kat in de schoenen. Ze had verwacht binnen een paar minuten te worden gereed, maar dit beloofde niet veel goeds.

'Sorry Kat, ik denk dat ik het nog even bij Pete had moeten navragen.' Jace was aan het scheppen en zijn woorden kwamen met horten en stoten. 'Raphael heeft het duidelijk verkeerd begrepen. Maar voor een deel is dit je eigen schuld; je bent er alleen op uitgetrokken. We wisten niet waar je was.'

Je had misschien ook moeten merken dat ik ineens weg was, dacht Kat. Haar blijdschap maakte plaats voor woede. Jace was er wel erg gemakkelijk vanuit gegaan dat met haar alles in orde was.

'Toen Pete vertelde dat je niet met hem mee terug was gelopen, wisten we dat je nog op het eiland moest zijn,' zei oom Harry. 'Als je het mij vraagt, is die man een beetje verstrooid.'

Haar indruk van Pete was heel anders. Maar nu was niet het moment om door te gaan met vragen. Ze zou wachten tot ze veilig terug was op het jacht. Hoewel... de vraag was of ze aan boord wel veilig zou zijn. 'Hoe lang duurt het nog voor ik buiten ben?'

'Dat hangt ervan af. 'We moeten improviseren, omdat we alleen maar scheppen hebben. En het zijn ook niet zulke stevige scheppen. Maar ons plan werkt beetje bij beetje.'

'We doen wat de oude Egyptenaren deden en graven de aarde en het zand onder het rotsblok weg,' zei oom Harry. 'We hopen dat het rotsblok dan gewoon naar voren rolt.'

'Dat is slim.' Ze herinnerde zich vaag een documentaire die ze samen met Jace op de tv had gezien. Hoewel het logisch was om het zo te doen, kwam het op haar ook als gevaarlijk over. Eén verkeerde beweging en dat rotsblok kon zomaar bovenop hen rollen. 'Waarschuw me als je denkt dat het rotsblok gaat wegrollen.'

'O, dat duurt nog wel even,' zei oom Harry.

Ze hoorde maar het geluid van één schep en vermoedde dat Jace het grootste deel van het graafwerk deed.

'Wat ik niet begrijp is hoe je überhaupt achter dit rotsblok terecht bent gekomen. Het is enorm.' Jace klonk buiten adem.

'Toen ik naar binnen ging, was het er nog niet.' Eigenlijk kon ze zich niet herinneren dat er überhaupt rotsblokken bij de ingang hadden gelegen. Ze had er niet op gelet. Ze had vooral gedacht aan de schatten die ze misschien zou kunnen vinden. Hoe was Raphael er in zijn eentje in geslaagd om het rotsblok zo te manoeuvreren dat het voor de ingang van de grot terechtkwam? 'Hoe lang denk je dat het nog duurt?'

'Waarschijnlijk nog een minuut of twintig als het gaat zoals ik verwacht,' zei Jace.

'Allemachtig!' riep oom Harry.

Het rotsblok was gaan bewegen en een dunne spleet licht verscheen boven haar hoofd. Ze was nog nooit zo gelukkig geweest om de hemel te zien. De driehoekige opening was het grootst aan de kant die het verst van haar vandaan was. Te oordelen naar de hoek waaronder het rotsblok lag, rustte het op een ongelijk oppervlak.

'Dat scheelde niet veel, Jace,' zei oom Harry. 'We kunnen maar beter uitkijken.'

'Oké,' zei Jace. 'Harry, kun je kijken of je een aantal lange stukken hout kan vinden? Dan steken we die onder het rotsblok als we verder graven en trekken we die weg als we klaar zijn. Dan moet het rotsblok automatisch naar beneden rollen.'

'Ik snap het,' zei oom Harry.

Jace schepte grond weg, terwijl Harry stukken hout onder het rotsblok schoof. Afgaande op al het gegrom en gevloek, was het zwaar werk dat veel zweetdruppeltjes kostte. Kat wenste dat ze hen kon helpen, maar ze kon niet anders dan naar het zware werk luisteren.

Na wat een eeuwigheid leek, waren ze eindelijk klaar. En dat was maar goed ook, omdat het kleine spleetje dat ze van de lucht kon zien, nu een donkerblauwe kleur vertoonde. Het zou niet lang meer duren voor het donker was, dus hun plan kon maar beter succesvol zijn.

'Laten we het maar proberen,' zei Jace. 'Kat, ga een beetje naar achteren voor het geval er iets anders in beweging komt. Harry, ga aan de andere kant staan. Trek de eerste stukken hout weg als ik het zeg. Dan doe ik aan mijn kant hetzelfde.'

'Oké.'

'Nu,' schreeuwde Jace. Het rotsblok schoof naar voren, waardoor er een grotere opening ontstond. Maar het rotsblok lag nog steeds voor een groot deel klem tegen de wanden van de grot.

'Kat, kun je naar boven klimmen langs het rotsblok?' vroeg Jace.

'Ik denk het niet. Ik kan nergens mijn voeten op plaatsen en dan kan ik mezelf niet omhoog hijsen.' De moed zonk Kat in de schoenen. Zo dichtbij en toch nog zo ver weg. Ze had gehoopt dat ze voor het vallen van de avond uit de grot zou zijn, maar het zag er niet goed uit. En in de tussentijd was Raphael haar vriendin misschien nog wel meer leugens op de mouw aan het spelden.

'Ik heb een idee. Zouden we het met een touw kunnen doen?'

'Misschien wel.' Ze had eens een keer aan indoorklimmen gedaan. Het zou haar waarschijnlijk wel lukken. Ze had ineens een sprankje hoop dat ze vanavond toch in een bed zou kunnen slapen.

'Oké. Dan hebben we alleen nog een touw nodig.' Hij was even stil. 'Harry, kun jij met de sloep terug naar het schip? Er moet touw aan boord zijn.'

'Jace, daar hebben we geen tijd voor.' Raphael zou hen waarschijnlijk met opzet oponthoud bezorgen. Tenslotte had hij haar willens en wetens in de grot opgesloten. 'Dragen jullie een riem?'

'Ja,' zei oom Harry.

'Ik ook, maar waarom?' vroeg Jace.

'Eén riem is niet lang genoeg, maar twee misschien wel.'

'Het is het proberen waard. Maar zijn ze wel sterk genoeg om aan elkaar te knopen?'

'Er is maar één manier om daar achter te komen,' zei Kat. Zou het lukken? Ze kon alleen maar hopen.

Even later kwam er langs de rots een leren riem naar beneden. Ze stak haar hand omhoog en pakte hem beet. Ze trok eraan en voelde er spanning op staan; Jace hield het andere eind vast. Ze leunde achteruit en stapte op de rots, maar ze kon zichzelf niet omhoogtrekken. Het eind van de riem was nog te hoog boven haar hoofd en ze had niet voldoende genoeg kracht in haar bovenlichaam om zichzelf op te hijsen.

Ofwel de riem moest langer zijn, ofwel moest ze zelf hoger staan. Ze keek of er een rots was die klein genoeg was om te verplaatsen. Ze moest staan op iets dat een centimeter of dertig hoog was. Dan zou ze hoog genoeg staan om zichzelf omhoog te trekken.

Maar alle stenen om haar heen waren klein. Ze raapte stenen bij elkaar en maakte daar een provisorische stellage van. Ze probeerde met een voet hoe stabiel die was. Zelfs zonder haar verwondingen was het al link om op de stapel stenen te staan, maar het ging net. Het was ook haar enige optie.

Daar stond ze dan in haar slippers; ze zou zomaar weer kunnen vallen. Ze vloekte stilletjes. Er was geen andere manier, bedacht ze, toen ze op de hoop stenen ging staan met haar andere voet.

'Oké, ik ben er klaar voor.' Kat trok aan de twee riemen tot ze voelde dat er aan het andere eind spanning op stond.

'Oké. Heb je me goed vast, Harry?' vroeg Jace.

'Ja. Kom op, Kat,' zei oom Harry.

'Goed, ik kom eraan.' Ze beriep zich op haar weinige klimervaring bij het indoorsportcentrum. Ze zette een voet tegen de rots en leunde achterover in een hoek van vijfenveertig graden. De riemen hielden het.

Kat haalde diep adem en stapte met haar andere voet van de stapel rotsen. Ze stelde zich erop in de ene voet voor de andere te zetten.

'Tot nu toe gaat het goed,' riep Jace. 'Doorgaan.'

Ze was nog maar een centimeter of vijf verwijderd van de opening, maar haar spieren verzuurden.

Kat wist niet of de mannen de riem vasthielden of dat ze hem aan iets anders hadden vastgemaakt. Het zweet brak haar uit. Als het zo moeilijk ging, dan deed ze waarschijnlijk iets verkeerd. Haar bezwete handpalmen konden het leer niet goed meer vasthouden en haar huid begon te branden in haar pogingen te blijven hangen.

Ze pakte het leer steviger beet, maar het had geen zin. De riem gleed uit haar handen en ze viel naar achteren. Met een smak kwam ze op de grond terecht, bovenop het stapeltje stenen, precies onderin haar rug. Ze gilde van de pijn.

'Wat gebeurde er nou?' riep Jace.

'De riem gleed uit mijn handen.' Kat rolde op haar zij en kromp ineen toen ze pijnscheuten voelde in haar rug, knie en enkel. 'Geef me een minuutje, dan probeer ik het opnieuw.'

'Geef maar een gil als je zover bent,' zei Harry.

Pijn of geen pijn, ze moest en zou de grot uit.

Tien minuten later bereikte ze de bovenkant van het rotsblok. Ze stopte even en haalde diep adem. De frisse lucht deed haar goed en ze klauterde over de bovenkant. Kat glimlachte breed naar Jace en Harry die drie meter lager stonden.

'Wat ben ik blij jou te zien,' zei Harry.

'En ik ben blij jullie te zien.' Ze glimlachte en zwaaide haar benen over de rand. Ze maakte bijna een sprong, maar net op tijd dacht ze aan haar knie en enkel.

'Wat is er?' vroeg Harry.

'Niks,' antwoordde ze. Er was natuurlijk van alles mis, maar er was niet veel wat ze eraan kon doen. Tenminste, nog niet. Kat beet op haar tanden en sprong naar beneden. Ze schreeuwde van pijn toen ze op haar zij terechtkwam. Ze rolde op haar achterste en stak haar hand omhoog voor hulp.

Jace trok haar omhoog. 'Ik verlies je nu niet meer uit het oog.'

Dat vond ze het beste idee sinds tijden.

HOOFDSTUK 15

*K*at zat op haar bed met haar rug tegen het hoofdeinde. Haar been lag wat hoger door de ijskompressen die strategisch rond haar dikke knie en verdraaide enkel waren geplaatst. Tegen de tijd dat ze terug waren bij het jacht, was haar been veranderd in een gigantisch, opgezwollen ding. Ze was uitgeput, zowel van haar bijna-doodervaring in de grot als van het terughinken naar de sloep, dat bijna een halfuur had geduurd.

'Je ziet eruit als een oorlogsslachtoffer.' Jace zat aan het bureau en typte iets op zijn toetsenbord. 'Hoe slaag je er toch in altijd in de problemen te raken? We gingen gewoon een wandelingetje maken in het bos.'

Het leek er meer op dat de problemen háár hadden opgezocht. Hoe kon ze beginnen over het feit dat Raphael hen aan het bedriegen was zonder dat ze overkwam als een idioot? Jace dacht al dat ze het onterecht op Raphael had gemunt. Ze had Pete's bevestiging nodig van haar versie van de gebeurtenissen, maar ze ging geen bewijs vinden als ze hier op bed zou blijven zitten.

Ze zwaaide haar benen over de rand van het bed en vertrok van de pijn toen ze op haar benen ging staan. Ze wist niet eens waar ze Pete aan boord kon vinden. Hopelijk zou ze niet veel hoeven lopen bij haar zoektocht naar hem.

Jace keek op van zijn laptop. 'Jij gaat nergens naar toe. Vertel me wat je wil en ik haal het voor je.'

Ze schudde haar hoofd. 'Ik wilde gewoon mijn been proberen, kijken hoe het gaat.'

'We zijn nog niet eens een halfuur terug.' Jace schudde zijn hoofd. 'Dat is niet voldoende tijd om te genezen. Je been gaat nog meer opzwellen als je het niet hoger legt. Wat heb je nodig?'

'Een beetje frisse lucht. Ik ga met mijn been omhoog zitten als ik buiten ben.'

'Ik geloof er niks van.'

'Echt, ik beloof het.' Ze hobbelde een eindje en hoopte dat het leek alsof ze normaal kon lopen. 'Mijn been wordt alleen maar stijver als ik het niet een beetje beweeg.'

Jace trok zijn wenkbrauwen op en schudde zijn hoofd. 'Ik kan je niet helpen als je jezelf niet wilt helpen.'

'Lopen is goed voor me.' Ze kon natuurlijk niet aan Jace vragen om Pete te gaan zoeken.

'Je bent dus niet van plan om naar me te luisteren? ' Hij liep naar haar toe en deed haar arm over zijn schouder. 'Je zou helemaal niet moeten lopen, en al helemaal niet zonder krukken. Ik betwijfel of er krukken aan boord zijn. Kan je wandelingetje niet tot morgen wachten?'

Ze dacht wanhopig na om een smoes te bedenken. 'Ik heb frisse lucht nodig. Ik voel me een beetje zeeziek.'

'Dat is raar. We liggen stil.' Jace geloofde er niets van.

'Ik heb nog steeds last van claustrofobie door de grot.' Ze stapte in haar slippers. 'Deze hut is wel heel luxe, maar hij is toch nog steeds klein.'

'Wacht even. Ik pak het ijs.' Jace haalde haar ijskompressen van het bed en volgde haar naar de deur.

Hij had in één ding gelijk. Ze kon niet goed genoeg lopen om Pete te gaan zoeken. Maar als ze aan dek zat, was er een kleine kans dat hij voorbij zou lopen. Aan de andere kant: de kans was net zo groot dat ze in plaats van hem Raphael zou treffen. Ze gruwde bij de gedachte, maar ze nam het risico.

Kat strompelde de gang af en liep de kombuis in. Haar opgezwollen knie klopte toen ze de trap naar het dek opliep. Toen ze de reling beetpakte ter ondersteuning, moest ze een kreun onderdrukken. Ze kon Jace niet laten zien hoeveel pijn ze had, want dan zou hij erop staan dat ze terug zou gaan naar bed.

Jace liep langs haar heen en trok de deur open. Ze voelde een straffe bries. Lekker fris, dacht ze toen ze naar buiten stapte.

Jace liep voor haar uit. Hij pakte een ligstoel en legde het ijs neer. 'Heb je nog iets nodig van beneden?'

Dat was de gelegenheid waarop ze had gewacht. 'Misschien een boek?'

'Zeg me waar het ligt en ik pak het voor je.'

'Ik heb het boek dat ik heb meegenomen al uit, maar er moeten andere boeken aan boord zijn. Misschien in het zitgedeelte? Gewoon een detective of zoiets.' Daar zou hij wel een paar minuten zoet mee zijn, lang genoeg voor haar om te kijken of Pete in de buurt was.

Jace fronste. 'Ik weet zeker dat Raphael boeken heeft, maar waarschijnlijk is dat niet jouw smaak. Misschien zoek ik iets uit wat je niet leuk vindt.'

'Dat risico neem ik wel.' Ze voelde zich schuldig dat ze Jace op een onzinnige missie stuurde, maar dat gaf haar wat tijd. Misschien kon ze de hoek omlopen en kijken of Pete ergens rondliep. Ze moest echt de feiten op een rijtje zetten voordat ze beschuldigingen ging uiten.

'Oké.' Hij verdween naar beneden en Kat dacht na over wat ze kon doen. Ze had op zijn hoogst tien minuten en waar moest ze Pete vinden? Ze besloot naar de brug te gaan. Zelfs als Pete daar niet was, zou een ander bemanningslid waarschijnlijk wel weten waar ze hem kon vinden.

Dat bleek een goede beslissing te zijn geweest.

Pete zat binnen achter de navigatie-instrumenten samen met een ander bemanningslid. Ze zag alleen de rug van de andere man, maar dat was genoeg om te weten dat hij was gekozen uit dezelfde poel van werklui als Pete. Hij zag er uit als een zwervende man die klusjes deed voor voedsel, onderdak en zwart geld. Het leek erop dat het gespuis waar de bemanning van Raphael uit bestond zeer tijdelijk in dienst was. Het was het meest onguur uitziende stelletje zeelui dat ze ooit onder ogen had gehad.

Pete stopte in het midden van een zin en bekeek haar aandachtig. 'Je hebt zeker een ongeluk gehad?'

'Zo kun je het wel noemen, ja. Kan ik je even onder vier ogen spreken?'

Pete knikte naar de andere man, die opstond en wegliep.

Hij ging wel heel graag weg, vond Kat. Er was één ding waar de bemanning van Raphael heel goed in was: ze wilden absoluut niet opvallen.

'Ik ben gevallen. Maar dat is niet de reden dat ik hier ben. Waarom heb je Raphael verteld dat ik met jou terug zou gaan naar het schip?'

'Dat heb ik niet gezegd.' Hij wankelde wat onvast op zijn benen toen hij opstond. 'Waar heb je het over?'

'Je hebt ervoor gezorgd dat hij en Jace me achterlieten op het eiland. Er is iemand geweest die me heeft opgesloten in die grot.'

'Dus je hebt de grot gevonden.' Hij glimlachte en liet zijn gele tanden zien.

Hij stonk naar alcohol. Kats gespeelde misselijkheid werd nu echt. 'Dat is waar ik met je over wil praten.'

Pete riep iets naar zijn collega, die plotseling weer opdook in de stuurhut.

'Ben in vijf minuten terug,' zei hij tegen zijn collega voordat hij zich omdraaide naar Kat. 'Laten we aan dek gaan.'

Ze liep achter hem aan en merkte op dat hij door zijn dronkenschap niet veel beter liep dan zij met haar gestrompel. Ze had geen moeite hem bij te houden. Moest de bemanning niet in ieder geval nuchter zijn tijdens diensttijd, ook al lag het schip voor anker?

Ze liepen naar het hoofddek. Pete wees naar een kleine nis die Kat nog niet eerder had opgemerkt. Hij trok een vies uitziende stoel tevoorschijn en gebaarde dat ze moest gaan zitten.

Hij ging tegenover haar op een kruk zitten. 'Als je van plan bent moeilijkheden te veroorzaken, dan wil ik daar niets mee te maken hebben.'

Als hij dronken was, was Pete lang niet zo vriendelijk als in nuchtere toestand. 'Ik probeer helemaal geen problemen te veroorzaken, maar iemand heeft me opgesloten in die grot. Ik denk dat het Raphael was.'

'Dat is dan iets tussen jou en hem.' Pete wankelde een beetje toen hij weer ging staan. 'Ik heb er niets mee te maken.'

Kat ging ook staan en versperde hem de doorgang. 'Raphael heeft anders gezegd dat jíj hem hebt verteld dat ik bij jou op het eiland zou blijven.'

'Dat is een leugen. Ik heb dat niet gezegd.' Hij sloeg zijn armen over elkaar en zijn gezicht werd rood. 'We hebben nauwelijks gepraat. Hij zei me dat ik terug moest gaan naar het schip.'

'Hoe was je eigenlijk op het eiland beland? Ik heb geen andere sloep gezien.'

Hij was even stil. 'Op dezelfde manier als ik weer aan boord ben gekomen. Ik ben ernaartoe gezwommen.'

'Je bent echt gezwommen?' Ze trok haar wenkbrauwen op. 'Waarom ben je niet gewoon met ons meegegaan?'

'Misschien wil ik wel fit blijven.' Hij haalde zijn schouders op. 'Nou, ik moet ervandoor.'

'Niet zo snel. Waarom zou Raphael liegen? Hij wist dus dat je geen boot had.' Er was maar één sloep. Het was duidelijk dat Jace niet aanwezig was geweest bij het gesprek tussen Raphael en Pete, anders zou hij wel iets hebben gezegd. Los van het feit dat ze geen zwemkleding bij zich had, kon ze helemaal niet goed zwemmen. Ze vond het al een uitdaging haar hoofd boven water te houden.

'Sorry, maar waarom vraag je het niet aan hem? Jij kent hem beter dan ik.'

'Nee hoor. Ik heb hem vandaag voor het eerst ontmoet.'

'O.' Pete leek opeens niet zo zeker van zijn zaak en zijn gezichtsuitdrukking was minder uitgesproken. 'Nou ja, ik ken hem niet veel langer dan jij en ik heb deze baan nodig. Ik kan je verder niet helpen.' Hij draaide zich opzij en wilde langs haar heen lopen.

'Dan laat je me geen andere keus.' Kat verplaatste haar gewicht naar haar zere voet en haar gezicht vertrok van de pijn.

Hierdoor bleef Pete staan. Hij ging een beetje achteruit en fronste. 'Hoezo, geen andere keus?'

'Ik zal contact op moeten nemen met de politie.' Kat had het gevoel dat Pete liever geen politie zag, dus ze blufte. Het was duidelijk dat Pete iets verborg en ze wilde weten wat dat was. Het was belangrijk dat ze wist wat Pete en Raphael met elkaar hadden afgesproken, omdat ze dan een idee kon krijgen van wat Raphael van plan was. Ze wist helemaal niet of er een politiebureau in de buurt was, maar ze kon de politie in ieder geval wel bellen.

'Waarover wil je de politie precies bellen?'

'Over het feit dat iemand mij met opzet heeft opgesloten in een grot en me geprobeerd heeft te vermoorden. Er waren drie mannen op het eiland en die kunnen het alle drie gedaan hebben. De politie moet maar uitzoeken wie dat geweest is.' Natuurlijk had Jace het niet gedaan, maar dat liet ze even buiten beschouwing. Er was ook geen reden om te zeggen dar er nog een gezin was geweest. En zíj wist dan wel zeker dat Raphael haar had opgesloten, maar Pete wist niet dat zij dat wist. Op deze manier zette ze hem onder druk. Het was de enige manier om hem informatie te ontfutselen.

Pete schudde langzaam zijn hoofd. 'Dat is geen goed idee.'

'Jij denkt dat het beter is om aan boord te blijven met iemand die heeft geprobeerd me te vermoorden?'

'Dat heb ik niet gezegd. Maar je maakt de dingen alleen maar erger.'

Kat gooide haar handen in de lucht. 'Hoezo erger?'

'Doe het niet. Bel de politie niet.'

Ze haalde haar mobieltje tevoorschijn. 'Jawel, tenzij jij me uitlegt waarom ik dat niet moet doen.'

'Oké, best. Ik vertel het je wel.' Hij wachtte even voordat hij doorging. 'Dit jacht is een Amerikaans schip. We zijn vertrokken uit Friday Harbor in de Verenigde Staten, maar we zijn nooit door de Canadese douane gegaan.'

Friday Harbor was een kleine havenplaats op de San Juan eilanden, ten noorden van Seattle. 'Jullie zijn stiekem over de grens gevaren?'

'Het is allemaal niet zo erg als jij het doet klinken, maar ja, inderdaad. We hadden door de douane in Vancouver moeten gaan, maar aangezien we dat niet hebben gedaan, zijn we hier illegaal.'

'Dat is niet jouw schuld.' Ze drukte een paar toetsen in op haar mobieltje en hield het bij haar gezicht. 'Ik krijg verbinding.'

Pete pakte de telefoon van haar af en gooide het ding op het denk. 'Ik werk hier alleen maar! Ik neem geen beslissingen. Dat doet Raphael. Maar ik ben hier wel aan boord, dus dan kom ik ook in de problemen.'

'Nee, dat is niet zo. Zoals je al zei, het was niet jouw beslissing.' Pete had een reden om contact met de politie te vermijden, hoewel ze de indruk had dat het niets te maken had met Raphael.

Ze draaide zich om met de bedoeling haar telefoon weer op te pakken.

Pete volgde haar blik. 'Ik pak hem wel.' Hij liep ernaartoe en raapte haar mobiel op. 'Sorry, dat had ik niet moeten doen. Bel de politie alsjeblieft niet. Over een paar dagen zijn we weg en dan doet het er niet meer toe.' Hij gaf haar het mobieltje terug.

Precies de informatie waar ze naar op zoek was. 'Hoezo? Waar gaan jullie dan heen?'

Hij haalde zijn schouders op. 'Dat hoef jij niet te weten.'

'Waarom verkopen jullie het niet hier?'

'Wat verkopen?'

'Het jacht.'

Pete zei niets.

'*The Financier* is niet echt van Raphael, hè?' Hij leek haar domweg niet echt het type om de hele wereld over te varen.

Pete haalde zijn schouders op, maar op zijn voorhoofd verscheen een laagje zweet. 'Natuurlijk is het schip wel van hem. Hij was al aan boord toen ik er in Friday Harbor bij kwam. Hij heeft mij en de andere jongens ingehuurd als bemanning.'

'Vond je het niet vreemd dat hij niet al een bemanning had?'

'Hij zei dat hij een paar maanden weg was geweest en zijn bemanning vrij had gegeven. Wij moesten naar Vancouver varen om zijn scheepslui daar op te halen.'

'En toen?'

'De bemanning kwam niet opdagen. Raphael zei dat er iets mis was gegaan met de communicatie en dat we in Costa Rica van plek zouden wisselen. We zouden vandaag vertrekken, maar toen kwam dit tripje er tussendoor met jou en je vrienden.'

'Wat gaat er gebeuren er in Costa Rica?' Ze krabde op haar voorhoofd. 'Jullie gaan daar dus van boord.' Een jacht van deze grootte was moeilijk te verbergen in dit deel van de wereld. Maar in Midden-Amerika zou niemand vragen stellen. *The Financier* zou gewoon een van de vele buitenlandse jachten zijn die in een van de havens van Costa Rica aanmeerde. Het schip zou volledig kunnen worden omgebouwd bij een jachtwerf en in Costa Rica worden verkocht.

Pete haalde zijn schouders op. 'Hij vertelt me dat niet en ik vraag er niet naar.'

'Hoe lang blijven jullie daar?' Costa Rica hield meer in dan zandstranden en een relaxte levensstijl. Canada had geen uitleveringsverdrag met Costa Rica. Iemand die zich daar verborg, had niets te vrezen van de Canadese autoriteiten. Nu was Kat er meer dan ooit van overtuigd dat Raphael een oplichter was. Maar hij deed wel erg veel moeite voor alleen Gia's geld. Er was meer aan de hand. Wie hij ook was, hij was in ieder geval geen Italiaanse miljardair. Als hij eenmaal in Costa Rica was, zou hij voor altijd verdwijnen.

'Hoe kom je hier dan weer terug?'

Pete gaf haar geen antwoord.

'Je bent niet van plan terug te komen, hè?' Welke lijken Pete ook in de kast had liggen, hij wilde er niet graag over praten.

'Ik moet weer aan het werk.' Pete schudde zijn hoofd en maakte een wegwerpgebaar. Toen verdween hij om de hoek zonder verder een woord te zeggen.

HOOFDSTUK 16

Kat keerde terug naar haar ligstoel op het dek, waar Jace nu ook was. Hij zat op een stoel naast die van haar met een handvol boeken. Hij hield een boek van Agatha Christie omhoog toen ze eraan kwam. Hij leek niet erg blij te zijn met haar verdwijntruc.

Ze kon zich niet voorstellen dat Raphael Agatha Christie las, ook al had ze geen idee van welke soort boeken hij wel hield, en of hij sowieso las.

Jace schudde zijn hoofd. 'Ik had je niet alleen moeten laten. Waarom loop je rond? Je knie en je enkel blijven dik als je je been niet omhoog houdt.'

'Je hebt gelijk.' Hij had in ieder geval niet gevraagd waar ze naartoe was geweest. Ze zou Raphael er niet van durven beschuldigen dat hij haar had opgesloten in de grot zonder dat ze Jace solide bewijs kon leveren. Raphael was charismatisch en manipuleerde mensen op sluwe wijze. Hij zou haar woorden op de een of andere manier verdraaien.

Jace' professionele scepsis als journalist had plaats gemaakt voor een mate van bewondering die zo groot was dat hij haar bewering belachelijk zou vinden als er geen hard bewijs voor was. Maar door het op handen zijnde vertrek van Raphael moest ze hem ontmaskeren voor het te laat was. Ze wist alleen niet hoe ze het moest aanpakken.

'Het had veel erger kunnen zijn. Je hebt geluk gehad dat je er levend vanaf gekomen bent. Je moet een grot niet alleen gaan verkennen. Niemand wist zelfs dat je in de grot was.'

Dat was niet waar, want Raphael had wél geweten waar ze was. Niet alleen had hij geweten dat ze binnen was, hij had ook verhinderd dat ze eruit kwam.

'Ik weet het, het was stom.' Nadat Jace en Harry het rotsblok hadden weggehaald bij de toegang tot de grot hadden ze een paar minuten met hun zaklantaarns de buitenste grot verkend. Zonder dat ze het wist was ze minder dan vijf meter verwijderd geweest van een verticale schacht in de grond die zeker een meter of dertig naar beneden ging. Ze huiverde bij de gedachte eraan.

'De volgende keer moet je me laten weten waar je heen gaat.' Fouten als gevolg van onbezonnenheid kon Jace nooit goed hebben, aangezien ze zo gemakkelijk te voorkomen waren. Als vrijwilliger bij de opsporings- en reddingsbrigade was hij getuige geweest van vele tragische ongelukken die het gevolg waren van slechte planning. Hij kon het niet uitstaan dat ze er alleen op uit was getrokken in onbekend terrein.

'Dat zal ik doen, echt.' Ze maakte zich grote zorgen over wat Pete haar zojuist had verteld. Als Raphael oorspronkelijk van plan was geweest om vandaag naar Costa Rica te vertrekken, waarom had hij dat dan uitgesteld? Hij had Gia's geld al. Had hij nog iets op het oog dat geld kon opleveren? En waarom had hij überhaupt aangeboden hen naar De Courcy te brengen?

Jace kon haar gedachten lezen. 'Weet je, Raphael is een slimme vent. Hij bewijst ons een grote dienst door ons toe te staan mee te doen aan zijn investeringsproject. Weet je zeker dat je bij je standpunt blijft?'

'Vrienden en geld gaan niet goed samen, Jace.' Vijanden en geld was nog erger.

'Dit is anders. Het is een mogelijkheid die zich misschien nooit meer voordoet. Als we niet meedoen, laten we een grote kans lopen.'

'Als het zo gunstig is, dan kunnen we altijd morgen nog beleggen. Het bedrijf zal nog wel meer geld nodig hebben om uit te breiden.'

Jace keek aarzelend. 'Misschien wel, misschien niet. We moeten er toch eens goed naar kijken. Gia is slim en zij heeft geld geïnvesteerd.'

'Jace, die man kan niet eens een product aan ons laten zien, en al helemaal geen verkoopcijfers of financiële informatie.'

'Voor Gia was het goed genoeg om er geld in te steken. Die weet toch wat ze doet.'

'Als ik het goed heb begrepen heeft Gia er geld in gestoken zonder naar al die dingen te kijken.' Gia was verblind door liefde, in het geval van Jace ging het om het vooruitzicht op rijkdom.

Jace zuchtte. 'Tegen de tijd dat jij het allemaal hebt uitgeplozen, hebben we onze kans gemist om te beleggen.'

'Misschien wel. Maar hij geeft heel weinig details over hoe het product eigenlijk werkt. Ik ga niet beleggen in iets wat ik niet begrijp.'

'Je kunt het hem vragen tijdens het eten.' Jace stak zijn hand uit. 'Kom, laten we naar beneden gaan.'

'Mijn maag is niet helemaal in orde.' Haar hongergevoel had plaatsgemaakt voor misselijkheid. Het maakte haar bang dat Gia hield van een man die het niets kon schelen of iemand dood lag te gaan in een of andere grot. Wat had hij voor Gia op het oog? Ze had geen zin geconfronteerd te worden met Raphael zonder dat ze een plan van aanpak had. 'Mijn been doet ook nog pijn.'

Jace keek haar aan met een blik van *ik heb het je toch gezegd*. 'Ik neem wel wat voor je mee.'

Hij ging benedendeks voordat ze een antwoord kon geven.

Prachtig. Nu was Jace ook weer boos op haar. Dat gold voor iedereen aan boord en ze beschikte niet over de bewijzen om hen anders te laten denken. Ze had heel wat te doen als ze Raphaels ware motieven aan het licht wilde brengen. Op basis van wat Pete had gezegd, leek het dat Raphael op het punt stond om er met Gia's geld vandoor te gaan. En zij moest hem tegenhouden voor het te laat was.

HOOFDSTUK 17

*K*at zat op haar bed met kussens in haar rug en haar laptop opengeklapt naast haar. Gelukkig lukte het om online te komen, maar haar zoektocht op internet naar zowel Raphael als *The Financier* had niets opgeleverd. Een jacht als dit was waarschijnlijk wel ergens te vinden, op een foto of op de website van de bouwer. Haar gesprek met Pete had haar op een idee gebracht.

Er was niet meer dan een handvol bedrijven dat grote, luxe jachten bouwde als dat van Raphael en ze had al snel de namen van zes bedrijven. De jachten waren meestal met de hand gebouwd en het duurde vaak een jaar of nog langer voor ze klaar waren. Als ze de maker van deze boot vond, dan zou ze misschien in staat zijn te achterhalen wie de eigenaar was van het jacht.

Wie kwam er nu Canada illegaal binnen om zo het risico te lopen dat zijn of haar miljoenenjacht in beslag zou worden genomen? Zelfs een miljardair zou dat niet doen. Maar een dief wel.

Ze keek naar het lijstje en klikte op de eerste naam, Prima Yachts.

Niets.

De tweede naam op het lijstje was Majestic Yachts, een bedrijf gevestigd in Seattle in de Amerikaanse staat Washington. Die had een lijst van nieuwe en gebruikte jachten die te koop waren. Ze glimlachte bij de gedachte aan miljardairs die hun bestaande jacht wilden inruilen voor een nieuw model, net zoals zij deed met haar auto. Waarschijnlijk wachtten zij daar geen tien jaar of langer mee.

Ze had geluk. Een schip identiek aan *The Financier* stond op de lijst, behalve dan dat het anders heette. *Catalyst* was vier jaar oud en had een vraagprijs van $6,9 miljoen Amerikaanse dollar.

Het jacht was vijftig meter lang en had vier tweepersoonshutten en accommodatie voor zes bemanningsleden. Ze wist nu dat er maar vier bemanningsleden aan boord waren met inbegrip van Pete, dus die hadden waarschijnlijk hun handen vol aan het laten varen van een schip waar eigenlijk een grotere bemanning op hoorde.

Een uitgeklede bemanning zou genoeg kunnen zijn voor korte tochten in beschutte wateren, maar niemand zou willen besparen op het gebruikelijke aantal bemanningsleden en zo het risico lopen dat een jacht van zeven miljoen dollar bij een schipbreuk betrokken zou raken.

Ze scrolde door de foto's van de *Catalyst* en kneep haar ogen samen om de details goed te kunnen zien. Het schip leek identiek aan *The Financier*, tot aan de kleuren en het meubilair toe. Vreemd dat er van een jacht dat speciaal voor een specifieke klant was gebouwd een tweede, identiek exemplaar was.

Ze liet de zoektocht naar het jacht even voor wat die was en dacht na over wat ze wist van Raphael.

Het feit dat ze op internet niets had kunnen vinden over Raphael overtuigde haar van het feit dat diens identiteit niet echt was. Maar ze had daar geen concrete bewijzen van die ze aan de anderen kon laten zien, met name aan Gia. Gia zou nooit geloven dat de man van wie ze hield – en in wiens bedrijf ze had geïnvesteerd – haar had opgelicht.

Misschien had Jace gelijk. Het werk dat ze deed maakte haar van nature wantrouwend. Of ze nu gelijk had of niet, ze bemoeide zich met Gia's leven. Wat zou die ervan zeggen als ze wist dat Kat naar Raphaels achtergrond aan het speuren was zodat Gia hem zo snel mogelijk kon dumpen? Dat wist ze heel goed: Gia zou haar vertellen dat ze zich met haar eigen zaken moest bemoeien.

Maar als ze verder niets deed met haar zorgen, zou Gia daar

misschien schade van ondervinden. Soms wisten vrienden het echt beter.

Kat mocht dan wel iets te argwanend zijn, maar haar online zoektocht had niets onthuld over Raphael. Ze had toch wel íéts moeten kunnen vinden over een man die beweerde dat hij miljardair was. Toch was er niets te vinden over hem of zijn bedrijf in Europa. Dat was verdacht.

Ze had tijdschriften met betrekking tot de schoonheidsindustrie doorgescrold en ook de relevante websites van fabrikanten, en niets gevonden. En dan was er nog zijn jacht. Pete had niet bevestigd dat *The Financier* was gestolen, maar hij had het ook niet ontkend. *The Financier* was óf een identiek zusterschip van *Catalyst* – en dat was hoogst onwaarschijnlijk – óf het was *Catalyst* zelf in een soort vermomming.

Wat ze ook vreemd vond aan Raphael was de hoeveelheid vrije tijd die hij genoot. In haar eerdere carrière als financieel consultant had Kat heel wat miljardairs en miljonairs ontmoet, maar ze moest de eerste magnaat nog tegenkomen die zijn agenda niet weken of maanden van tevoren tot op het kleinste detail had volgepland. Met hun vrije tijd was dat ook zo. Ze hadden zelden tijd voor spontane tripjes zoals Raphaels op het laatste moment bedachte excursie naar De Courcy.

Wie Raphael ook was, hij was heel goed in het uitwissen van zijn sporen. En hij stond op het punt voorgoed te verdwijnen.

Ze sloot haar laptop af. Raphael was wel de laatste die ze wilde zien, maar ze moest naar boven. Het was een fout geweest om in haar hut te blijven, ver weg van de anderen. Afgezien van Raphael zelf was Gia de enige bron van informatie die ze had om achter Raphaels plannen te komen. Ze moest eigenlijk de hele dag in de buurt van het stel blijven om zowel zijn leugens aan het licht te brengen als te voorkomen dat Gia nog meer geld zou gaan investeren.

Ze keek op haar horloge. Jace was nog niet zo lang weg, dus ze zouden nog wel aan tafel zitten. Ze deed haar schoenen aan. Ze kon best een paar uurtjes sociaal doen.

Kat verliet de hut en zag dat de deur van de grootste hut op een kier stond. Gia moest terug zijn gekomen om zich even op te tutten. Misschien was nu wel een geschikt moment om even alleen met Gia te praten en uit te vinden hoeveel informatie Raphael precies met haar gedeeld had over zijn verleden.

Ze klopte zachtjes.

Er kwam geen reactie.

'Gia?'

Kat keek door de kier van de deur en zag geen beweging.

Moest ze naar binnen gaan?

Ze overwoog om luider te kloppen, maar ze wilde niet dat iemand anders het zou horen.

Ze besloot dat dit misschien wel haar enige kans was om Gia alleen te spreken. Ze duwde de deur verder open en stapte naar binnen.

Er was niemand in de hut. Ze wilde al weg gaan maar aarzelde toen. Ze was niet echt met kwade bedoelingen de kamer van een ander ingegaan, maar ze had nu wel de perfecte gelegenheid om even snel rond te kijken. Misschien kon ze een aanwijzing vinden die haar zou helpen achter Raphaels bedoelingen te komen.

Stel dat Raphael de kamer in zou komen. Hoe zou ze in hemelsnaam kunnen uitleggen waarom ze hier was?

Ach, ze zou het excuus gebruiken dat Gia haar had gevraagd iets voor haar te pakken.

Ze keek de kamer nog eens door en liep naar de badkamer; daar was ook niemand. De hut was twee keer zo groot als die van Jace en haar, en nog luxeuzer. Overal was Gia's aanwezigheid zichtbaar, van de uitpuilende kast tot de bonte verzameling parfum en juwelen op de commode. Ze was praktisch bij Raphael ingetrokken.

Kat hinkte naar de commode en viel bijna over een damesportemonnee op de grond. Ze boog zich voorover om hem te pakken, met de gedachte dat hij uit Gia's tasje was gevallen. Ze stond op het punt hem op de commode te leggen, toen ze zag dat het versleten, zwarte leer was versierd met de intialen MB. Een heleboel chique portemonnees en tasjes hadden een monogram, maar deze portemonnee was absoluut niet chique. De portemonnee was niet alleen oud, hij was ook eenvoudig en praktisch, het absolute tegenovergestelde van Gia's modieuze glittersmaak. Als de portemonnee niet van Gia was, van wie dan wel?

Er was maar een manier om erachter te komen. Haar hart bonsde toen ze de portemonnee opendeed. Ze had absoluut geen reden om in de hut van Raphael en Gia te zijn en al helemaal niet om in de portemonnee van een vreemde te snuffelen.

Ze vond een rijbewijs. Het behoorde toe aan een vrouw genaamd Anne Bukowski. Volgens dit identiteitsbewijs was ze dertig jaar oud en woonde ze in Vancouver. Misschien had Gia of Raphael de portemonnee gevonden en waren ze van plan hem terug te geven.

Of misschien had Raphael een andere vriendin. Ze durfde te wedden dat het tweede het geval was.

'Wat doe jij hier?' Raphael stond in de deuropening.

Geschrokken stopte Kat de portemonnee in haar achterzak. 'O, ik keek of Gia in de hut was. Ik zou haar hier treffen.'

'Ze is boven, net als de anderen.' Raphael gebaarde dat ze naar buiten moest gaan. 'Dames gaan voor.'

'Dank je wel.' Ze voelde dat ze een kleur kreeg, omdat ze niet zeker wist of hij had gezien dat ze de portemonnee in haar zak stopte. Maar als dat wel zo was, zou hij zeker iets hebben gezegd.

De belangrijkste vraag was wat de portemonnee van een andere vrouw in Raphaels hut deed?

Er was een groot aantal onschuldige verklaringen. Misschien had hij hem gevonden, of misschien had een eerdere gast hem laten liggen. Een meer voor de hand liggende verklaring was dat Anne een huidige vriendin was of een ex-vriendin. Ze betwijfelde of Gia de portemonnee ooit had gezien, want dan zou ze boos zijn geworden en zou Kat erover gehoord hebben.

Aangezien Kat de portemonnee uit de hut had gehaald, kon Gia hem nu niet meer vinden. Ze zou hem later terugleggen. Het zou het beste zijn als Gia hem zelf vond en Raphael er rechtstreeks op aansprak. Welke verklaring Raphael ook gaf, Gia zou er hopelijk doorheen prikken. Ze zou misschien een tijdje ontroostbaar zijn, maar ze zou het ook uitmaken met Raphael en misschien zelfs haar geld terugkrijgen. Dat zou heel gunstig zijn, maar Kat had niet veel hoop dat het ook echt zou gebeuren.

Ze ging de trap op, in gedachten verzonken. Ze had geen honger meer en nu ze de portemonnee had gevonden, wilde ze eigenlijk alleen maar terugkeren naar de beslotenheid van haar eigen hut. Wie was Anne Bukowski en welke rol speelde zij in Raphaels plannen?

Kat liep vlak langs Raphael de hut uit en liep moeizaam richting de trap, stapje voor stapje. Raphael volgde haar op de voet. Ze hinkte naar boven met de portemonnee in haar achterzak. Hij stak een beetje uit, dus deed ze haar hand achter haar rug en duwde hem een beetje verder naar beneden. Als Raphael het al opmerkte, zei hij in ieder geval niets.

Hoe lang had hij naar haar gekeken vanuit de deuropening? Haar hart ging sneller slaan toen ze zich de beveiligingscamera's herinnerde. Hij had haar daarop zijn hut kunnen zien binnengaan. Maar als dat zo was, dan had hij haar daarop aangesproken. Dat betekende echter niet dat hij niet later naar de opnames kon kijken. Zo kon hij nog steeds ontdekken wat ze gedaan had.

Maar gedane zaken namen geen keer en ze kon er nu niets meer aan doen. De volgende keer zou ze voorzichtiger zijn.

Met haar opgezwollen been bereikte ze eindelijk de kombuis. Of beter gezegd, de aparte eetkamer net naast de kombuis waar de anderen al zaten te eten.

'Leuk dat je toch nog komt.' Harry wenkte haar en ging staan. Hij pakte een stoel, die Kat dankbaar accepteerde. Jace zat rechts van haar en Harry links met Raphael en Gia tegenover hen.

'Het ziet ernaar uit alsof je weer trek hebt.' Harry grijnsde. 'Dan is er minder voor mij.'

'Er is voor iedereen meer dan genoeg,' zei Gia. 'Ik ben blij dat je je weer wat beter voelt, Kat.'

Kat glimlachte terug. Gia leek haar te hebben vergeven, in ieder geval voorlopig. Ze haalde de portemonnee uit haar achterzak en duwde de dikke portemonnee in haar rechterbroekzak. Haar achterzak was te ondiep om de dikke portemonnee te kunnen verbergen als ze zat. Ze kon nauwelijks wachten om terug te gaan naar haar hut en de inhoud van het ding te onderzoeken.

'Ik snak ernaar om te horen wat je allemaal beleefd hebt,' zei Gia. 'Heb je nog goud gevonden in de grot?'

'Nee, maar ik heb wel een interessante gang gevonden.' Ze vertelde wat Pete haar had verteld over artefacten van de oorspronkelijk bevolking.' Volgens de legende loopt er een tunnel van het eiland De Courcy naar het eiland Valdes. De tunnel ligt op een diepte van een meter of zestig en loopt onder de zeebodem. Ik denk dat ik daarin ben geweest.'

'Dat is geweldig!' In zijn enthousiasme gooide Harry bijna zijn glas om. 'Ben je er aan de andere kant uitgekomen?'

Ze schudde haar hoofd. 'Ik ben niet ver genoeg de tunnel ingelopen. Het was donker en ik had geen zaklantaarn bij me. En duidelijk ook niet de juiste schoenen.'

'Misschien ligt het goud er inderdaad,' zei Jace. 'Laten we morgen teruggaan en de grot verkennen.'

Gia draaide zich om naar Raphael, die voor zijn doen heel stil was. 'Is Kat de enige die iets gezien heeft?'

'Jace en ik moeten het gemist hebben.' Hij stond op en liep de kombuis in. Hij deed de koelkast open, haalde er een fles dressing uit en nam hem mee naar de tafel. 'We hebben pech gehad.'

Gia fronste. Ze keek Kat aan. 'Vertel ons eens over die legende.'

Ze herhaalde wat Pete haar had verteld. 'Het volk van de Coast Salish en andere stammen gebruikten de tunnel als een overgangsritueel voor jonge mannen. Ze droegen hun staf door de vijf kilometer lange onderzeese tunnel en plaatsten die aan de andere kant van de tunnel als bewijs dat ze de weg hadden afgelegd.'

'Dan moet je in die tunnel zijn geweest!' riep Gia. 'Heb je ook oude objecten gezien?'

'Ik weet het niet zeker.' Kat voelde er niet veel voor het stenen altaar te beschrijven – als het al om een altaar ging. Als het om een heilige plaats ging, wilde ze de rust daarvan niet verstoren door er hordes andere mensen naartoe te brengen. Ze had niets gezien dat aantoonde hoe en of de steen gebruikt werd; het was meer een gevoel dat ze had gehad toen ze er voor stond.

'Ik heb geen houten staf of masker gezien. Maar ik heb wel een waterval gezien.' Ze beschreef de waterval en het bassin. 'Het was een prachtig gezicht, maar het was zo donker dat ik niet echt veel kon zien. Ik heb ook graffiti gezien, dus ik kan niet de enige zijn die bekend is met de grot.'

'Hoe ver ben je de tunnel ingelopen?'

'Ik denk ongeveer anderhalve kilometer,' zei Kat. 'Ik zou wel terug willen. En deze keer met een zaklantaarn. Ik denk dat ik halverwege Valdes was, maar je kunt het met geen mogelijkheid zeker weten. Ik ben in ieder geval niet aan de andere kant gekomen.'

Raphael snoof. 'Het is gewoon een oude legende, net als die over Broeder XII en het goud. Het is waarschijnlijk gewoon een tunnel die doodloopt. Daar zijn er een heleboel van.'

Kat stond op het punt boos tegen hem uit te vallen, maar toen besefte ze dat Raphael verstrikt was geraakt in een leugen. 'O? Ik wist niet dat je al eerder op het eiland was geweest.'

'Huh?'

'Je weet van de tunnels en de grot.'

'Alleen door wat Pete me heeft verteld.' Raphael lachte een beetje zenuwachtig. 'Waarschijnlijk gaat het om een verzameling verzonnen verhalen.'

'Toch zou ik wel graag de grot willen zien,' zei Jace. 'Ik snap niet hoe we die over het hoofd hebben gezien. Misschien kunnen we er morgenvroeg naar toe gaan en hem verkennen.'

Harry stak zijn hand in de lucht. 'Ik wil er deze keer ook bij zijn. Jij kunt maar beter niet gaan, Kat, en in plaats daarvan je been rust gunnen.'

'Mijn been voelt alweer wat beter. Een nacht goed slapen en ik kan er weer tegenaan.' De waarheid was dat haar been enorm veel pijn deed, maar dat ging ze niet toegeven waar Raphael bij was.

'Ik zou graag met Pete willen praten.' Jace richtte zich tot Raphael. 'Kan hij met ons mee? Hij schijnt veel over het eiland te weten.'

Raphael haalde zijn schouders op. 'Ik denk het wel. Maar laten we morgen maar beslissen.'

Jace knikte. 'Het zou een fantastische toevoeging zijn aan mijn artikel. Dit weekendje wordt steeds geweldiger.'

Raphael knikte en hief zijn glas. 'Ik wil een toost uitbrengen. Op Gia, de liefde van mijn leven.'

Gia bloosde. 'Moeten we hun het nieuws vertellen, Raphael?'

Kat keek Gia aan. 'Welk nieuws?'

'Als jij dat wilt, lieve schat.' Raphael legde zijn hand over die van Gia.

Kat zette zich schrap. De zaken konden een stuk erger worden als Gia nog meer geld had geïnvesteerd.

'We gaan trouwen.' Gia giechelde. 'Is het niet fantastisch?'

'Wát?' Kat hapte naar adem. Gia kende Raphael nauwelijks en was zo verblind door haar liefde voor hem dat ze zijn leugens niet doorhad.

'Ja, je hebt het goed gehoord. We stappen in het huwelijksbootje.' Gia tilde haar linkerhand omhoog, waaraan een ring te zien was met een enkele diamant van meer dan vijftien karaat. De ring leek enorm groot aan Gia's mollige vinger.

'Dat is fantastisch,' riep Jace uit. 'We zijn heel blij voor je.' Hij stootte Kat aan. 'Jij toch ook?'

Kat voelde maagzuur omhoogkomen. 'Ja, dit is geweldig nieuws. Hebben jullie al een datum?'

'Nee, maar hoe eerder, hoe beter.' Raphael kneep in Gia's hand. 'Ik wil niet het risico lopen dat ze er vandoor gaat.'

Kats hartslag ging omhoog. *Het enige wat Raphael niet kwijt wilde, was Gia's geld.*

'O, Raphael, stel je niet aan. Ik ga heus niet bij je weg.' Gia streek over zijn arm. 'Jullie zijn alle drie uitgenodigd voor het huwelijksfeest, natuurlijk. Als ik kon, trouwde ik morgen al met hem.'

'Waarom niet?' Harry zat opeens rechtop. 'Ik kan jullie in de echt verbinden. Ik ben een bevoegd trouwambtenaar en Jace en Kat kunnen getuigen zijn. Wat denken jullie ervan?'

Kat gaf haar oom onder de tafel een schop. Mensen in de echt verbinden was een deeltijdbaantje waarvan ze wilde dat Harry zich daar nooit voor had aangemeld.

'Wat krijgen we..?' Harry fronste en wreef over zijn enkel. 'Dat deed pijn.'

Gia liet een gilletje horen. 'Echt waar? Ik wist helemaal niet dat je dat kon. Dat zou perfect zijn!'

Kat keek naar Raphael. Voor de eerste keer zag ze een zweem van angst op zijn gezicht. Zou hij er vandoor gaan als hij echt in het huwelijk moest treden? Aan boord van het schip kon hij nergens naartoe.

Kat fronste. 'We gaan morgen toch naar de grot?'

'We kunnen in de ochtend de grot verkennen en in de middag de trouwplechtigheid doen.' Harry draaide zich om naar Gia. 'Even aangenomen dat dat voor jullie mogelijk is.'

'Natuurlijk is dat mogelijk!' Gia klapte in haar handen.

'Maar je hebt helemaal geen trouwjurk en zo...' Niemand luisterde naar Kat; ze hadden alleen aandacht voor oom Harry, die de procedure beschreef die moest worden gevolgd bij een trouwplechtigheid aan boord van een schip.

Ze besteedden het volgende uur aan het bespreken van allerlei plannen in verband met het huwelijk onder het genot van een copieuze feestmaaltijd van verse zalm en salade afgesloten met een dessert van gebakjes en koekjes. Het jacht was verrassend goed bevoorraad voor hun niet geplande tripje.

Toen stond Kat op. 'Ik ben echt moe. Het spijt me, maar ik ga naar beneden om te slapen."

Gia tuitte haar lippen. 'Kan je niet nog iets langer blijven?'

Ze glimlachte naar Gia. 'Niet als ik uitgerust wil zijn voor je trouwplechtigheid.'

'Ik kom zo ook naar beneden, hoor,' zei Jace. Het was al een uur of elf.

'Doe maar rustig aan.' Kat had tijd voor zichzelf nodig om de inhoud van de portemonnee te onderzoeken en meer te weten te komen over de geheimzinnige Anne Bukowski. Ze ging het dek op. Het was nu donker en de zomerhitte was verdwenen. Een zacht briesje streek door haar haren en maakte Kat zich ervan bewust hoe dankbaar ze was dat ze bevrijd was uit de grot.

Als ze nu nog Gia nog maar kon bevrijden uit de klauwen van Raphael.

HOOFDSTUK 19

K at had net haar laptop aangezet toen de deurhendel op en neer ging. Ze had de deur voor de zekerheid op slot gedaan, omdat ze niet gestoord wilde worden als ze de portemonnee onderzocht. Ze had Jace nog niet zo snel terugverwacht. Ze pakte de spullen die in de portemonnee hadden gezeten bij elkaar en schoof ze onder haar kussen. Daarna liep ze naar de deur.

Ze deed de deur open en zag Gia, niet Jace.

Kat verstijfde. Het identiteitsbewijs dat in de portemonnee zat lag dan wel uit het zicht, maar de versleten portemonnee lag open en bloot op haar bed. Ze hobbelde naar het bed en pakte de portemonnee op.

'Het spijt me dat ik je uit bed heb gehaald. Ik kwam alleen maar even kijken hoe het met je ging.' Gia zag de portemonnee in Kats hand. 'Waar heb je dat vieze, oude ding vandaan? Jouw portemonnee is toch rood?'

Ze knikte. 'Deze is niet van mij. Ik heb hem gevonden.' Kat draaide de portemonnee om in haar hand.

'Op het eiland?' Gia liet zich zakken op het bed naast Kat. 'Jij hebt altijd geluk, Kat. Je moet wel hele goede ogen hebben. Ik vind nooit iets, nog geen muntje.'

Kat nam niet de moeite haar te verbeteren. Ze kon niet echt uitleggen dat ze de portemonnee in Gia's eigen hut had gevonden. In ieder geval niet voordat ze meer informatie had. 'Ik moet de eigenaar van de portemonnee zien te vinden.' Ze typte Anne Bukowski in het zoekvak en drukte op de entertoets. 'Ik voel me al weer een stuk beter,' loog ze ondertussen. Ze wierp een blik op het scherm. Er was duidelijk tijd nodig om de tientallen bladzijden met zoekresultaten verder uit te zoeken. 'Je kunt maar beter teruggaan naar de anderen. Ik wil je plezier niet bederven.'

'Dat doe je ook niet,' zei Gia. 'Ik heb geen goed gevoel bij hoe we vanmiddag uit elkaar zijn gegaan. Ik weet dat je niet vindt dat Raphael geschikt voor me is en dat je gewoon een goede vriendin wilt zijn. Maar hij is echt de ware voor mij en ik heb dit nog nooit voor iemand gevoeld. Ik houd van hem en ik trouw met hem ongeacht wat jij daarvan vindt. Kun je dat niet gewoon accepteren?'

'Oké. Ik zal het proberen.' Kat klonk niet overtuigd, zelfs niet in haar eigen oren, maar wat kon ze anders zeggen? Ze wierp een snelle blik op de eerste pagina met zoekresultaten maar zag niets wat iets met de regio Vancouver te maken had, dus klikte ze door naar de tweede bladzijde.

'Je bent vast doodop na wat er vandaag is gebeurd.' Gia tuurde naar Kats scherm. 'Misschien is degene die de portemonnee heeft verloren nog op het eiland. Dan kunnen Raphael en ik die persoon morgen traceren en de portemonnee teruggeven.'

'Misschien. Laat me eerst maar eens kijken wat ik vind.' Raphael mocht absoluut die portemonnee niet in handen krijgen. Dat deed haar denken aan een ander probleem. 'Doe me een lol. Vertel alsjeblieft aan niemand dat ik die portemonnee heb gevonden. Niet voordat ik de eigenaar van de portemonnee heb gevonden.'

'Waarom is dat zo belangrijk?'

'Ik heb een deel van mijn verhaal achterwege gelaten,' loog ze. 'De grot is niet de enige plek waar ik ben verdwaald. Ik ben nog een keer van het pad afgegaan. Jace wordt vast kwaad als hij erachter komt. Beloof me dat je het aan niemand vertelt, ook niet aan Raphael?'

'Natuurlijk, Kat. Kan ik verder nog iets voor je doen?' Gia zat op het bed en leunde tegen het hoofdeinde. Ze zuchtte, hield haar hand omhoog en bewonderde haar ring nog een keer.

Ja, je moet gewoon dat onbetrouwbare vriendje van je dumpen, dacht Kat. 'Nee hoor, het gaat wel. Ik moet gewoon een beetje uitrusten zodat ik helemaal klaar ben voor de trouwceremonie morgen.'

'Ik kan niet wachten! Het lijkt wel of ik droom. Ik moet mezelf steeds knijpen.'

De enige manier om te voorkomen dat er morgen werd getrouwd zonder Gia verdriet te doen was oom Harry ervan te overtuigen dat de ceremonie moest worden uitgesteld. 'Misschien kan ik morgen toch nog naar het eiland. Dan laat ik je de grot zien.'

'Dat klinkt goed!' Gia omhelsde haar. 'Maar zorg er wel voor dat we niet opgesloten raken.'

Kat lachte. 'Maak je geen zorgen. Daar zorg ik voor. Ik ben veel te blij dat ik eruit ben gekomen.'

Gia ging staan. 'Ik ben blij dat je je weer beter voelt. En bedankt dat je zal proberen om op te schieten met Raphael. Ik weet dat jullie beiden geen goede start hebben gemaakt. Maar dat wordt wel beter. Jullie lijken heel veel op elkaar.'

'We lijken helemaal niet op elkaar.'

'Jawel. Je ziet het alleen nog niet. Jullie werken allebei in de financiële wereld. Jij bent accountant en Raphael is deskundig op zakelijk gebied. Hij heeft zoveel geld verdiend dat hij moeite moet doen om bij te houden waar het naar toegaat.'

Kat betwijfelde of Raphael iets anders deed dan proberen geld bij mensen los te krijgen. Zijn deskundigheid lag meer bij mensen misbruiken dan kansen op zakelijk gebied gebruiken. 'Ik denk gewoon dat je te snel gaat, Gia. Je kent hem nog maar net. Het is nog te vroeg om te trouwen.'

'Maar ik ga wel trouwen, Kat. Het feit dat jij bang bent om te trouwen is voor mij geen reden om niet mijn hart te volgen.'

'Ik ben helemaal niet bang om te trouwen! We hebben gewoon geen haast.'

'Jace en jij zijn al lang bij elkaar. Waarom maak je dat niet officieel?' Gia deed haar handen bij elkaar. 'Waarom niet morgen? Dan hebben we twee trouwplechtigheden tegelijk!'

'Nee, Gia.' Jace en zij gingen wel trouwen, maar pas als het zover was. Ze wilde in ieder geval niet dat er aan haar eigen herinneringen aan haar trouwdag een bijsmaak van spijt zou kleven over Gia. 'Het volgen van je hart betekent nog niet dat je andere zaken moet vergeten.'

Gia fronste. 'Alleen maar omdat jij hem niet aardig vindt, wil dat nog niet zeggen dat hij niet te vertrouwen is, Kat.'

'Of ik hem wel of niet aardig vind doet niet terzake.' Kat vertrok van pijn toen ze met Gia meeliep naar de deur. Haar knie deed steeds meer pijn. 'Als hij van je houdt, dan is hij er volgende week ook nog, of volgende maand, of volgend jaar. Het enige wat ik zeg is dat je rustiger aan moet doen en er goed over na moet denken.'

Gia's spontaniteit was een van haar innemendste eigenschappen maar tegelijk een van de gevaarlijkste.

'Raphael is wie ik wil. Ik ben nog nooit zo zeker van iets geweest.'

'Dat is mooi. Heeft hij je een voorhuwelijks contract laten tekenen?' Gia had het daar niet over gehad, maar de advocaat van een miljardair zou daar altijd op staan. De keerzijde was dat Gia ook niet echt berooid was. Door haar schoonheidssalons en haar spaargeld zat ze er warmpjes bij. Raphael kon aanspraak maken op de helft van haar bezit. Gia had daar waarschijnlijk niet aan gedacht.

Gia barstte in lachen uit. 'Natuurlijk niet. Raphael zou me dat nooit vragen. Hij weet dat ik niet op zijn geld uit ben. Wat van mij is, is van hem en omgekeerd.'

'Als dat zo is, waarom heeft hij dan überhaupt jouw belegging nodig? Ik bedoel, hij is toch miljardair.'

Gia rolde met haar ogen. 'Hij heeft mijn geld helemaal niet nodig. Hij bewijst mij een gunst door me in zijn bedrijf te laten beleggen. En dat geldt ook voor Jace en Harry.'

Kat verstijfde. 'Jace en Harry hebben toch geen geld geïnvesteerd?'

'Inmiddels wel,' zei Gia. 'Ze hebben net de overeenkomst getekend.'

'Jace zou geen geld investeren zonder dat eerst met mij te overleggen.' Gia vergiste zich. Zij en Jace bespraken alles samen.

'Hij heeft anders wel getekend, en Harry ook. Waarom maak je je daar druk om? Ze kunnen toch zelf nadenken.'

Kat beet op haar lip. Ze had er spijt van dat ze weg was gelopen van tafel. Het ging haar niet alleen om het geld – het ging haar vooral om Jace, die haar mening over Raphael maar al te goed kende en desondanks had getekend.' Hoeveel hebben ze hem toegezegd?'

Gia maakte een handbeweging. 'Niet meer dan het minimum, honderdduizend dollar.'

Dat was een klein vermogen; geen van beiden kon zich veroorloven zoveel geld kwijt te raken. Dat gold trouwens voor iedereen. Kats hart klopte als een razende. Hadden Jace en Harry allebei honderdduizend dollar geïnvesteerd? Of hadden ze samen dat bedrag geïnvesteerd, elk vijftigduizend? In ieder geval voelde ze haar maag opspelen.

'Ik heb tegen hen gezegd dat ze meer moesten investeren, maar dat deden ze niet. Waarschijnlijk heeft Jace het je niet verteld omdat hij wist hoe je daarop zou reageren.'

Kat kreeg een kleur. Ze wilde dit gesprek niet met Gia voeren. 'Misschien heeft hij toch wel iets gezegd.' Jace had het voor haar verborgen gehouden, omdat hij wist dat ze het er niet mee eens was.

De enige troost was dat er geen banken in de buurt waren. Oom Harry was ouderwets en deed zijn bankzaken in eigen persoon, niet online. Dat gold echter niet voor Jace. Was hij erin geslaagd lang genoeg op internet te komen om zijn geld over te maken?

'Je zult het zien, Kat,' zei Gia. 'Bellissima gaat veel winst opleveren. Maar in de tussentijd heb ik je hulp nodig. Wil je me morgen helpen om me klaar te maken?'

'Huh?'

'Je kunt me helpen met mijn haar en make-up. Ik weet nog niet eens welke jurk ik aan ga trekken. Wil je me helpen?'

'Natuurlijk help ik je.' Het was uiteraard het laatste wat ze wilde. Ze moest op de een of andere manier de trouwceremonie uitstellen.

'Maar waarom zou je niet wachten tot we terug zijn in Vancouver en dan trouwen?'

'Waarom zou ik wachten?' We willen gewoon een simpele plechtigheid, geen gedoe. Aan boord trouwen is helemaal ideaal.'

Dat was niet wat ze zou hebben verwacht van Gia, die dol was op feesten met allerlei toeters en bellen. 'Als je zeker weet dat je dat wilt.' Gia had de portemonnee niet herkend, maar op de een of andere manier speelde de geheimzinnige Anne Bukowski een rol in Raphaels plannen. Als ze erachter kon komen hoe precies, zou dat genoeg kunnen zijn om Gia te behoeden voor een vreselijke vergissing.

'Hoe laat gaan jullie morgen trouwen?' Zou ze Raphael op tijd kunnen ontmaskeren?

'Om vier uur. We gaan morgenochtend de grot verkennen, komen dan terug naar het schip voor de lunch en hebben daarna de middag om ons voor te bereiden. Ik heb er zo'n zin in!' Gia stond op. 'Ik kan maar beter teruggaan naar boven voordat Raphael me mist.'

Kat wachtte totdat Gia weg was. Zodra de deur dichtging klikte ze op de eerste vermelding; ze kon haar ogen niet geloven.

De kop van het plaatselijke nieuws luidde: *Familie Bukowski spoorloos verdwenen.* Ze klikte erop, maar ze had geen verbinding met het internet meer. Ze startte haar verbinding opnieuw op, maar er gebeurde niets.

Zonder het hele artikel te lezen was het onmogelijk om verdere details te achterhalen over de plaats, datum of zelfs over hoe de familie vermist was geraakt. Bukowski was een redelijk vaak voorkomende achternaam en zonder de verdere details kon ze de voornamen van de gezinsleden niet achterhalen. Maakten Anne Bukowski en haar portemonnee deel uit van het verhaal?

Ze pakte haar mobiel, maar het schermpje was zwart. De batterij was in de grot leeggeraakt en ze was vergeten haar telefoon in de oplader te stoppen. Ze zuchtte en deed het alsnog. Welke geheimen er ook online te ontdekken waren, nu niet. Het was eerst tijd voor iets anders.

HOOFDSTUK 20

*K*at stond op het achterdek en richtte haar zaklantaarn op de achtersteven van *The Financier*. Hoewel het laat was en ze het liefst wilde gaan slapen, moest ze dit eerst uitzoeken. Het was hoogst onwaarschijnlijk dat *The Financier* en *Catalyst* twee identieke exemplaren waren van hetzelfde ontwerp. Het was veel waarschijnlijker dat Raphaels schip gestolen was, en zij wilde dat aantonen.

Het licht van de zaklantaarn gaf geen duidelijk beeld in het duister. Ze rekte haar nek om een betere blik te kunnen werpen op de letters van de naam van het schip in het spaarzame licht van de zaklantaarn. Het beeld van *Catalyst* op de website van Majestic Yachts spookte door haar hoofd. Het schip leek in alle opzichten op dat van Raphael, maar op de website van de bouwer stond te lezen dat het uniek was. Of er waren twee identieke jachten, of *Catalyst* was omgedoopt in *The Financier*. Haar gevoel zei haar dat Majestic Yachts slechts één schip had gebouwd, genaamd *Catalyst*, en dat ze zich nu op dat schip bevond.

Ze concentreerde zich op de letters van de naam. Vanaf een afstandje leek er niets mis te zijn. Maar dichtbij, zelfs in het zwakke licht van de nachtelijke hemel, was de witte verf die de letters omringde iets lichter van kleur dan de rest van de achtersteven. Was het schip onlangs opnieuw geschilderd? Ze leunde over de reling om de letters van dichterbij te bekijken.

Er waren geen sporen dat de naam was overgeverfd, maar er was wel iets wat haar aan het denken zette. Het was haar tot nu toe niet opgevallen, maar de op twee na laatste letter, de '*e*,' was niet helemaal recht. Het leek haar sterk dat er op een in opdracht gebouwd jacht met een waarde van meerdere miljoenen een scheve letter zou voorkomen.

Ze leunde over de reling en strekte haar hand uit naar de letters. Ze kon net bij de '*F*' komen. Ze krabde over de letter met haar vingernagel om uit te vinden of er iets onder zat. Maar het email was dik en niet bros genoeg om met haar nagel een kras in te maken. De verse verflaag was verdacht en ook veel te nieuw voor een schip van zes jaar oud. Natuurlijk kon het zo zijn dat het schip opnieuw was geschilderd, dus de toestand van de verf had niet per se iets te betekenen.

Maar het lichte kleurverschil in de witte verf en de scheve letter 'e' hadden bijna zeker wél iets te betekenen.

Vervolgens bekeek ze de registratienummers van *The Financier* en krabbelde die op een kladblokje. Ze schoof dat in haar zak, net toen ze achter zich het geluid van een zware stem hoorde.

'Wat ben jij aan het doen?' Raphael stond nog geen meter achter haar. Hij had zijn armen over elkaar en hij keek boos.

Kat schrok zo dat ze bijna overboord viel. Ze kon nog net de reling vastgrijpen en haar evenwicht bewaren. Toen ze zich omdraaide om hem aan te kijken, zag ze dat hij alleen was. 'Niets bijzonders. Ik bekeek alleen het achterdek.' Het kladblokje zat veilig in haar zak, maar ze kon de zaklantaarn niet verbergen.

'Met een zaklantaarn? Jouw nieuwsgierigheid kent gewoon geen grenzen.' Alle schijn van beleefdheid was verdwenen.

Ze wist niet wat ze moest zeggen. 'Dat klopt wel.' Raphael stond zo dicht bij haar dat ze merkte dat zijn adem naar alcohol rook.

'Gia en ik stellen jouw negatieve houding niet op prijs. Het zou fijn zijn als je je neus niet langer in onze zaken steekt.'

'Gia regelt haar eigen zaken. Ze is toevallig ook mijn vriendin.

Haar belang gaat mij aan het hart.' Sinds wanneer had Gia iemand nodig om voor haar op te komen? Raphael had haar steeds meer in zijn macht en Kat vond dat helemaal niets.

'Je moet uitkijken, als je begrijpt wat ik bedoel.'

Kat ging niet in op het dreigement. 'Ik kom op voor mijn vrienden, onvoorwaardelijk. Als jij begrijpt wat ík bedoel.'

Raphael snoof. 'De enige persoon tegen wie ze moet worden beschermd ben jij. Moet ik nog duidelijker worden? Gia is van mij en niet van jou. Ik kan haar zo tegen je opzetten. Het enige wat nodig is, is een paar woorden van mijn kant.'

'Hou op met die dreigementen.' Kat ging rechter staan. Ze was ongeveer even lang als Raphael, dus ze voelde zich niet geïmponeerd. 'Gia kan prima voor zichzelf denken.'

Hij liet een onderdrukt lachje horen. 'Niet meer. Ze vindt het best dat ik alle beslissingen voor haar neem.'

'Dat gaat gauw genoeg over, als ze eenmaal ziet hoe je echt bent. Mij houd je niet voor de gek en het duurt niet lang meer voordat Gia je ook doorheeft.' Hij had haar heel bewust opgesloten in de grot. Ze zou aan de anderen nog niet onthullen wat ze wist, maar ze hoefde ook niet beleefd tegen hem te doen.

'Ik waarschuw je. Bemoei je niet met onze zaken.' Raphael keek haar woedend aan en belette haar weg te lopen. 'Ik zou maar uitkijken als ik jou was.'

Kat raakte zijn schouder toen ze langs hem heen schoot en wegliep. Raphael kon haar niet intimideren, ook al had ze vanwege hem iedereen aan boord tegen zich gekregen. Ze kon niets doen voordat de anderen zelf de waarheid doorkregen. Ze hoopte alleen dat het niet te laat zou zijn.

Terug in haar hut, tien minuten later, werden Kats verdenkingen bevestigd. Ze voerde de registratienummers op de achtersteven van *The Financier* in in de database met registratiegegevens van de Canadese overheid. Die database hield de wettelijke gegevens bij van alle geregistreerde vaartuigen, met inbegrip van de haven waarin het vaartuig was geregistreerd en de wettelijke eigenaar.

Gegevens niet bekend.

Dat bewees nog niet dat Raphaels bewering niet klopte. Hij zou zeggen dat het jacht uit Italië afkomstig was. Maar op basis van wat ze had gezien op de website van Majestic Yachts leek het schip van Noord-Amerikaanse herkomst te zijn.

Toen herinnerde ze zich Pete's opmerking. Raphael had hem ingehuurd in Friday Harbor in de staat Washington, dus was het jacht waarschijnlijk Amerikaans. Ze surfte naar de registratiewebsite van de Amerikaanse overheid en voerde de nummers opnieuw in.

Dit keer werden de nummers wel herkend. Ze hoorden niet bij een schip genaamd *The Financier*, maar bij het schip met de naam *Catalyst*. Nu had ze het bewijs dat het schip een andere naam had gekregen! Aangezien de registratienummers op het schip terug te voeren waren naar Catalyst, leek *Catalyst* gestolen te zijn en had het jacht een andere naam gekregen. Raphaels verhaal dat hij aan boord woonde van het schip en ermee de wereld rondvaarde klopte niet. Nu kon ze eindelijk aantonen dat hij leugens vertelde.

Ze surfte naar de website van Majestic Yachts en checkte of het registratienummer van *Catalyst* nog steeds hetzelfde was. Dat was zo. Aangezien het schip ook te koop stond op de website, was het praktisch zeker dat het was gestolen. Dat kon gemakkelijk worden aangetoond door middel van een telefoontje als de jachtwerf morgenochtend weer openging.

Ze stond op en legde haar laptop op het bureau op het moment dat Jace de hut binnenstormde.

'Wat heb je tegen Raphael gezegd? Ik kwam hem net tegen en hij is woest. Hij wil onmiddellijk naar huis.'

'Eindelijk eens een keer goed nieuws.' Ze zette haar handen op haar heupen. 'Gia heeft me verteld dat je geld hebt geïnvesteerd. Hoe kon je geld beleggen in het bedrijf van die oplichter en mij dat niet eens vertellen?'

Jace vermeed haar blik. 'Ik zou het je ook verteld hebben.'

'Wanneer precies?'

'Dit is dus precies waarom ik niets heb gezegd. Raphael is geen oplichter, Kat. Maar ik wist wel dat jij me aan een kruisverhoor zou onderwerpen.'

'Natuurlijk doe ik dat. Ik ben de enige die ervoor kan zorgen dat je niet voorgoed je geld kwijtraakt.'

'Ik wist wel dat je iets in je schild voerde.'

'Jace, de enige die hier iets in zijn schild voert is Raphael. Als jij en de anderen niet zo verblind waren door het vooruitzicht van veel geld verdienen, zou je hem in een mum van tijd doorhebben.'

'Ik herken een goede kans als die zich voordoet en ik laat deze kans niet aan me voorbijgaan.'

'O ja? Je hebt anders zojuist je geld weggeven aan een dief.' Ze draaide het scherm van de laptop naar hem toe. 'Het jacht van Raphael is gestolen, en hier is het bewijs. Het registratienummer op de achtersteven is van een jacht genaamd *Catalyst*, niet *The Financier*.'

Jace keek er een paar tellen naar. 'Er moet een logische verklaring zijn. Misschien heeft hij het jacht net gekocht en is het papierwerk nog niet helemaal afgerond.'

'Het schip staat geregistreerd in de staat Washington, niet in Italië. Hoe kan hij het jacht net hebben gekocht als hij zegt dat hij hiernaartoe is komen varen vanuit Italië?'

'Misschien laat hij het jacht registreren in een ander land. Een heleboel schepen worden elders geregistreerd. Bijvoorbeeld cruiseschepen in Liberia.'

De staat Washington was nou niet direct een belastingparadijs. 'Niemand zou dat doen.'

'Dat is wel zo.' Jace krabde aan zijn kin. 'Laten we het hem vragen.'

'Nee, Jace. Je snapt helemaal niet wat er aan de hand is! Hij heeft gelogen over zijn zogenaamde Italiaanse schip en zijn reis over de halve wereld. Er is maar één reden om de naam van een jacht te veranderen.'

Er trok een spoor van twijfel over Jace' gezicht.

'Het bewijst dat het jacht is gestolen.'

'Dat is te gek voor woorden,' stamelde hij.

'Nee, wat te gek is voor woorden is dat je hém je geld hebt gegeven.' Er was iets helemaal mis aan boord van dit jacht, en hoe eerder Kat de waarheid aan het licht bracht, hoe beter. Maar het zou heel wat ellende opleveren.

HOOFDSTUK 21

Kat en Jace waren net klaar met hun ontbijt toen oom Harry aan dek verscheen. Hij kwam uit de kombuis met een bord vol roerei, toast en worstjes. Op een tweede bord lag een stapel pannenkoekjes.

Ze hadden het ontbijt zelf moeten klaarmaken. Kat en Jace hadden samen gekookt, hoewel ze bijna niets tegen elkaar gezegd hadden. Gisteravond waren ze gaan slapen zonder dingen verder uit te praten. Kat was woedend over Jace' geheime belegging en Jace vond nog steeds dat Kat overal spoken zag.

'Ga je dat allemaal opeten?' Jace schoof zijn stoel naar achteren. 'Dat wordt niks met je dieet.'

'Ik heb mijn energie nodig. Grote dag vandaag.' Oom Harry ging tegenover hen zitten en stak een servet in zijn overhemd. Zijn bord was zo vol dat zijn aderen ter plekke zouden dichtslibben.

Kat trok haar wenkbrauwen op. 'Bedoel je onze verkenningstocht in de grot?' Ondanks haar eerdere ervaringen en het feit dat haar knie nog steeds pijn deed, had ze eigenlijk wel zin om terug te keren.

'Dat ook, maar ik had het over Gia's trouwen. Ik heb nog nooit eerder een miljardair getrouwd.'

Kat fronste. 'Oom Harry, je kunt die twee niet trouwen.'

'Natuurlijk wel. Ik ben toch een bevoegd trouwambtenaar.' Harry hield even op met eten met een vork vol ei in de lucht. 'Dit wordt mijn eerste trouwerij op zee. Met andere woorden, mijn eerste nautische trouwceremonie.' Hij slikte zijn hap ei door en deed boter op zijn toast.

'Dat bedoelde ik niet. Ik weet zeker dat jij het geweldig zou doen, oom Harry. Het gaat om Gia. Ik maak me zorgen om haar.'

'Met Gia is alles goed. Ik loop al lang genoeg mee om te zien of mensen van elkaar houden, en dat is zeker het geval met die twee. Je maakt je te druk, Kat. Als ik je niet beter kende, zou ik zelfs zeggen dat je een beetje jaloers bent.' Harry prikte een stukje worst aan zijn vork.

Kat wierp een vlugge blik op Jace, die zijn wenkbrauwen fronste.

'Dat is belachelijk. Ik ben niet jaloers.' Ze was alleen de enige die zag wat er gebeurde. 'Ik wil dat Gia gelukkig wordt, maar dan wel met de juiste man.'

'Hij is de ideale man voor haar. Hij is rijk en hij houdt net zo veel van haar als zij van hem.' Oom Harry pakte de *maple syrup* en overgoot zijn pannenkoekjes ermee.

'Ben je daar zeker van, oom Harry?'

'Natuurlijk. Iedereen met een beetje verstand kan zien dat ze van elkaar houden. Ik heb Gia nog nooit zo gelukkig gezien.'

Jace schraapte zijn keel. 'Harry heeft gelijk. Laat Gia gewoon haar eigen fouten maken. Als dit echt een fout blijkt te zijn.'

Ze keek hem woest aan. 'Gia is misschien wel verliefd, maar ik ben er niet van overtuigd dat Raphael dat ook is.'

'Ze kan in ieder geval geen betere man krijgen. Hij is jong, rijk en succesvol. Gia heeft heel veel geluk gehad dat ze hem aan de haak heeft geslagen,' sprak oom Harry. Zijn generatie hield er nog steeds ouderwetse standpunten op na en ze moest op haar tong bijten om niet te reageren. Gia hoefde geen man "aan de haak te slaan".

'Heb je weleens bedacht dat het Raphael is die zich gelukkig mag prijzen dat Gia voor hem heeft gekozen?' Kat nam een grote slok koffie. 'Ze heeft haar eigen zaak opgebouwd en is heel succesvol.'

'Ze is een zeer succesvolle zakenvrouw.' Harry legde zijn vork neer en leunde achterover in zijn stoel. 'Maar hij is tienduizendmaal rijker dan zij. Ze gaat echt geen andere miljardair vinden.'

'Dat weet je niet.' Iedereen ging ervan uit dat Raphaels jacht, designerkleding en bezittingen bewijzen waren van zijn rijkdom, maar de manier waarop hij ermee liep te pronken vond ze juist bewijs van het tegenovergestelde. 'Bovendien, als ze zo goed bij elkaar passen, waarom dan zo'n haast? Ze hebben alle tijd van de wereld.'

'Omdat ik degene wil zijn die hen in de echt verbindt, Kat. Als ze ergens anders trouwen, kan ik het huwelijk niet voltrekken. Zij zijn er klaar voor, ik ben er klaar voor. Wat is dan het probleem?' Harry schudde zijn hoofd. 'Met het trouwen van mensen verdien ik een aardig zakcentje.'

'Je hebt pas een keer eerder een huwelijksplechtigheid gedaan. Je moet goed bedenken dat het niet om jou gaat, oom Harry.' Nu begreep ze het. Harry zag dit als een unieke kans om zo'n groots huwelijk te voltrekken.

'Oké, het is maar een parttimebaantje.' Hij nam een hap van zijn toast. 'Maar het is de beste baan die ik ooit heb gehad. De uitdrukking zien op het gezicht van mensen die elkaar het jawoord geven en weten dat ik daarvoor heb gezorgd, dat is zo veel waard.'

'Jouw functie is heel belangrijk, maar alles op zijn tijd. Nu Gia zo wordt overspoeld door haar stormachtige romance denkt ze misschien niet zo helder na.'

'Dat zou kunnen.' Hij speelde wat met zijn eten, duidelijk terneergeslagen.

Ze had verdere bewijzen nodig om Harry en Jace te overtuigen. Als ze die niet had, kon ze op dit moment alleen maar de huwelijksvoltrekking uitstellen. 'Wat weten we nu eigenlijk van Raphael? We kennen hem pas een dag. Hij kwam uit het niets en heeft Gia ervan overtuigd geld in zijn bedrijf te investeren.'

'Als je het zo stelt, dan klinkt dat niet goed. Maar kijk eens om je heen.' Harry wees met zijn arm naar het schip. 'Hét bewijs dat hij succesvol is.'

'Misschien. Maar succes is geen garantie voor een gelukkig huwelijk. Gia heeft hem pas een paar weken geleden voor het eerst ontmoet. Is dat genoeg tijd om iemand te leren kennen?'

Harry keek beteuterd. 'Waarschijnlijk niet.'

'Je kunt hen altijd later nog in de echt verbinden, oom Harry. Ik weet dat Gia wil dat jij het huwelijk sluit, maar laten we hun ervan overtuigen dat ze even de tijd nemen. Als zij voor elkaar bestemd zijn, dan kan dat geen kwaad.'

'Maar als ze op reis gaan of zoiets? Dit is misschien mijn enige kans.'

'Ik weet zeker dat Gia wil dat jij het huwelijk voltrekt, wat ze ook gaan doen. Ze laat je overvliegen als dat nodig is. Kun je een excuus vinden om een paar dagen te wachten?'

Harry stopte even met kauwen. 'Oké. Ik kan wel even met hen gaan praten.'

'Nee – dat moet je niet doen.' Kat dacht weer aan de portemonnee in haar zak. Die had op de een of andere manier te maken met Raphael, aangezien ze hem had gevonden in zijn hut. Welk verband er ook was, haar gevoel zei haar dat er iets faliekant mis was. 'Ik denk gewoon niet dat Raphael de persoon is die hij lijkt te zijn.'

'Allemachtig, Kat. Je moet die gozer wel hebben.' Jace deed zijn armen omhoog bij wijze van protest. Hij was vast nog steeds veronge- lijkt omdat ze zijn beleggingsbeslissing in twijfel had getrokken. 'Wat is er verkeerd aan Raphael? Het is een geweldige vent die mij de kans geeft geld te steken in zijn bedrijf.'

'Ik denk gewoon dat jullie een grote fout maken.'

Harry pakte zijn lege bord toen hij opstond van tafel. 'Volgens mij niet. Van die haarversteviger van Bellissima worden we allemaal rijk.'

Kat pakte hem bij zijn arm. 'Weet je nog wat er gebeurde met je vorige grote belegging? Je raakte bijna alles kwijt wat je bezat.' Oom Harry had aandelen gekocht in een diamantmijn van een bedrijf waar Kat tegelijkertijd onderzoek naar deed. Het bleek dat het ging om een megafraude en hij had heel veel geluk gehad dat hij zijn geld had teruggekregen.

'Je moet nu naar Raphael toegaan en hem zeggen dat je terug wilt komen op wat je hebt afgesproken.' Het was Raphael gelukt om drie van zijn vier gasten op te lichten. Ze zouden hun geld nooit meer terugzien, tenzij zij hem een halt toeriep.

'Helemaal niet. Niemand neemt me deze kans af.'

'Er wordt je straks nog veel meer afgenomen, oom Harry. Waar is de beleggersinformatie? Ik zou die wel willen zien.'

Jace keek haar woedend aan, maar zei niets.

Kat wilde diezelfde vraag ook dolgraag aan Jace stellen, maar dat zou bijna zeker tot ruzie leiden. Ze zou ermee wachten tot ze met Jace alleen was.

Harry wendde zijn blik af. 'Die ligt in Vancouver. Raphael zal me die mailen als we weer terug in de stad zijn.'

'Je hebt geld belegd zonder de kleine lettertjes te lezen?' Raphael had helemaal niet de intentie oom Harry ook maar iets te mailen.

Oom Harry stak zijn armen omhoog alsof hij zich overgaf. 'Ik wist wel dat je dat zou zeggen.'

'Ik dacht trouwens dat Raphael op dit jacht kantoor hield,' zei Kat. 'Waarom ligt het papierwerk dan niet hier aan boord?'

'Weet ik niet. Waarschijnlijk bedoelde hij het kantoor van zijn advocaat.'

'Heb je iets getekend?' Kat fronste haar wenkbrauwen.

'Nee.'

'Je hebt hem geen geld overhandigd?'

'Dat niet, maar ik heb wel een cheque uitgeschreven en die aan hem gegeven. Ik ga daar maandagmorgen de bank over bellen.'

Kat haalde opgelucht adem. Gelukkig was Harry nog van de oude stempel en bankierde hij niet online. 'Leg je verder nergens op vast. Niet voordat ik een paar dingen heb uitgezocht.'

'Dan moet je snel zijn. Ik laat me niet de kans ontnemen om de jackpot te winnen.' Oom Harry duidde met een weids gebaar de boot aan. 'Misschien krijg ik ook een jacht.'

'Je hebt de jackpot al gewonnen. Je hebt een goed pensioen en geld op de bank. Je zegt altijd dat je alles hebt wat je nodig hebt. Waarom wil je dat riskeren?

'Ik wil deze ene keer mijn kans grijpen. Die moet je me niet ontnemen, Kat.'

Het risico van een gemiste kans was heel klein, maar het risico dat Harry en de anderen zouden worden geruïneerd was heel duidelijk wel aanwezig. Alleen Raphael liep geen enkel risico.

HOOFDSTUK 22

Kat zat al aan haar derde kop koffie tegen de tijd dat Gia en Raphael aan dek verschenen. Raphael gromde goedemorgen tegen Jace en Harry, maar wierp Kat alleen een boze blik toe. Gia keek even naar Kat en wendde toen haar blik af. Gia's ogen waren rood en gezwollen. Het was duidelijk dat ze had gehuild en dat ze ieder moment weer in tranen kon uitbarsten.

Harry sprong op uit zijn stoel en ging op weg naar het koffiezetapparaat bij de bar. Hij schonk twee kopjes dampend hete zwarte koffie in en gaf hen allebei een kop. 'Goedemorgen. Goed geslapen?'

Raphael mompelde iets binnensmonds en zette zijn kopje op tafel.

'Hm.' Harry draaide zich om en verdween in de kombuis. Een paar tellen later kwam hij terug met een paar chocoladecroissantjes. Hij bood Gia er één aan, maar die schudde haar hoofd.

Kat maakte zich zorgen. Gisteravond laat had Jace toegegeven dat hij al zijn spaargeld had belegd en dat hij daarnaast extra geld had opgenomen van een continukrediet. Hij was nu geld schuldig vanwege een belegging in iets wat eigenlijk niet bestond. Hoewel het zijn geld was, voelde ze zich toch verraden door wat hij had gedaan. Zijn beslissing had belangrijke consequenties voor hen beiden, maar hij had haar er niet eens bij betrokken.

Kat keek naar Gia. Haar verfomfaaide uiterlijk paste niet bij haar. Ze leek moe en in plaats van haar gebruikelijke lieve gebaartjes en woordjes richting Raphael zat ze een klein eindje bij hem vandaan. Er was iets aan de hand, want Gia keek nauwelijks naar Raphael. Was ze er eindelijk achter gekomen dat Raphael misbruik van haar maakte?

'Een beetje dooreten. Ik kan gewoon niet wachten tot we aan land gaan en de grot verkennen.' Harry knabbelde aan zijn tweede croissantje, zich helemaal niet bewust van de gespannen sfeer.

'De plannen zijn gewijzigd, Harry,' zei Raphael. 'Eerst doen we de huwelijksceremonie en dan gaan we naar het eiland.'

Gia zei niets, ook al trilde haar onderlip een beetje.

Slecht nieuws, dacht Kat. Ze had nu nóg minder tijd om de plechtigheid tegen te houden.

'Dat is nog beter,' zei Harry. 'Ik ga me omkleden. Hè, ik wou dat ik mijn pak had meegenomen.'

'Wacht even.' Jace draaide zich om naar Gia. 'We hebben meer dan genoeg tijd voor de ceremonie. Is het niet beter om tot vanmiddag te wachten?'

Gia haalde haar schouders op. 'Ik vind alles goed wat Raphael wil, dus deze ochtend trouwen is best.'

Als Gia niet van mening was veranderd over haar trouwplannen, dan moest Kat haar er in ieder geval van overtuigen de huwelijkssluiting uit te stellen. Ze zou wel een reden bedenken als ze Gia eenmaal alleen te spreken kreeg. 'Als dat het geval is, laten we dan naar je hut gaan en ons klaarmaken.'

Tien minuten later zat Kat op het bed in Gia's hut; ze was nog niets opgeschoten met haar pogingen om Gia op andere gedachten te brengen. Haar spontane, zelfverzekerde vriendin was veranderd in een bedeesde, onzekere schim van zichzelf. Ze deed gewoon wat Raphael haar opdroeg. 'Waarom niet een paar uur wachten? De middag is veel geschikter om in het huwelijk te treden.'

'Het is niet echt ideaal, maar Raphael wil zo snel mogelijk met me trouwen.' Gia duwde haar haren naar achteren terwijl ze zichzelf bekeek in de spiegel.

Kat keek aandachtig naar de vloer van de hut in de hoop meer bewijzen te vinden die te maken hadden met de portemonnee. Ze zag alleen maar de schoenen die Gia uit de kast had getrokken om te kiezen. Ze stond op van het bed en liep eromheen terwijl ze deed alsof ze stretchoefeningen deed. Er was ook niets te zien op de twee nachtkastjes.

Gia haalde een stuk of zes jurken uit de kast en legde die op bed. De meeste waren lichtgekleurde, mouwloze jurkjes, die veel leken op wat ze al droeg. 'Dit is alles wat ik heb. Ik heb altijd gedroomd van een groot trouwfeest waarbij ik een speciale, ouderwetse trouwjurk zou dragen. Deze jurken zijn eigenlijk niet bijzonder genoeg. Het is allemaal zo gehaast.'

Kat knikte, maar zei niets.

Gia hield iets zwarts met lovertjes tegen zich aan. 'Wat vind je hiervan?'

'Je moet geen zwart dragen als je gaat trouwen.' Hoewel trouwen met Raphael in rouwkleding Kat wel toepasselijk leek. 'Waarom kun je niet wachten tot we terug zijn in Vancouver? Dan ga ik met je winkelen om een jurk te vinden.'

'Zolang kunnen we niet wachten.' Gia zuchtte. 'Morgen vertrekken we naar Costa Rica.'

'Waarom? En voor hoelang?' Als Raphael het land uitging, kwam hij nooit meer terug. Ze betwijfelde overigens ernstig of hij Gia mee zou nemen, wat hij ook zei. Gia had waarschijnlijk niet eens haar paspoort bij zich.

'Ik weet het niet. Het hangt af van Raphaels afspraken. Ik wou dat ik de tijd had om het beter te plannen. Het moet allemaal zo op het laatste moment.'

'Je kunt nee zeggen, Gia. Je hóéft niet te gaan.'

Gia aarzelde even en schudde toen haar hoofd. 'Natuurlijk ga ik. Ik mag hem niet kwijtraken. Ik vind nooit meer iemand zoals hij.'

Kat kon nauwelijks wachten op het moment dat Gia Raphael zou kwijtraken, maar ze moest er eerst voor zorgen dat iedereen zijn geld terugkreeg. 'Doe gewoon rustig aan na de trouwceremonie. Je kunt altijd later het vliegtuig pakken naar San Jose en hem opzoeken. Of hij kan hiernaartoe vliegen.'

'Hij verblijft niet in San Jose. Hij zit in een of ander afgelegen plaatsje aan de westkust. Je kunt er alleen per boot komen.'

Een vreemde plek om zaken te doen, dacht Kat. 'Als hij er kan komen, kan jij er ook komen. Dat maakt niet zoveel uit.' Ze was verscheidene keren in Costa Rica geweest. Hoewel de wegen niet geweldig waren, kon je toch wel ongeveer overal komen. Het duurde alleen lang.

'Nee, het maakt wel uit. Als ik Raphael wil helpen, dan moet ik hem steunen.' Gia veegde over haar betraande wang. 'Ik weet dat hij meer verdient dan ik, maar waarom is het alles of niets? Ik moet mijn haarsalons achterlaten, mijn huis en mijn vrienden, gewoon alsof het niets is.' Ze knipte met haar vingers. 'Het is niet eerlijk.'

'Je hebt gelijk. Dat zou ook helemaal niet moeten.' Het paste absoluut niet bij Gia's karakter om haar zaak en klanten van het ene op het andere moment in de steek te laten. 'Waarom Costa Rica? Het is niet echt een voor de hand liggende plek om een product te lanceren.'

'Ik snap dat ook niet.' Gia slaakte een zucht. 'Maar hij weet altijd wat hij doet. Ik wou alleen dat ik af en toe een echt antwoord van hem kreeg.'

Kat legde een arm om de schouder van haar vriendin. 'Geef jezelf in ieder geval genoeg tijd om je zaken te regelen. Je moet je winkels sluiten en iets regelen voor je afwezigheid. Er is geen reden om dingen overhaast te doen.'

'Ik wil niets zeggen waardoor hij van mening zou kunnen veranderen over ons. Hij is het beste wat me ooit is overkomen.'

Eerder het slechtste wat haar ooit was overkomen. 'Als Raphael jouw wensen niet laat meetellen, is hij misschien niet de juiste man voor jou.'

Deze keer protesteerde Gia eens niet. 'Ik zou willen dat we in ieder geval sóms deden wat ik wil.'

'Zeg dat dan tegen hem. Om te beginnen met de plechtigheid. Eerst gaan we De Courcy een paar uur verkennen. Daarna zijn we er allemaal klaar voor om je huwelijk te vieren.'

'Je hebt gelijk.' Gia haalde diep adem. 'Het is tijd dat ik een keer tegen Raphael inga. We doen de trouwerij vanmiddag zoals we dat van plan waren.'

Hoewel Gia nog steeds vastbesloten was om met Raphael te trouwen, kreeg Kat nu in ieder geval iets meer tijd. Ze liep naar haar hut; ze moest haar onderzoek naar *Catalyst* voortzetten en vaststellen hoe dat schip precies aan de naam *The Financier* was gekomen.

HOOFDSTUK 23

K at had maar een kwartiertje voordat ze met de sloep aan land zouden gaan op De Courcy maar dat was voldoende tijd om haar laptop op te starten en hopelijk een herstelde internetverbinding te krijgen. Ze typte de naam Anne Bukowski in het veld van de zoekmachine en klikte op het bovenste resultaat.

Deze keer had ze een goede verbinding en was ze in staat een paar zoekresultaten door te lezen. Ze vond niets over Anne Bukowski, maar wel een tragisch verhaal over een gezin met de naam Bukowski van een paar maanden geleden. Hun noodlottige bootongeluk had de voorpagina's gehaald en ze kon zich vaag herinneren dat ze er iets over gehoord had. Ze scande het artikel om haar geheugen op te frissen.

Het verhaal was gedateerd op vijf juli, bijna twee maanden geleden. De gedeeltelijk uitgebrande boot van de familie Bukowski was ontdekt door een vissersboot; er was niemand aan boord en de boot dreef stuurloos rond in de Georgia Strait, halverwege tussen Vancouver en Victoria. Er was geen teken van het gezin van drie personen aan boord van de boot en er werd aangenomen dat ze op zee waren omgekomen. Frank, Melinda en hun vier jaar oude dochter

Emily waren op weg geweest naar een nieuw huis in Victoria. Een droevige geschiedenis, maar die had niets te maken met Anne Bukowski. De familietragedie bracht haar niet dichter bij de eigenaar van de portemonnee.

De naam Bukowski was louter toeval.

Of misschien toch niet? Hoe groot was de kans dat een verdwenen gezin en de eigenaar van een verdwenen portemonnee dezelfde achternaam hadden? Die portemonnee was van iemand en Anne en Melinda waren misschien familie van elkaar. Ze klikte door de andere artikelen over het ongeluk op zee en verstijfde ineens toen ze het derde artikel las.

Anne Bukowski's volledige naam was Anne Melinda Bukowski, hoewel ze de voorkeur gaf aan haar tweede voornaam, Melinda. Hoe kon het zijn dat de portemonnee van de vermiste vrouw was opgedoken aan boord van Raphaels jacht? Wat de reden ook was, er kón geen goede reden zijn. Het was in ieder geval zo dat de portemonnee belangrijk bewijsmateriaal vormde. Raphael had hem moeten overdragen aan de autoriteiten. De portemonnee zou nadere informatie kunnen opleveren over de locatie van de vermiste familie.

De portemonnee van Anne Melinda was opgedoken, maar zij en haar gezin waren spoorloos verdwenen. Hoe groot was de kans dat ze haar portemonnee niet meer had toen ze verdween? Die was er niet, aangezien ze bezig waren met een verhuizing van Vancouver naar hun nieuwe huis in Victoria. Kat voelde een rilling over haar rug lopen.

Ze haalde de versleten leren portemonnee uit haar nachtkastje en bekeek hem aandachtig. De portemonnee was oud, maar zowel het binnenste van de portemonnee als de inhoud leken niet te zijn aangetast door water of vuur. Hoe was de portemonnee terechtgekomen op Raphaels jacht?

Ze klikte op het volgende artikel en werd beloond met een foto. Ze zag een aantrekkelijke brunette van in de dertig met schouderlang haar en bruine ogen. Ze hield een baby in haar armen, waarschijnlijk Emily een paar jaar geleden. De vrouw lachte tegen de camera, maar de gelaten blik in haar ogen verraadden haar. Het was duidelijk dat ze probeerde gelukkig te zijn, maar dat ze dat niet was.

Ze moest iets doen met de portemonnee. Ze kon hem niet terugleggen in de hut van Gia en Raphael, ook al zou ze dat willen. Gia had haar al gezien met de portemonnee in haar eigen hut en ze had gelogen over waar ze hem gevonden had. Gia zou woedend zijn als ze zou toegeven dat ze in hun hut had rondgesnuffeld.

Voorlopig moest ze haar ontdekking geheimhouden voor Gia. Als Kat zou toegeven dat ze in Gia's hut was geweest zou dat nieuws waarschijnlijk snel worden gedeeld met Raphael. Er was geen goede reden te bedenken voor het feit dat Raphael de portemonnee in zijn bezit had, maar wel heel wat duistere redenen. Zij zou de portemonnee inleveren bij de politie als ze morgen in Vancouver terugkeerden.

Ze richtte haar inspanningen nu op verdere informatie over het jacht. Ze keek op haar horloge en besefte dat ze vanmorgen Majestic Yachts had moeten bellen. Ze maakte een aantekening dat ze moest bellen als ze terugkwamen van het eiland en ze er zeker van kon zijn dat ze even alleen was. Jace kon ieder moment binnenkomen en hij zou kwaad zijn als ze zaken aan het checken was. In de tussentijd zou ze zo veel informatie verzamelen als ze kon. Ze klikte op het eerste zoekresultaat en ontdekte dat haar verdenking op waarheid berustte.

Catalyst was twee maanden geleden gestolen uit de jachthaven van Friday Harbor op de San Juan eilanden in de staat Washington. De eilanden lagen op minder dan een uur varen van de kust. Het enige wat ze moest doen, was bewijzen dat *Catalyst* echt *The Financier* was. Ze kon eindelijk aantonen dat Raphael een leugenaar was!

Haar hart ging sneller slaan toen ze het artikel over *Catalyst* nog eens las. Het jacht had zijn ligplaats in Friday Harbor en behoorde toe aan een rijke familie die het al een paar maanden niet had gebruikt, omdat ze waren verhuisd naar de Oostkust. Aangezien *Catalyst* te koop stond, was er geen bemanning aan boord. Iedereen die een paar dagen verbleef in de jachthaven van Friday Harbor zou al snel hebben opgemerkt dat er niemand aan boord was. Daardoor was het gemakkelijk om het jacht te stelen zonder dat dit de aandacht trok.

Door de informatie van Pete en haar eigen zoekresultaten kon ze veilig aannemen dat het om hetzelfde jacht ging. Dat verklaarde ook het geringe aantal bemanningsleden, hun ongewone verschijning en Pete's terughoudendheid bij het beantwoorden van persoonlijke vragen.

Raphael zou niet het risico hebben willen lopen beroepszeelui in te huren. Die zouden op korte termijn moeilijk te vinden zijn geweest, maar bovendien zouden die waarschijnlijk aangifte doen van de diefstal van het jacht. En verder was het praktisch zeker dat die ook zouden weigeren aan boord van het schip te werken.

De deur van de hut ging open en Jace stapte naar binnen.

'We moeten gaan,' zei hij. 'De anderen komen er ook zo aan.' Jace' sombere stemming van eerder die dag was verdwenen. Hij liep naar haar toe en kuste haar.

Dus Gia had vastgehouden aan haar standpunt dat het huwelijk 's middags zou worden gesloten. Eindelijk goed nieuws.

'Je moet eerst even hiernaar kijken.' Ze gaf haar laptop aan hem zodat hij op het scherm kon kijken. Ze had de website van de scheepsbouwer open staan. Een stuk of twintig foto's van het jacht vanuit allerlei cameraposities waren zichtbaae, van de buitenkant en een groot deel van het interieur.

'Wat leuk.' Hij wierp een blik op het scherm en zette haar laptop op het bureau. 'Pak je spullen, anders zijn we te laat.'

'Nee, Jace. Kijk nog eens goed.' Ze klikte op de foto van hun hut. 'Herken je deze hut? Precies hetzelfde meubilair en dezelfde sprei als in onze hut.'

'Er zijn altijd schepen die er precies hetzelfde uitzien.'

'Niet in dit geval. Dit jacht is op bestelling gebouwd.' Ze klikte op de beschrijving. 'Alles, van het gebruikte hout tot de indeling van de hutten, is gebouwd volgens de wensen van de klant.'

'Dus?'

'Dit jacht is gestolen en ik denk dat ik dat kan aantonen.' Ze surfte naar de registratiewebsite van de Canadese overheid. 'Zie je die nummers? Als ik dat registratienummer invoer op deze website, dan wordt dat niet herkend. De reden is dat dit jacht niet Canadees is.'

Hij keek haar nietbegrijpend aan.

'Ik weet wat je denkt, maar dit jacht is ook niet Italiaans. Raphael trouwens ook niet. Ik kan nog niet bewijzen dat hij liegt over zijn identiteit, maar er is één ding dat ik wel kan bewijzen.' Ze toetste de registratienummers in op de website van de staat Washington en liet die aan Jace zien. 'Dit jacht is Amerikaans. De nummers van *The Financier* horen bij een ander jacht, genaamd *Catalyst*.'

Jace fronste en keek aandachtig naar het scherm. 'Weet je zeker dat je de juiste nummers hebt ingevoerd?'

Ze knikte. 'Ik heb ze wel twee of drie keer gecontroleerd.' Ze vertelde over de kleurverschillen bij de letters van de naam van het jacht en over de scheve '*e*'. 'Als ik gelijk heb, dan is dit jacht gestolen.'

'En is Raphael niet de miljardair die hij voorgeeft te zijn.' Jace' gezichtsuitdrukking verraadde duidelijke twijfel toen hij naar het scherm tuurde. 'Weet je zeker dat ze geen twee schepen precies hetzelfde bouwen?'

Kat knikte. 'Zelfs als ze dat deden, dan zou het interne ontwerp heus wel verschillen laten zien, omdat dat volgens de wensen van de eigenaar wordt uitgevoerd.' Ze klikte op de foto van de eetkamer en zoomde in op het kunstwerk boven het dressoir. 'Dat is identiek aan het schilderij aan boord van dit schip. De kunstwerken in onze hut zijn ook precies hetzelfde.'

Jace liep naar het schilderij boven hun bed en ging met zijn vinger over de verf. 'Dit is een oorspronkelijk olieverfschilderij. Er is er maar één van.' Zijn gezicht werd bleek. 'Er moet een logische verklaring zijn.'

'Die logische verklaring is dat dit jacht gestolen is! Kijk.' Ze vergrootte de foto van hun hut en zoemde in op de print van Dali in beperkte oplage die boven het bureau hing. 'De print van Dali is nummer drie van honderdtwintig. Wat staat er op die van ons?'

'Nummer drie van honderdtwintig. Misschien is het een vervalsing. Wie steelt er nou een jacht? Dat valt toch op.'

'Niet echt. Zo lang Raphael wegblijft bij de plek waar het schip is gestolen, is er niet zomaar iemand die het jacht herkent. Niemand

gaat zomaar het registratienummer controleren. En er is nog meer.'
Ze vertelde hem over de portemonnee en de verdwijning van de
familie Bukowski. 'We moeten hem tegenhouden, Jace. Voordat het te
laat is.'

HOOFDSTUK 24

Raphael stapte de hut binnen en bleef staan toen hij Gia's gezichtsuitdrukking zag. Eén blik was voldoende om te weten dat hij een probleem had.

Gia kneep haar ogen samen en zwaaide met een envelop. 'Kun je me vertellen waarom je vliegtickets hebt voor Costa Rica? Ze zijn voor morgen en op een ervan staat de naam van een andere vrouw.'

Raphael maakte een afwerend gebaar. 'Maak je niet druk, *bellissima*. Het is niet wat je denkt.'

'Hou op met die flauwekul. Wie is Maria Bulnes Sanchez in godsnaam en waarom vlieg jij met háár eersteklas naar Costa Rica?' Gia stond met haar armen over elkaar en keek hem woest aan. 'Ik dacht dat we met de boot naar Costa Rica zouden gaan.'

Raphael haalde alleen zijn schouders op en glimlachte naar haar. 'Mijn assistente moet je naam verkeerd gehoord hebben.'

'Leuk geprobeerd. Hoe kun je Gia Camiletti in hemelsnaam verstaan als Maria Bulnes Sanchez?'

'Storing op de lijn, denk ik. Het was een slechte verbinding.' Raphael pulkte aan zijn vingernagels en vermeed haar blik. Iets of iemand had Gia's reactie veroorzaakt, daar was hij zeker van. Voor de eerste keer hoorde hij twijfel in haar stem. Hij moest haast maken met het uitvoeren van zijn plannen.

'Hoe heb je dat niet kunnen zien? Deze tickets zijn voor een vlucht morgen, maar je hebt gezegd dat we met de boot naar Costa Rica gaan. Er klopt iets niet.'

'Plannen veranderen, schat. Mijn zakenrelaties hebben een paar vergaderingen uitgesteld, dus heb ik meer tijd. Ik was eerst van plan te gaan vliegen, maar nu kunnen we met mijn jacht naar Costa Rica gaan.' Hij streek door haar haren.

Ze duwde hem weg. 'Je past je wel aan als het om hun plannen gaat, maar niet als het om mijn plannen gaan. Waarom moet ik binnen een paar dagen mijn kapperszaken sluiten en mijn hele leven achter me laten?'

Raphael haalde zijn schouders op. 'Het gebeurde allemaal nogal vlug. We kunnen zakelijke kansen niet laten lopen.'

'Het lijkt erop dat we dat wel doen als het om de mijne gaat.' Gia fronste en keek nog eens naar het ticket. 'Dit is een al maand geleden geboekt. Toen kenden we elkaar nog niet eens. Je moet me niet voorliegen, Raphael. Je was van plan om iemand anders mee te nemen.'

'Natuurlijk niet. Ik kan het uitleggen.'

'Leg dan eens uit waarom je van plan was eersteklas te gaan vliegen met een vrouw genaamd Maria Bulnes Sanchez.' Gia kneep haar ogen samen. 'Je vertelt steeds iets anders. Ik houd er niet van om te worden voorgelogen, dus als ik erachter kom dat je dat wel doet, sta ik niet in voor de gevolgen.'

Broeder XII had het goed gezien, dacht Raphael, nu hij zich geconfronteerd zag met een boze Gia. Die man had duizenden van zijn volgelingen ervan overtuigd dat ze met hem mee moesten gaan naar dat stomme eilandje van hem en al hun wereldse bezittingen aan hem moesten overdragen, en toch had hij ongestraft kunnen ontsnappen. Broeder XII zou hem waarschijnlijk iets kunnen leren over hoe hij mensen succesvol kon oplichten.

Jammer genoeg was het daar nu te laat voor.

Broeder XII had de schade kunnen beperken door er vandoor te gaan toen de mensen te veel vragen gingen stellen. Maar in tegenstelling tot Broeder XII kon hij niet gewoon gebouwen in brand steken en spoorloos verdwijnen. De mensen van wie hij weg moest zien te komen, bevonden zich juist aan boord van zijn schip.

Gia's plotselinge wantrouwen werd door iets of iemand veroorzaakt.

Kat.

Hij had Gia's vrienden aan boord uitgenodigd als potentiële beleggers, maar dat was verkeerd gelopen toen Kat te veel vragen begon te stellen. Als Gia begon te twijfelen, dan gold dat ongetwijfeld ook voor de anderen. Hij moest van ze af zien te komen, en wel zo snel mogelijk. De zaken begonnen uit de hand te lopen. Als hij niet snel handelde, dan zou hij alles kunnen verliezen.

Zijn hart sloeg op hol. Zat zijn paspoort samen met de tickets ook in de envelop? Zo'n simpele fout zou hem alles kunnen kosten. Hij wist het niet meer.

'Lieverd, ik...' Hij kon niet uit zijn woorden komen.

'Speel geen spelletjes met mij, Raphael.' Gia tikte op de envelop. 'Wie is die Maria Bulnes Sanchez?'

'Maria is een vroegere medewerkster, de verkoopmanager voor Zuid-Amerika. Ze heeft een week geleden ontslag genomen. Nu weet ik het weer. Ik heb de tickets inderdaad een maand geleden laten boeken. Toen was ze nog in dienst en ik zou met haar naar Costa Rica gaan. Ik ben gewoon vergeten de tickets weg te gooien. Ze zijn al geannuleerd.' Hij stak zijn hand uit haar de envelop. 'Geef die maar aan mij.'

Gia aarzelde voordat ze hem de envelop gaf. 'Ik hoop maar dat je me niet voorliegt.'

'Natuurlijk lieg ik niet, schat.' Hij sloeg zijn arm om haar heen en gaf haar een zoen. 'Pak nu je spullen maar voor onze excursie.'

Gia maakte zich los uit zijn omhelzing en pakte gehoorzaam haar rugzak in.

Had Gia de tickets maar niet gevonden. Hij had er een hekel aan als de dingen niet zonder complicaties konden worden afgerond.

HOOFDSTUK 25

Kat zat aan dek in de buitenbar, samen met Jace en oom Harry. Gia en Raphael waren weer te laat. Oom Harry was onrustig; hij wilde nu heel graag aan land gaan. Hij speelde met de afstandsbediening en zapte langs allerlei kanalen totdat op de televisie boven de bar het nieuws te zien was.

Ze zaten te wachten op het stel en hoopten maar dat hun plannen niet opnieuw waren veranderd. De nieuwe excursie naar het eiland was het enige waar Kat zich voor vandaag op kon verheugen. In ieder geval zou ze gedurende een paar uur Raphael in de gaten kunnen houden en hem beletten de anderen aan boord nog meer geld af te troggelen. En verder was de sluiting van een huwelijk dat het leven van Gia met zekerheid zou verpesten met een paar uur uitgesteld.

Kat luisterde met een half oor naar het nieuws en pakte intussen haar rugzak opnieuw in. Deze keer had ze alle noodzakelijke dingen ingepakt, met inbegrip van een zaklantaarn en een eerstehulptrommeltje. Haar knie en enkel voelden een stuk beter na een goede nachtrust. De zwelling was zelfs al een beetje minder geworden.

Ze knoopte haar veters beter vast, terwijl op het nieuws de belangrijkste items van die ochtend de revue passeerden. Ze spitste haar oren toen de nieuwslezer het had over nieuwe ontwikkelingen in de zaak van de vermissing van de familie Bukowski. Die naam kwam als een verrassing voor haar, aangezien ze ervan uitging dat het ongeluk van het gezin oud nieuws was.

Ze keek direct op naar het tv-scherm. Er kwam een jachthaven in beeld, waar het wrak van een uitgebrande boot werd weggesleept.

Toen verscheen de nieuwlezer op het scherm die commentaar leverde op de oude beelden, voordat hij de nieuwste ontwikkeling inleidde. Er verscheen een verslaggever in beeld die zich bevond bij dezelfde jachthaven als van de oude beelden. Deze keer lag er geen wrak in de haven. Hij wees op het water achter hem, toen hij de nieuwste ontwikkeling in de zaak-Bukowski beschreef.

'Het in gedeeltelijke staat van ontbinding verkerende lichaam van Emily Bukowski is vandaag gevonden bij de kust van Vancouver Island. Het lichaam van het vierjarige meisje werd ontdekt door een vissersboot. Het kleine meisje werd al bijna twee maanden vermist, samen met haar ouders, Melinda en Frank Bukowski. Tot nu toe is er geen spoor gevonden van haar ouders. De kustwacht blijft zoeken in het gebied waar het uitgebrande wrak van hun boot werd ontdekt.

De Canadese politie beschouwt de dood van het gezin als verdacht. Volgens de collega's van Melinda Bukowski had ze ontslag genomen nadat haar echtgenoot, Frank Bukowski, een baan als leraar had aanvaard in Victoria. De politie heeft navraag gedaan bij alle scholen in Victoria maar is er niet in geslaagd de school te vinden die de heer Bukowski in dienst had genomen.'

Kat huiverde bij de gedachte aan het lichaam van het meisje in de netten van een vissersboot. Op het televisiescherm zag ze een aantal foto's van het gezin Bukowski.

Wát? Haar mond viel open van ontzetting. 'Jace, kom eens!'

Jace was bezig zijn uitrusting in de sloep te laden. 'Even wachten, ik ben nu druk bezig.'

'Maar dat is hem! Op de tv.' Kat sprong wild op uit haar stoel.

'Wie is er op de tv?' De uitdrukking van irritatie op Jace' gezicht veranderde in verbijstering. 'Wat krijgen we...'

Oom Harry zag het ook. 'Allemachtig, die vent lijkt als twee druppels water op Raphael.'

'Nee, oom Harry. Dat ís Raphael. Frank Bukowski en Raphael zijn een en dezelfde persoon.'

Oom Harry schudde zijn hoofd. 'Maar dat is onmogelijk.'

'Was het maar zo.' Ze was er zeker van geweest dat Raphael een dief was, maar het besef dat hij ook weleens een moordenaar kon zijn, deed de rillingen over haar rug lopen. 'Wat er ook gebeurt, laat hem niet merken dat we dit weten, oké?'

Oom Harry knikte, hoewel hij nog niet overtuigd was. 'Er moet een vergissing in het spel zijn. Die kerel op de tv is zijn tweelingbroer of zoiets. Hoe heet dat ook al weer?' Hij beantwoordde zijn eigen vraag. 'Een dubbelganger.'

'Ik betwijfel het, oom Harry.' Haar oom wist niets af van de porte-monnee, maar dit was niet de tijd of de plaats om het hem te vertellen. De vondst van de portemonnee van Anne Melinda was nu nog signifi-canter. Wat er was gebeurd met de kleine Emily leek steeds verdachter nu de portemonnee van haar verdwenen moeder zich hier aan boord bevond.

Door de manier waarop Kat met de portemonnee was omgegaan, waren er misschien wel vingerafdrukken en ander belangrijk bewijs-materiaal vernietigd. Ze moest hem eerst op een veiliger plaats leggen dan haar nachtkastje en vervolgens contact opnemen met de politie.

'Ik vraag me af hoe het is om iemand tegen het lijf te lopen die er precies hetzelfde als jij uitziet. Het moet voelen alsof je een identieke tweelingbroer of -zus hebt,' mompelde oom Harry verdwaasd.

'Dat is hier echt niet het geval, oom Harry.'

'Er móét een verklaring zijn.' Harry krabde over zijn kale hoofd. 'Kunnen we het niet gewoon aan Raphael vragen?'

Jace had zijn aandacht volledig gericht op het tv-scherm nu het ook eindelijk bij hem begon te dagen. Hij ging iets zeggen, net toen Raphael plotseling achter hem verscheen.

'Wat wil je me vragen?' Raphael was alleen. Zijn mond vertoonde een glimlach, maar hij had een koude blik in zijn ogen.

Kats hart sloeg over.

'Eh…weet je zeker dat je klaar bent voor het huwelijk?' Oom Harry glimlachte. 'Je weet wel, bezint eer ge begint en zo.'

Raphael lachte. 'Natuurlijk ben ik er klaar voor. Ik kan niet wachten. En we zijn ook weer van mening veranderd. We willen de trouwplechtigheid toch vanmorgen houden. Kan dat, Harry?'

'Dat eh, dat weet ik niet.' Het zweet brak Harry uit en hij keek even opzij naar Kat.

'Natuurlijk kan dat.' Kat sprak op koude toon. Ze konden de huwelijkssluiting niet langer uitstellen zonder het wantrouwen van Raphael te wekken.

'Mooi. Je kunt ons trouwen zodra Gia er is. We gaan direct na de ceremonie naar het eiland. Dan vieren we het later als we terug zijn.'

'Ik ga Gia helpen,' zei Kat.

'Dat is niet nodig. Ze komt over een paar minuten.' Raphael kneep zijn ogen samen toen hij naar de televisie keek. 'Zet dat ding eens uit.'

Het zweet brak Kat uit. Raphael had in ieder geval een deel van hun gesprek gehoord. Had hij de reportage op de televisie gezien? Als hij iets vermoedde, liepen ze ernstig gevaar.

Maar aan Raphaels gezichtsuitdrukking viel niets af te lezen.

Harry zette de televisie uit en er viel even een ongemakkelijke stilte. Gia verscheen een paar tellen later aan dek in een korte broek en een oversized mannen-T-shirt. 'Laten we ervoor gaan.'

Misschien had Gia een nieuwe trend bedacht om te trouwen in grunge-stijl. Ofwel dat, ofwel Raphael had Gia nog niet verteld over de wederom veranderde plannen. Kat gokte erop dat het tweede het geval was.

Jace zei er ook wat over. 'Ga je dáárin trouwen?'

Gia haalde nukkig haar schouders op en reageerde niet. 'Harry, ben je er klaar voor?'

'Wacht – ik ben beneden nog iets vergeten.' Kat gebaarde naar oom Harry. 'Kun je me ergens mee helpen?'

'Ik denk het wel.' Hij haalde zijn schouders op en liep achter haar aan naar de trap in het midden van het schip. 'Als het zo doorgaat, komen we nooit ergens.'

'Maak je niet druk, oom Harry. We moeten even praten.' Ze keek naar de bewakingscamera boven de trap. Ze moest haar mond houden tot ze veilig in de hut waren.

Vijf minuten later had ze haar oom alles verteld wat ze tot op dit moment wist, ook over het gestolen jacht en de portemonnee van Anne Melinda. Genoeg bewijzen van Raphaels oplichterij om iedereen te overtuigen. En ook zoveel bewijzen dat ze zich ernstig zorgen maakte over Gia. Ze wilde haar vriendin echter niet nu alles vertellen. Als die zich per ongeluk iets liet ontvallen richting Raphael, kon dat voor hen allemaal gevaarlijk zijn.

'Kijk naar de feiten, oom Harry. Hij beweert dat dit gestolen jacht van hem is en hij zegt dat hij miljardair is. Of hij lijkt sprekend op Frank Bukowski of hij ís Frank Bukowski. Aangezien hij in het bezit is van de portemonnee van Melinda Bukowski, zou ik zeggen dat hij Bukowski is. Nu zijn dochtertje dood is....' De ernst van de situatie kwam met een klap bij haar binnen. Geld betekende niets als hun leven gevaar liep. 'We zitten tot onze nek in de problemen... We zitten op een boot met een moordenaar aan boord.'

Oom Harry sprak de woorden die zijzelf niet kon uiten. 'Denk je écht dat hij hen vermoord heeft, Kat? Dat arme meisje. Hoe kan iemand dat doen?

'Ik weet niet wat ik moet denken, behalve dan dat we groot gevaar lopen. We kunnen van het ergste uitgaan en hopen dat het meevalt.' Op dat laatste rekende ze echter niet.

Oom Harry veegde het zweet van zijn voorhoofd. 'Heb ik afgesproken te gaan beleggen in het bedrijf van een misdadiger?'

Kat knikte. 'Ik ben bang van wel.'

'Hoe groot is de kans dat ik mijn geld terugkrijg?'

'Niet erg groot, maar we hebben nu met een veel groter probleem te maken. We kunnen niets laten merken van onze verdenkingen, zelfs nu we bewijs hebben. We moeten Raphael niet achterdochtig maken totdat we veilig van zijn boot af zijn. Als hij lucht krijgt van wat we weten, gaat hij misschien geweld gebruiken.' Misschien wel met dodelijke afloop. Haar gedachten schoten heen en weer. Was Pete niet meer dan een onschuldige omstander of was hij Raphaels medeplichtige? En hoe zat het met de rest van de bemanning? Het was riskant om ook maar iemand van de bemanning te vertrouwen.

Oom Harry krabde zijn kale hoofd. 'Maar we moeten nog steeds bewijzen dat Raphael eigenlijk Frank Bukowski is. Hoe pakken we dat aan?'

'Je hebt een identificatie nodig om hen in de echt te kunnen verbinden, toch? Vraag hem om zijn ID.' Misschien had hij die niet, of zou wat hij had een duidelijke vervalsing blijken te zijn. Het was het enige wat ze kon bedenken.

Gia stond op het punt met een koelbloedige moordenaar te trouwen, en Kat kon niets doen om dat te verhinderen zonder het leven van hen allemaal op het spel te zetten.

HOOFDSTUK 26

De huwelijksplechtigheid was een droevige vertoning, in ieder geval voor Kat. Als de situatie niet zo ernstig was geweest, zou de ceremonie komisch zijn. Gia leek wel een zwerver in haar veel te grote T-shirt en korte broek. Raphaels korte broek en tanktop kwamen niet eens in de buurt van Italiaanse designerkleding. 'Fra – ik bedoel Raphael – 'Oom Harry kreeg een kleur op zijn wangen toen hij over zijn woorden struikelde.

Raphaels mond viel open, maar hij herpakte zich snel.

Kat had oom Harry eindelijk in vertrouwen genomen. Haar oom kon echter niet heel goed bluffen en hij was duidelijk in de war. Dat was ook logisch, aangezien hij op het punt stond Gia in de echt te verbinden met dezelfde man die hem al zijn geld afhandig had gemaakt

'Raphael en Gia, we zijn hier –' Oom Harry kon even niet verder en hij schraapte zijn keel. 'Mijn excuses.'

Hij moest deze ceremonie uitvoeren, want anders zou hij Raphaels achterdocht wekken. Kat en Jace moesten als getuige hun handtekening zetten. Ze hadden geen keuze. In feite zaten ze allemaal gevangen op het jacht. Hoewel ze op zich het schip konden verlaten, wilde Kat niet de man uit het oog verliezen die hun geld had gestolen.

En twee onschuldige mensen had vermoord.

Raphael keek Harry boos aan. 'Ik dacht dat je dit voor de kost deed?'

'Dat is ook zo – ik heb de laatste tijd zoveel ceremonies geleid dat ik in de war was met een ander stel.' Hij werd rood in zijn gezicht. 'Laten we opnieuw beginnen.'

'Schiet maar op.' Raphael was de meest geïrriteerde bruidegom die Kat ooit had gezien. En de slechtst geklede.

Gia keek oom Harry vreemd aan. 'Hoe zit het met het papierwerk? Daarop kloppen de namen toch wel?'

Oom Harry maakte een afwerend gebaar. 'Natuurlijk. Raphael heeft me de trouwvergunning laten zien. Daarop staan jullie namen. Nu je het zegt... ik moet jullie identiteitsbewijzen zien.'

'Maar je kent me al vanaf mijn achtste,' protesteerde Gia.

'Dit is nu eenmaal de procedure,' zei oom Harry. 'Ik moet alles volgens de regels doen. Je identificatie, alsjeblieft. Zowel die van jou als die van Raphael.'

'Dit is de meest chaotische ceremonie die ik ooit heb meegemaakt,' zei Raphael. 'Waarom heb je ons niet eerder om onze ID gevraagd?'

Harry gaf geen antwoord.

Gia rommelde in haar tasje en gooide haar rijbewijs op tafel.

Raphael overhandigde oom Harry een Italiaans paspoort en rijbewijs. 'Waarom heb je mijn identificatie nodig? Die heb ik al laten zien toen ik de trouwvergunning kreeg.'

'Ik wil gewoon alles volgens de regels doen. Kan ik die trouwvergunning nog een keer zien? Ik moet mijn werk goed doen.'

Raphael zuchtte, haalde een envelop uit de achterzak van zijn cargobroek en pakte de trouwvergunning. Hij gaf die aan oom Harry. 'Zo. Kunnen we nu beginnen?'

Oom Harry was niet echt nauwgezet, maar hij nam zijn plichten als trouwambtenaar heel serieus. Iedere minuut dat hij de zaak ophield, gaf hun meer tijd om het huwelijk uit te stellen.

Oom Harry bestudeerde Raphaels paspoort en schreef de relevante informatie in een blauw notitieboekje. Na wat een eeuwigheid leek, gaf hij het document terug aan Raphael; hij herhaalde de procedure met zijn Italiaanse rijbewijs.

Raphael zuchtte. 'We hebben niet de hele dag de tijd, hoor.'

'Wat maakt het uit, Raphael?' Gia streek over zijn arm. 'Het is nog niet eens tien uur. We hebben alle tijd in de wereld.'

Aangezien Raphael en Gia al een trouwvergunning hadden, was het duidelijk dat ze vóór dit weekend al van plan waren geweest te gaan trouwen. Zo'n trouwvergunning was drie maanden geldig. Natuurlijk betekende de trouwvergunning nog niet dat ze tijdens deze excursie hadden willen trouwen.

Kat was teleurgesteld dat Gia, die iedereen alles vertelde, het niet met haar had gehad over hun trouwplannen. Ze had nog niet eerder meegemaakt dat Gia geheimen voor had, laat staan zo'n groot geheim. Aan de andere kant had ze sinds ze aan boord was gekomen haar vriendin nog nauwelijks alleen kunnen spreken.

Gia stopte haar rijbewijs terug in haar tasje. 'Kunnen we nu beginnen, Harry?'

Harry wierp Kat een zenuwachtige blik toe.

Kat haalde even haar schouders op. Raphael beschikte al over de trouwvergunning, dus kon niemand behalve Gia het sluiten van het huwelijk tegenhouden. En dat ging natuurlijk niet gebeuren.

'Oké, kom hier maar staan.' Harry gebaarde dat Raphael en Gia voor hem moesten gaan staan voor de bar. Kat en Jace zaten op barkrukken en keken toe, toen Raphael Gia bij de hand pakte.

'Kom op, lieverd.' Raphael trok Gia dichter naar zich toe en het stel ging voor Harry staan.

De ceremonie verliep voor Kat in een waas. Waarom vond Raphael het nodig met Gia te trouwen, als hij toch haar geld al had? Als fraudeonderzoeker had ze regelmatig te maken met oplichters. Ze bleven niet rondhangen als ze eenmaal het geld hadden en gingen er zo snel mogelijk voorgoed vandoor. Het was duidelijk dat hij het op het geld van Gia had gemunt, maar hij had het geld van oom Harry en Jace er als extraatje bijgekregen.

Raphael was in het beste geval iemand die een jacht had gestolen en Gia, Jace en Harry had opgelicht. In het slechtste geval was hij ook nog een moordenaar. De portemonnee leverde daarvoor niet echt het bewijs, maar die maakte hem wel zeer verdacht. De reportage op de televisie liet er bij haar geen twijfel over bestaan dat Raphael in werkelijkheid Frank Bukowski was. Ze moest contact opnemen met de politie zonder dat Raphael argwaan kreeg.

'Kat?'

'Hmm?'

Oom Harry gebaarde dat ze naar de bar moest komen; daar lag een map met documenten. 'Hier tekenen alsjeblieft – boven de namen van de getuigen.' Oom Harry tikte met een vinger op het document. 'Dan is alles officieel.'

Ze keek hem aan om uit te vinden of er nog iets was wat ze eraan kon doen. Dat was niet zo, dus zette ze haar handtekening bij die van Jace. 'Zo.'

'Dan zijn we nu dus wettig getrouwd?' Raphael gaf Harry een klein duwtje tegen zijn schouder.

'Ja. Ik vul al dit papierwerk wel in als we terug zijn in Vancouver. Jullie twee zijn hierbij in het huwelijksbootje gestapt. Van harte gefeliciteerd!'

Jace haalde twee flessen champagne achter de bar vandaan. 'We moeten het vieren.' Hij schonk hun glazen vol.

'Ik breng hierbij een toast uit op het gelukkige echtpaar.' Harry's stem was voor zijn doen ongewoon neutraal. 'Ik hoop dat jullie nog lang en gelukkig leven.'

Waarschijnlijk kwam het meer in de richting van kort en ongelukkig. Het stel was nu getrouwd en zonder voorafgaand huwelijkscontract was alles gemeenschappelijk eigendom. Dat betekende dat Gia's bezittingen nu ook van Raphael waren. Wat hij nog niet van haar had gekregen, was nu ook voor de helft van hem.

'*Bellissima*, mijn vrouw.' Raphael tilde een lok van Gia's haar op en fluisterde haar iets in het oor.

Gia bezegelde haar eigen lot met een kus op Raphaels wang. Ze draaide zich naar hen toe. 'Ik kan niet wachten op Costa Rica en het volgende hoofdstuk van mijn leven!'

Kat hoopte maar dat het niet het laatste hoofdstuk zou zijn. Ze twijfelde er niet aan dat op maandagmorgen het uur van de waarheid zou aanbreken. Raphael zou zichzelf bevrijden van Gia en haar geld als souvenir meenemen.

Kat had minder dan achtenveertig uur om een zaak tegen Raphael op te bouwen en het geld terug te krijgen.

En tegelijkertijd het hart van haar vriendin te breken.

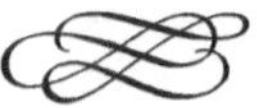

HOOFDSTUK 27

Ook met de beste plannen liep het vaak anders dan je dacht, en met de excursie naar De Courcy was het niet anders. Onmiddellijk na de ceremonie kondigde Raphael aan dat ze toch niet aan land zouden gaan. In plaats daarvan zetten ze koers naar het eiland Valdes, waar ze op zoek zouden gaan naar de grot daar en de onderzeese tunnel naar De Courcy.

De grot op Valdes was niet bepaald een goed bewaard geheim. De ingang van de grot bevond zich direct op het strand, zichtbaar voor iedereen in de haven. De opening was minstens drie meter breed en zelfs van tien meter afstand zag Kat dat er allemaal graffiti was aangebracht. Afgaande op de lege flessen en het afval dat bij de ingang was neergegooid, was de grot ook heel populair bij lokale feestvierders.

Ze liepen over het rotsstrand naar de ingang van de grot. Pete en Jace liepen voorop met Harry en Gia vlak daarachter. Kat liep helemaal achteraan en hield Raphael nauwlettend in de gaten. Ze was zowel verbaasd als bezorgd over het feit dat Raphael was ingegaan op het verzoek van Jace om Pete mee te vragen. Pete beweerde dat hij geen vaste kracht was, maar misschien maakte dat deel uit van Raphaels grotere plan. Op dit moment vertrouwde ze niemand meer.

Dat kon ze zich ook niet veroorloven, vooral omdat Raphael mogelijk een moordenaar was.

'Weet je zeker dat dit de goede plek is?' Jace liep langzaam langs de ingang. 'Het ziet er nauwelijks uit als een geheime grot.' Er lagen houtblokken rond de zwartgeblakerde overblijfselen van een vuurtje op het zand, een meter of tien bij hen vandaan.

'De ingang is bij iedereen heel bekend,' zei Pete. 'De plaatselijke bevolking komt hier feestvieren, maar ze wagen zich niet veel verder dan de eerste grotkamer. De kamers verder de spelonk in zijn niet goed bereikbaar, maar er is een geheime doorgang.'

Kat dacht niet dat ze een nieuwe geheime doorgang aankon, en al helemaal niet met Raphael in de buurt. Ze gebaarde naar Pete en Raphael. 'Gaan jullie twee maar voorop. Wij komen achter jullie aan.'

Jace knikte en oom Harry bukte zich om zijn veter vast te maken.

'Als jullie dat beter vinden.' Pete draaide zich om en liep naar de ingang van de grot. 'We komen wel terug als we een veilige doorgang naar de tweede kamer hebben gevonden.'

'Waar wachten we op?' Gia zette haar handen in haar zij. 'Waarom kunnen we niet allemaal samen gaan?'

Kat had daar geen antwoord op.

'We moeten niet allemaal samen gaan om veiligheidsredenen.' Jace gebaarde dat ze bij de resten van het houtvuur moesten gaan staan. 'Twee groepen is beter dan één groep.'

Kat veegde gedroogd zeewier van een van de houtblokken en ging daarop zitten. Harry, Gia en Jace volgden haar voorbeeld.

'Wat is het probleem dan? Ik dacht dat deze grot veilig was.' Gia wendde zich naar Jace. 'Waarom gaat Raphael als eerste en niet jij? Aangezien jij de opsporings- en reddingsdeskundige bent.'

Jace fronste. 'Dit is geen opsporings- en reddingsoperatie; het is een kwestie van gezond verstand. Niemand weet dat we hier zijn en de grot aan het verkennen zijn. Alles wat de bemanning weet is dat we op het eiland zijn. Als we verdwalen en niemand weet iets van de verborgen grotkamer, dan verkeren we allemaal in moeilijkheden.'

'We laten hen eerst gaan,' voegde Kat eraan toe. 'Het heeft geen zin als we met z'n allen naar binnen gaan en in problemen komen.' Het was heel goed van Jace om de zaak vanuit het perspectief van een mogelijk ongeluk aan de orde te stellen. Raphaels gretigheid om de grot te verkennen gaf haar koude rillingen, met name door haar eerdere ervaring in de grot op De Courcy. Ze ging de grot niet in als hij bij haar in de buurt was.

'Oké.' Gia zuchtte en ging zitten op een groot rotsblok. 'Ik wilde die stomme grot sowieso al niet verkennen. Het was wel het laatste wat ik verwachtte te gaan doen op mijn trouwdag.'

'Je hebt in ieder geval een leuke huwelijksreis om naar uit te kijken,' zei Harry.

'O, wat ben ik blij.' Gia zuchtte en staarde in de verte.

'Langs de westkust van Costa Rica varen is heel wat beter dan wat die vrouwen bij Broeder XII te verduren hadden,' zei Harry. 'Die vent verpestte het leven van heel wat mensen. Hij bedroog ook meer dan één vrouw.'

'Daar heb je gelijk in,' zei Jace. 'Hij gebruikte het geld van Mary Connally om hier op Valdes een stuk land te kopen. Hij kocht ook nog drie eilandjes in de archipel van De Courcy. En als klap op de vuurpijl gebruikte hij haar geld ook om een motor te kopen voor de sleepboot waarop hij uiteindelijk ontsnapte. En zelfs nadat hij haar en alle anderen hier achterliet zonder mogelijkheid om weg te komen, zei ze later dat ze hem opnieuw geld zou geven als ze weer voor die keus stond. Dan was er ook nog Myrtle. Ze was niet in staat om te doen wat een godin van de vruchtbaarheid wel moest doen: zorgen voor nageslacht. Het bleek dat Myrtle geen kinderen meer kon krijgen.'

Als Jace zich bewust was van de ironie van wat hij vertelde, was dat niet af te lezen van zijn gezichtsuitdrukking. Twee vrouwen waren bij dit eiland bedrogen door een man zonder scrupules. Tachtig jaar later gebeurde hetzelfde, maar nu met Gia. Liefde maakte echt blind.

Ze zaten een paar minuten bij elkaar zonder wat te zeggen. Hoewel niemand dat zei, had het verhaal van Broeder XII zijn aantrekkingskracht verloren nu ze met hun eigen problemen te maken hadden. Pete en Raphael waren nog niet teruggekeerd en zelfs

Jace en oom Harry hadden niet veel zin achter hen aan te gaan. Raphael had gevoeld dat er iets was veranderd in de onderlinge sfeer. De manier waarop hij had gereageerd op oom Harry's verspreking tijdens de huwelijksplechtigheid baarde Kat zorgen.

'Als je er zo over nadenkt,' zei oom Harry, 'lijkt het wel alsof Broeder XII bijna iedereen met wie hij in contact kwam het leven zuur maakte.'

'Hij deed het niet allemaal alleen,' zei Jace. 'Zijn derde maîtresse was geen slachtoffer zoals de eerste twee. Mabel Scottowe stond ook bekend als Madame Zee. Ze was een echte sadist en Broeder XII vond het prima dat zij alles regelde. Ze was een wrede opzichter en sloeg mensen met haar zweep bij de minste of geringste aanleiding. Tegen die tijd waren de volgelingen niet veel meer dan slaven. Ze kregen nauwelijks te eten en de vrouwen werden gedwongen om met zakken aardappelen van bijna vijftig kilo te slepen. Ze werkten zich iedere dag te barsten.'

'Ze hadden gewoon moeten weigeren,' zei Harry.

'Dat was onmogelijk,' zei Jace. 'Hij dreigde dat hij de mannen en hun vrouwen naar verschillende eilanden zou sturen. Wat zou jij dan doen?'

'Ik zou er gewoon niet intrappen,' zei Gia. 'Ik vind het niet leuk om te zeggen, maar ze kregen wel hun verdiende loon. Wie is er nou zo onnozel? Wie laat zich zo beetnemen?' Ze schudde haar hoofd.

'Je zou verbaasd staan. Ook slimme mensen werden door hem opgelicht. Kennelijk was Broeder XII een zeer charismatisch figuur. Op de een of andere manier vond hij steeds weer nieuwe volgelingen en het geld bleef binnenstromen, zelfs nadat hij als misdadiger was ontmaskerd.'

'Dan waren ze niet echt slim,' zei Gia.

'Nee, misschien niet, maar sommige schurken zijn heel overtuigend,' zei Kat. 'Ik kan me niet voorstellen dat iemand mij zo zou behandelen.'

Jace keek haar waarschuwend aan toen Raphael en Pete uit de grot kwamen. Ze keken geen van beiden blij.

'Waarom kwamen ze niet met z'n allen tegen hem in opstand?' Gia schudde haar hoofd. 'Ik kan me niet voorstellen dat ze jarenlang slavenarbeid verrichtten.'

'Vergeet niet dat al dat mystieke gedoe ook een rol speelde. Afgezien van het feit dat er geen manier was om van het eiland af te komen, geloofden ze echt dat hun ziel verloren zou gaan. Bovendien, waar moesten ze heen? Het enige wat ze hadden waren de kleren die ze droegen.' Kat keek naar de twee mannen die net buiten de grot waren blijven staan. Raphael gebaarde boos naar Pete, die alleen maar zijn hoofd schudde. Ze waren nog buiten gehoorsafstand.

'Het is verbazingwekkend dat één man zo'n groot aantal mensen in zijn macht kon krijgen. Ze waren volledig gehersenspoeld. Maar er was uiteindelijk toch wel iemand die doorkreeg wat er aan de hand was?' Harry pookte met een stok in het halfverkoolde brandhout.

'Pas toen het te laat was.' Jace ging verzitten op het blok hout. 'Ze wilden niet geloven dat ze waren opgelicht. Het waren allemaal slimme, succesvolle zakenlui, dus het was moeilijk om voor zichzelf toe te geven dat ze het slachtoffer van bedrog waren geworden. Ze schaamden zich. Ze beseften niet hoe zeer hij hen had bedrogen, zelfs nadat hij hun alles van waarde afhandig had gemaakt. Pas toen hij alle gebouwen in brand had gestoken en met de sleepboot was vertrokken, begonnen ze echt in te zien wat er was gebeurd.'

'Konden ze hem niet gevangen laten zetten en hem voor de rechter slepen?' vroeg Gia.

Jace schudde zijn hoofd. 'Hij deed alle transacties in contanten, weet je nog? Er waren geen afschriften. En er waren ook geen foto's van hem. In die tijd waren camera's nog geen gemeengoed, maar hij was een bekend figuur. Toch werd hij altijd woedend als iemand een foto van hem probeerde te nemen. Dat is wel jammer. Ik had graag een foto willen hebben voor bij mijn verhaal. Er zijn echter wel een paar tekeningen van hem. Hij had een sik, die hem een satanisch voorkomen gaf, niet echt een modetrend in die tijd. Hij ziet er een beetje lachwekkend uit, als een duivelse magiër. Waarschijnlijk probeerde hij eruit te zien als een mysticus of zoiets.'

Kat zag vanuit haar ooghoek dat Pete en Raphael naderbij kwamen.

'Die arme mensen,' zei Gia. 'Hadden ze maar een kristallen bol gehad om in de toekomst te kijken. Dan zouden ze zich nooit hebben ingelaten met die vent.'

'Wat zitten jullie hier te zitten?' Raphaels gezicht zag rood toen hij bij hen kwam staan. 'Gaan we nog wat doen of hoe zit het?'

'Ik ga geen donkere grot in, Raphael.' Gia's onderlip trilde alsof ze op het punt stond in tranen uit te barsten. 'Dit is niet hoe ik mijn huwelijksdag had willen vieren.'

'We vieren het later.' Zijn stem had een harde ondertoon en het leek meer alsof hij een bevel gaf.

Oom Harry stond op. 'Ik wil terug naar de boot. Ik ben moe.'

Raphael keek achter zich, maar Pete vermeed zijn blik.

Wat er ook was voorgevallen tussen de twee mannen, ze hadden het niet over koetjes en kalfjes gehad. Te oordelen naar Pete's lichaamstaal zaten hij en Raphael niet bepaald op een lijn. Hij leek boos te zijn dat ze de grot niet waren ingegaan. Ongeacht aan welke kant Pete stond, ze waren in ieder geval niet in de minderheid.

Kats maag draaide zich om toen Raphael rechts naast Gia ging zitten. Pete zat op een blok hout een paar meter verder.

'Broeder XII is er vandoor gegaan met al dat goud.' Oom Harry probeerde een nieuw gesprekonderwerp aan te snijden. 'Die schurk trok uiteindelijk aan het langste eind.'

'Slimme jongen.' Raphael kuste Gia bovenop haar hoofd.

'Ik weet het niet,' zei Jace. 'Een slimme jongen zou niet zoveel mensen tegen zich in het harnas hebben gejaagd. Het ging goed met zijn beweging, totdat hebzucht de overhand bij hem kreeg. Sommigen zeggen trouwens dat hij het goud achter heeft gelaten.'

'Ik neem aan dat er mensen zijn die ernaar gezocht hebben?' vroeg oom Harry.

'Ja, op het hele eiland met inbegrip van de plaats waar zijn huis stond. Niemand heeft iets gevonden, hoewel ze wel een briefje vonden onder een paar vloerplanken.'

'Wat stond erop?' vroeg Gia.

'Voor dwazen en verraders is er niets.'

Raphael was niet de enige die goed was in het manipuleren van mensen.

HOOFDSTUK 28

Ze liepen terug naar de sloep. Kat wilde heel graag terug naar het schip. Raphaels jacht was de enige plek waar ze zich veilig voelde en de ironie daarvan ontging haar niet. Op de een of andere manier werd ze gerustgesteld door de beveiligingscamera's aan boord van het schip, maar dat was belachelijk. Als de beelden van de camera's ergens werden geregistreerd en bekeken, dan zou de gestolen boot waarschijnlijk al lang weer teruggevonden zijn.

'Jullie missen echt iets,' zei Pete. 'Jullie zijn wel aan land geweest, maar nemen niet de moeite om de geheime doorgang te verkennen? Er is nog bijna nooit iemand naar binnen gegaan. Wie weet, misschien ligt de schat daar wel verborgen.'

Jace bleef ineens staan. 'Ik dacht dat je had gezegd dat de doorgang versperd was.'

'Dat is ook zo, maar ik weet hoe je er kunt komen. We zijn met genoeg mensen om de rotsen die er liggen weg te krijgen. Maar het is wel nodig dat iedereen meehelpt.'

Jace haalde zijn schouders op. 'Oké, ik wil wel helpen.'

'Ik ook,' zei oom Harry.

'Ik doe niet mee.' Gia keek of Kat het met haar eens was.

Kat knikte. Ze snapte Gia heel goed. Puinruimen en het verkennen van een grot stond niet echt hoog op het activiteitenlijstje van de meeste bruiden op hun trouwdag.

Gia tikte op haar horloge. 'We wachten een uur en niet langer. Daarna gaan we terug naar het schip.'

Kat voelde een sprankje hoop nu de oude Gia weer in de plaats kwam van de bedeesde, afgezwakte versie. De tijd met z'n tweeën gaf haar een kans om met Gia te praten, al had ze wel aarzelingen. Hoeveel van wat ze had ontdekt kon ze onthullen? Gia's loyaliteit was nog niet op de proef gesteld en je wist het nooit als er liefde in het spel was. 'We wachten op het strand.'

De mannen draaiden zich om en liepen achter elkaar aan naar de grot. Pete en Jace waren ongeveer even lang en groot, hoewel Pete waarschijnlijk een kilo of tien minder woog en aan de magere kant was. Raphael was net zo lang als Harry en minstens vijftien centimeter korter dan de andere twee jongemannen, maar hij was veel groter, sterker en jonger dan oom Harry.

Gia schopte wat zand omhoog. 'Hoe kan hij van me verwachten dat ik alles zomaar opgeef?'

Een beladen vraag waar Kat geen antwoord op wilde geven.

'Ik houd van Raphael, maar sommige dingen aan hem vind ik echt irritant. Zoals het feit dat hij alle beslissingen neemt voor ons beiden. In het begin vond ik het wel prettig dat iemand de leiding neemt en voor me zorgt, maar de helft van de tijd komt het niet eens bij hem op om rekening te houden met wat ík wil.'

'Misschien moet je daar vaker bezwaar tegen maken.'

'Dat durf ik niet. Getrouwd of niet, hij kan genoeg van me krijgen. Hij zou me zo kunnen inruilen voor een ander.' Ze knipte met haar vingers. 'De wereld ligt aan zijn voeten. Hij kan iedereen krijgen die hij wil.'

'Je bent niet bepaald hulpeloos, Gia. Je doet jezelf wat te kort met die opmerkingen. Denk je echt dat hij je zou inruilen?'

'Een beetje wel. In het begin draaide zijn hele wereld om mij, maar nu heb ik het idee dat ik er maar wat bij bungel.' Haar onderlip trilde. 'We zijn pas een paar uur getrouwd. Hoe zal het over een paar jaar zijn?'

Zo lang zou Raphael nooit bij haar blijven. Dat was Gia's redding, ook al wist ze dat nog niet. 'Heb je daar niet aan gedacht vóórdat je met hem trouwde?'

'Het is allemaal zo vlug gegaan, Kat. Het was net een sprookje of een droom waar ik niet uit wakker wilde worden. En hij zei dat mijn kapperszaken tot een keten van zaken zouden gaan behoren, maar nu moet ik ze sluiten. Onze plannen worden om de haverklap bijgesteld. Wat zou jij doen als je in mijn schoenen stond?'

'Ik zou nu nog niet weggaan en zo gemakkelijk mijn eigen dromen opgeven. Als Raphael de juiste persoon voor je is, zou hij dat ook niet van je verwachten.' Kat haalde diep adem. 'Er is iets wat ik je moet vertellen, Gia. Er gebeuren vreemde dingen aan boord van het schip.'

'Ik weet dat je Raphael niet aardig vindt, Kat. Zullen we het daarbij laten?'

'Het ligt anders dan je denkt. Ik kan het je wel vertellen, maar dan moet je me beloven dat je het er niet met Raphael over gaat hebben. Dan zou je het leven van ons allemaal in gevaar kunnen brengen.'

Gia grinnikte. 'Doe niet zo dramatisch, zeg. We lopen geen enkel gevaar.'

'Ik meen het serieus. Beloof je me er niet met Raphael over te spreken?'

Gia was even stil. 'Oké.'

'Raphaels jacht heet niet echt *The Financier*. De echte naam is *Catalyst*. Het jacht is kortgeleden gestolen uit een jachthaven. Het schip is van Amerikaanse makelij, niet van Italiaanse en ik kan dat ook bewijzen.' Ze beschreef de overgeschilderde naam en de registratiebestanden. 'Ik kan je de beschrijving van *Catalyst* laten zien als we terug zijn aan boord. Het uiterlijk van het jacht en het interieur zijn identiek aan dat van *The Financier* met inbegrip van de oorspronkelijke olieverfschilderijen.'

'Maar Raphael is met *The Financier* uit Italië komen varen!'

'Dat Raphael dat zegt betekent nog niet dat het waar is, Gia. Het bewijs dat ik heb, zegt iets anders.' Gia zou vrijwel zeker Raphael aanspreken op Melinda's portemonnee, dus die noemde ze niet. Het jacht was voldoende bewijs dat Raphael een leugenaar was.

Gia zuchtte. 'Echte bewijzen? Weet je het zeker?'

Kat knikte. 'Of hij heeft het jacht gestolen, of hij wéét dat het gestolen is. Er is gewoon geen andere verklaring.'

'Dus hij heeft tegen me gelogen.' Gia sprong op en ging recht op de grot af. 'Ik vermóórd die klootzak!'

Kat rende achter haar aan en pakte haar bij de arm. 'Gia, wacht. We moeten een plan hebben. Je moet niets doen of zeggen dat erop wijst dat je dit weet. Doe gewoon en we denken na over de volgende stap.'

'Weten Jace en Harry ervan?'

'Ja, ik heb het hun vanmorgen verteld. Ik weet ook niet precies wat het allemaal inhoudt. Maar we moeten voorzichtig zijn. Misschien liegt hij ook over andere dingen. Laten we de mannen zoeken en daarna teruggaan naar het schip.' Ze wandelden over het strand naar de grot.

Het vertrouwen dat Gia in haar stelde, was de sleutel tot hun veilige terugkeer. Tussen alle narigheid zag Kat eindelijk een sprankje hoop.

HOOFDSTUK 29

Ondanks al haar goede voornemens bevond Kat zich opnieuw in een grot zonder zaklantaarn. Ze had haar rugzak mét de zaklantaarn op het strand laten liggen bij al het gepraat over wel of niet de grot ingaan. 'Jace?' riep ze.

Haar stem echode in de lege ruimte, maar er kwam geen antwoord.

'Hij is waarschijnlijk te ver de grot in om je te kunnen horen,' zei Gia.

Precies waar Kat bang voor was geweest. Nu Raphael van zowel Jace als van oom Harry geld had gekregen, had hij niets meer aan hen. Als potentiële slachtoffers vormden ze eerder een risico. In een grot kwamen ongelukken voor en als er geen getuigen waren, was er weinig kans dat iemand hen zou vinden.

'Jace?' Deze keer riep ze veel harder. Als de verkenning van de grot door Raphael werd gebruikt als mogelijkheid om Jace en Harry van elkaar te scheiden, hadden ze niet veel tijd. Ze begon sneller te lopen nu haar ogen gewend raakten aan de duisternis.

'Het is hier best fris.' Gia deed de lantaarnfunctie aan op haar mobiel. Het licht was een enorme verbetering. 'Ik geloof dat ik Raphaels stem kan horen.'

Ze liepen langzaam verder de gang in, terwijl een mannenstem steeds luider werd. Ze volgden de bochtige wand van de gang en ongeveer een minuut later zagen ze Raphael. Zijn rechterhand was stevig om een steen geklemd.

Kat deed alsof ze het niet zag, maar haar hart klopte als een razende. Ze stonden met z'n tweeën tegenover Raphael. Of eigenlijk tegenover Raphael en Pete, want die kwam ook net uit de schaduwen tevoorschijn. Was de steen in Raphaels hand een aandenken of een wapen? Als het laatste het geval was, dan kon hij hun ernstig letsel toebrengen. Had hij steeds de hoop gehad hen te kunnen scheiden van Jace en oom Harry?

Gia keek Raphael aan. 'Waarom gaf je Kat geen antwoord toen ze riep?'

Raphael ging er niet op in. Hij draaide de steen om en om in zijn hand, in gedachten verzonken.

'Waar zijn Jace en Harry?' Kat zocht de ruimte af, maar zag geen spoor van hen. Raphael stond midden in de gang en blokkeerde zo de doortocht.

'Ze zijn doorgelopen.' Pete ging voor Raphael staan, een paar meter van Kat vandaan. 'We hebben hen al zeker een kwartier niet meer gezien.'

Een kwartier was lang. Ondanks de koele lucht binnenin de grot verscheen er op haar voorhoofd een dun laagje zweet. Jace noch Harry zou vrijwillig Raphael en Pete uit het oog zijn verloren. Jace zou nooit alleen een grot ingaan die hij niet kende. Hij zou ook zijn teruggekeerd binnen de afgesproken tijd. Er was iets mis met Jace en oom Harry; ze wist het gewoon.

'Wat doet die steen in je hand, Raphael?' Gia pakte hem bij de arm en probeerde de steen uit zijn hand te wurmen.

'Laat los.' Hij verstevigde zijn greep en trok zijn hand weg. 'Ik verzamel stenen.'

'Een stenenjager?' zei Gia. 'Dat wist ik nog niet.'

'Er is een heleboel wat je niet van me weet.' Raphael draaide zich in de richting van de uitgang. 'Laten we hier weggaan.'

'Wacht eens even. We kunnen niet gewoon weggaan zonder Jace

en oom Harry.' Kat dacht aan haar eigen grotervaringen van gisteren. De mannen konden een verkeerde bocht hebben genomen. Hun afwezigheid betekende misschien dat ze verdwaald waren, gewond, of op de een of andere manier niet in staat om terug te lopen.

'Er is maar één weg terug naar de uitgang. Het is niet zo moeilijk,' zei Raphael.

'Maar misschien is het wel die onderzeese tunnel,' wierp Kat tegen. 'Er zijn tenminste twee verschillende doorgangen. Stel dat er meer grotkamers zijn? Ze kunnen overal wel zijn.'

'Ik ga ze wel zoeken.' Pete scheen met zijn zaklantaarn voor zich uit toen hij terugliep in de tegengestelde richting. 'Wacht hier maar. Ik ben over een paar minuten terug.'

Kat slaakte een zucht van opluchting. Pete scheen op hun hand te zijn. Ook als hij had samengespannen met Raphael was er geen onmiddellijk gevaar. Ze leunde tegen de koele wand van de grot en probeerde kalm over te komen.

Ze keek naar Raphael. De aderen van zijn arm waren duidelijk te zien doordat hij hard in de steen kneep. Ze ging wat dichterbij staan en schrok toen ze een rode verkleuring op de steen zag. De rode vlek zat niet alleen op de steen, maar ook op zijn handpalm. Ze ving Gia's blik en knikte in de richting van Raphaels hand.

Voor de tweede keer in vierentwintig uur bevond ze zich in een grot met een mogelijke moordenaar in de buurt. Hoe het verder ook af zou lopen, zou dit de laatste keer zijn.

HOOFDSTUK 30

De roodgekleurde steen bleek slechts een aandenken te zijn, een archeologisch artefact.

'Eigenlijk moet je de steen terugleggen waar je hem gevonden hebt,' zei Kat. De markeringen op de steen leken te zijn gemaakt met dezelfde primitieve, rode verf die ze had aangetroffen op het stenen altaar op De Courcy. Het was verf, geen bloed, en waarschijnlijk duizenden jaren oud.

'Wat maakt het uit? Niemand bezoekt deze grot, dus niemand gaat die steen missen.' Raphael kneep zijn ogen samen. 'Bovendien houd ik er niet van als mensen mij vertellen wat ik moet doen. Ik bepaal zelf wel wat ik doe.'

'Daar gaat het niet om. Dit is een historische, archeologische locatie. Je kunt niet zomaar dingen meenemen.' De tekeningen van het volk van de Coast Salish op de rotswanden en de rotsblokken waren duizenden jaren onberoerd gebleven. Raphael had er blijkbaar geen moeite mee deze archeologische locatie aan te tasten.

'Dat kan ik wel. Misschien neem ik nog wel meer stenen mee.' Hij haalde zijn zakmes tevoorschijn en stak dat in een spleet in de rotswand. Hij kraste in de rots en er vielen stukjes op de grond. Hij haalde met zijn handen nog meer stukjes rots weg en wurmde een tweede, kleinere steen uit de wand.

Nog een rotstekening verpest. Kat hield haar mond, wetende dat haar opmerkingen de zaak alleen maar erger zouden maken. Ze voelde wel enige voldoening over het feit dat Raphael zijn zelfbeheersing had verloren. Hij gedroeg zich als een klein kind.

Kat zuchtte opgelucht toen Pete tevoorschijn kwam uit het duister met Jace en oom Harry achter zich aan.

'Hoe wist je überhaupt iets af van deze doorgang?' vroeg Jace aan Pete. 'Ben je hier in de buurt opgegroeid?'

Pete knikte. 'Mijn grootvader was Edward Arthur Wilson, beter bekend als Broeder XII.'

Pete was ongeveer vijftig jaar oud, dus dat kon inderdaad kloppen, dacht Kat verbaasd. Dat verklaarde ook zijn lokale kennis.

Jace floot. 'Ik had geen idee! Waarom heb je dat niet eerder verteld?'

Pete haalde zijn schouders op. 'Ik wilde er niemand mee belasten.'

Harry tikte Pete op zijn schouder. 'Hij moet wel een bijzondere man zijn geweest. Ik bedoel, hij heeft al die mensen ervan overtuigd dat ze met hem mee moesten gaan. Er zitten altijd twee kanten aan een verhaal, toch?'

'Dat zou ik niet weten, aangezien ik hem nooit heb ontmoet. Hij ging weg bij de commune toen mijn moeder vijf jaar oud was. Zij kende haar vader ook niet goed. Mijn grootmoeder heeft ons echter wel een heleboel verhalen verteld over het leven in de commune.'

'Wie was jouw grootmoeder? Mabel Scottowe?'

Pete schudde zijn hoofd. 'Mijn grootmoeder heette Sarah. Ze was gewoon een van de vele vrouwen van wie hij misbruik maakte. Hij en mijn grootmoeder zijn nooit getrouwd geweest. Ze bleef berooid achter, net als de rest van zijn volgelingen. Het is duidelijk dat hij geen goed mens was, maar hij was wel mijn grootvader.'

'Ik snap het,' zei Jace. 'Mijn verhaal gaat ook niet zo zeer over de persoonlijke aspecten, maar veel meer over de Aquarian Foundation en de speculaties over de verborgen schat. De mensen lezen heel graag over dat soort dingen. Ik zou het fijn vinden om van jou te horen wat je van hem weet.'

'Er valt niet veel te vertellen wat al niet bekend is. Mijn grootvader geloofde dat hij de reïncarnatie was van de Egyptische god Osiris. Hij zou samensmelten met een gereïncarneerde Isis en zo de vader worden van de Leraar van een Nieuwe Wereld die de Aquarian Foundation de Nieuwe Tijd in zou voeren. Mijn grootmoeder was gewoon een van de vele vrouwen die geloof hechtte aan dat belachelijke verhaal.'

'Het is ook echt een ongeloofwaardig verhaal,' zei Jace.

'Of hij er zelf in geloofde, weet ik niet. Maar dat is wat hij iedereen vertelde.'

'Misschien kunnen we er verder over praten als we weer terug zijn op het schip.' Jace glimlachte. 'Hij moet wel een heel bijzondere persoon zijn geweest.'

Pete haalde zijn schouders op. 'Ik weet alleen wat ze me hebben verteld. Waarschijnlijk niet waar je naar op zoek bent, want ik heb hem zelf nooit gekend.'

'Toch durf ik te wedden dat er wel wat verhalen te vertellen zijn,' zei Harry. 'Wat zou ik er niet voor over hebben gehad om erbij te zijn.'

Kat trok haar wenkbrauwen op bij die opmerking, maar zei niets.

'Waarschijnlijk zou dat niet zo best voor je zijn geweest.' Pete schudde zijn hoofd. 'Mijn moeder werd geboren op De Courcy en woonde op het eiland tot haar vijftiende. Ze leeft nu niet meer, maar ze heeft me altijd verhalen verteld over de tijd dat ze opgroeide. Ze kon zich niet veel herinneren van de sekte, maar als je erin opgroeit, dan weet je niet beter. Er was één ding waar ze het altijd over had. Mijn grootmoeder werkte twaalf uur per dag en had geen tijd voor mijn moeder. Het was zwaar lichamelijk werk. Mijn moeder dacht dat dat normaal was, totdat ze van het eiland wegging. Maar zelfs als klein kind was ze doodsbang voor Madame Zee.'

'Wauw,' zei Kat. 'Waarom heb je hier niet eerder over verteld?'

'Ik wil niet dat er in een krantenartikel aandacht wordt besteed aan mijn familiegeschiedenis. Broeder XII was niet bepaald een eerlijk mens, maar hij was wel mijn grootvader. Het gebeurde allemaal lang geleden en ik ben de enige die nog over is. Toch wil ik niet dat de naam van mijn familie door het slijk wordt gehaald.'

'Dat zou ik ook nooit doen,' zei Jace. 'Ik zou mijn artikel eerst door jou laten lezen. Een heleboel mensen zouden gefascineerd zijn door jouw familiegeschiedenis. En de plaatselijke bevolking moet jouw naam toch herkennen?'

'Dat is niet zo. Broeder XII heeft een paar keer zijn naam veranderd, maar iedereen die hem onder zijn andere namen kende is al lang dood. Aangezien hij nooit is getrouwd met mijn grootmoeder, heeft ze zijn naam niet aangenomen. Afgezien daarvan behoorden de leden van de sekte niet tot de plaatselijke bevolking. De leden kwamen van over de hele wereld en toen de sekte uit elkaar viel, gingen ze allemaal weg. Sommigen hadden het geluk dat ze voldoende geld bij elkaar konden schrapen om terug te gaan naar waar ze vandaan kwamen. '

'Allemaal gingen ze weg behalve een paar mensen waaronder mijn grootmoeder. Ze kon geen rooie cent bij elkaar harken, dus ze moest wel blijven. Ze voorzag in haar levensonderhoud als werkster totdat ze op zestigjarige leeftijd stierf aan kanker. Ze heeft nooit meer ergens anders gewoond.'

'Wat tragisch,' zei Gia. 'Hoe lukte het hem iedereen zijn geld afhandig te maken?'

'Het is hem niet helemaal gelukt,' zei Jace. Een aantal leden van de Aquarian Foundation sleepten Broeder XII voor de rechter. Hij had al het onroerend goed van de commune aangeschaft met het geld van de leden, maar op alle eigendomsakten stond alleen zijn naam. Ze slaagden erin om de eigendomsakten te laten overschrijven van Broeder XII naar henzelf, maar het was te laat en ook te weinig. Hij was toen al lang verdwenen, waarschijnlijk met medeneming van het geld dat hij had verborgen. Mary Connally kreeg de eigendomsakte voor het onroerend goed op het eiland Valdes, aangezien dat was gekocht met haar geld. Het land is al lang verkaveld en verkocht, natuurlijk.'

'Dat is in ieder geval iets,' zei Gia. 'Hoewel dat niet opweegt tegen al het misbruik waar ze onder leden.'

'Er is niets dat het goed kan maken,' voegde Pete eraan toe. 'Misschien vertel ik ooit wel alles wat ik weet. Maar die tijd is nog niet aangebroken.'

Kat voelde een rilling over haar rug lopen toen ze besefte dat Raphael niet langer naast Gia stond. Hij moest terug zijn gelopen naar de ingang van de grot. 'Het wordt al laat. Laten we teruggaan naar het schip en het trouwfeest.'

Het huwelijk van Gia en Raphael was wel het laatste wat het waard was gevierd te worden, maar dat gaf haar in ieder geval de gelegenheid Raphael nauwlettend in de gaten te houden. Ze mocht hem niet uit het oog verliezen. Hun veiligheid hing ervan af.

HOOFDSTUK 31

Gia sprong op en stampte met haar voet op de grond. 'Hij heeft tegen me gelogen! Ik zal hem krijgen.'

'Hé, wacht even.' Kat pakte haar vriendin bij de arm. 'Je kunt nog niets zeggen, Gia! We lopen nu al gevaar.' Ze gebaarde dat Gia moest gaan zitten.

'Je kunt dit niet serieus menen. Dat is niet de Raphael die ik ken.'

'Dat is nu juist het punt, Gia. De Raphael van wie je houdt, bestaat niet. Alles aan hem is een grote leugen.' Ze noemde nog eens de bewijzen, van het gestolen jacht tot de portemonnee. Haar vriendin moest het twee keer horen om het tot zich door te laten dringen. 'We moeten iets doen. De portemonnee die ik aan boord heb gevonden, behoort toe aan de vrouw van die nieuwsuitzending.'

Gia schudde verward haar hoofd. 'Er moet een verklaring voor zijn. Kunnen we Raphael er niet gewoon naar vragen? Zelfs al hij een dief is, dan maakt dat nog geen moordenaar van hem.'

'Dat is zo. We weten niet hoe groot zijn betrokkenheid is en hoe die portemonnee hier aan boord terecht is gekomen. Maar alles wat we zeggen, kan ons in problemen brengen. In het beste geval zie je hem of je geld nooit meer. In het ergste geval zie je überhaupt niets meer. Dan zijn we allemaal dood.'

Gia bewoog van voren naar achteren in haar stoel, duidelijk helemaal van slag. 'Denk je echt dat mijn man een moordenaar is?'

'Dat weten we niet zeker, maar hij is op de een of andere manier bij de verdwijning van dat gezin betrokken. Waarom zou hij anders in het bezit zijn van die portemonnee?'

Gia haalde haar schouders op. 'Die heeft hij misschien gevonden op het strand of zo.'

'Misschien wel, maar misschien ook niet,' voegde Jace eraan toe. 'De Bukowski's hadden brand aan boord van hun boot. Toch vertoont de portemonnee geen brand- of waterschade. Hoe groot is de kans daarop?'

'Laten we uitgaan van het ergste en hopen dat het meevalt,' zei oom Harry. 'In ieder geval wat die portemonnee betreft. Voor het overige is het zo dat we ons aan boord van een gestolen jacht bevinden en we kunnen wel raden dat Raphael daar in elk geval iets van afweet.'

'Je kunt er toch niet zomaar van uitgaan dat...'

'Gia, dat hele verhaal van hem dat hij uit Italië is komen varen is gelogen,' onderbrak Kat haar. 'Deze boot is een maand geleden gestolen in Washington. Ik heb al aangetoond dat Raphael daarover gelogen heeft. Dan kun je je afvragen waar hij nog meer over liegt.'

Er rolde een traan over Gia's wang. 'Ik kan niet geloven dat ik vandaag in het huwelijk ben getreden met een leugenaar en een dief. Hoe heb ik zo stom kunnen zijn?' Ze verborg haar gezicht in haar handen en snikte.

'Het spijt me.' Misschien had Kat er geen goed aan gedaan alles aan Gia te vertellen. Raphael hoefde maar een blik op haar te werpen en hij zou weten dat hij was ontmaskerd.

Gia tilde haar hoofd op en keek Kat boos aan. 'En trouwens, waarom heb je mij in godsnaam niet tegengehouden?'

Kat had haar met geen mogelijkheid kunnen tegenhouden, maar Gia zag dat anders, dus haalde ze gewoon haar schouders op. 'Het spijt me echt, Gia. Ik had meer moeten doen.'

'En wat gaan we nu doen, Kat?' Oom Harry wreef over zijn hoofd.

'We werken in feite samen met een misdadiger. We zitten op een gestolen boot. Stel dat wij ook worden gearresteerd.'

'Dat gebeurt niet,' zei Kat. 'Wij zijn ook slachtoffers van Raphael.'

Oom Harry zag er bedremmeld uit. 'Hij heeft ook mijn cheque nog. Misschien moeten we gewoon van het schip af en ervandoor gaan.'

'We kunnen hem er niet mee weg laten komen,' zei Kat. 'Hij heeft niet alleen jouw geld, maar ook de portemonnee van een dode vrouw zonder dat wij daar een verklaring voor hebben.'

'Daar valt niets tegenin te brengen,' zei Jace.

Kat leunde naar voren en sprak zachtjes. 'We moeten het jacht hier weg zien te krijgen en de autoriteiten op de hoogte stellen. We hebben een excuus nodig om vroeger naar huis te gaan.'

'Een technisch probleem bijvoorbeeld?' vroeg oom Harry.

'Zoiets, ja, al zie ik niet in hoe we dat voor elkaar kunnen krijgen.' Ze was er nog steeds niet achter of Pete nu wel of niet een rol speelde in Raphaels plannen. 'Misschien kan een van ons doen alsof hij of zij ziek is of zo. Het moet dan wel erg genoeg zijn om het nodig te maken eerder terug te keren naar Vancouver.'

'Dat kan ik wel doen,' zei Gia. 'Het is nog echt ook, aangezien ik doodziek ben vanwege het geld dat ik kwijt ben. Zie ik daar ooit iets van terug?'

'Als we op tijd terug zijn, misschien wel.' Kat was er echter niet zo zeker van. 'Oplichters sluizen het geld meestal heel snel weg. Maar er is altijd hoop.'

'We kunnen er in ieder geval op hopen,' stemde oom Harry in.

Een vage hoop, maar dat was nog altijd beter dan helemáál geen hoop. Kat was bang dat het al te laat zou zijn.

HOOFDSTUK 32

'We gaan niet vroeger terug,' snauwde hij.

Raphael had absoluut niet de intentie om ooit nog naar Vancouver terug te keren. Dat was te riskant. Zijn foto was in alle plaatselijke nieuwsmedia te vinden en hij zou zeker worden herkend. Hij klopte op de zak van zijn jasje. Daar zat alles in wat hij nodig had: zijn paspoort, geld en wachtwoorden van de bankrekeningen. Het werd weer tijd voor een nieuw begin.

Gia haalde haar kleren uit de kast en gooide die op het bed om ze in een tas te stoppen. 'We moeten wel terug. Je hebt me overvallen met dat Costa Rica-gedoe. Ik heb ook alleen maar medicijnen voor het weekend bij me. Ik kan niet gaan zonder medicatie.'

'Je kunt daar ook alles krijgen, *bellissima*.' Hij had haar nog nooit medicijnen zien nemen en hij had geen idee waar die voor waren. Het kon hem ook niet echt schelen.

'Nee, Raphael. Ik heb nog maar genoeg voor één dag. Ik heb medicijnen nodig voor de duur van de hele zeereis en voor de zekerheid voor nog een paar dagen extra. We móéten wel terug.' Gia sloeg haar armen om hem heen. 'Het duurt niet lang.'

Ieder uitstel was te lang. 'Ik zal ervoor zorgen dat je medicijnen worden bezorgd bij de volgende haven waar we aanleggen. Dan is het probleem opgelost.'

'Nee, Raphael. Bovendien moet ik wat zaken regelen in verband met mijn bedrijf. Ik heb maar een paar dagen nodig. We moeten sowieso terugvaren om Kat, Jace en Harry af te zetten.' Ze drukte haar wang tegen zijn borst. 'Hé, wat heb je daar in je zak?'

'Dat gaat je niks aan.'

'Wat is dat voor een rare opmerking?' Gia stapte achteruit en keek hem in zijn ogen. 'Je verbergt iets voor me.'

'Ik verberg helemaal niets.'

Maar Gia had haar hand al in zijn zak. Ze haalde er de envelop uit voordat hij haar dat kon beletten.

Zijn hart ging als een razende tekeer toen ze de envelop opendeed. Er zaten drie paspoorten in, vliegtickets en genoeg contant geld om een paar maanden onopgemerkt te blijven.

Ze haalde er de vliegtickets uit en bestudeerde die. 'Wat is dit allemaal? En wie is Frank Buk....'

'Geef hier.' Hij trok de envelop uit haar handen en stopte die weer in zijn zak.

'Ik wil het zien.' Gia trok de envelop weer uit zijn zak. Ze liep naar het bed en gooide de inhoud van de envelop op de damasten sprei.

Zijn hart sloeg over toen ze een paspoort van het bed pakte en dat openklapte.

'Waarom heb je die paspoorten?'

'Geef terug, Gia.' In de envelop zaten zijn twee valse paspoorten samen met zijn echte paspoort. Hij had zijn ware identiteit wel moeten aanhouden, aangezien de bankrekeningen in Costa Rica op zijn eigen naam stonden. Hij had het geld daarop nog niet overgemaakt naar de rekening onder zijn nieuwe identiteit.

Ze luisterde niet.

Hij had het land eerder moeten verlaten, maar hij had niet verwacht dat hij zo'n indruk zou maken op Gia en haar vrienden. Hij had nu genoeg geld om in Costa Rica een comfortabel leven te leiden. Hij hoefde in zijn hele leven geen dag meer te werken. Als hij daar eenmaal veilig was aangekomen, zou hij buiten bereik zijn van de

Canadese autoriteiten en zouden die hem niets in de weg kunnen leggen.

'Wie is Frank Bukowski in godsnaam?'

Als ze dat nog niet wist, zou dat spoedig wel het geval zijn. Zijn naam was overal te horen in het nieuws, nu het lichaam van Melinda was gevonden. Hij moest het land uit zolang dat nog mogelijk was.

'Raphael? Ik wil antwoord.'

Hij had twee andere paspoorten. Eén onder de naam die hij nu gebruikte en één onder een Spaanse naam. Hij zou Costa Rica binnenkomen via een kleine havenplaats. Daar zou zijn paspoort alleen met het oog worden gecontroleerd en niet elektronisch worden gescand. Een vals paspoort zou gemakkelijk worden geaccepteerd, tenzij iemand hem herkende. Zo lang hij zich niet verdacht gedroeg, had hij niets te vrezen in Costa Rica.

'Ik houd het bij me.' Gia hield haar hand met het ticket omhoog. 'Tenzij je me vertelt wie Frank Bukowski is en waarom jij beschikt over zijn vliegticket.'

Raphael ademde langzaam uit. 'Dat is een lang verhaal, maar dat moet wachten tot later.' Hij dacht als een gek na om een verhaal te bedenken. In ieder geval had Gia zijn echte paspoort niet opengedaan en dus zijn foto niet gezien, en dan had ze ook het verband niet gelegd. Kennelijk had ze de reportage op de televisie ook niet gezien. Daar had hij geluk aan, maar dat zou niet lang meer duren. Zolang hij zelf rustig bleef, zou niemand hem verdenken.

'Nee, Raphael. We zijn zakenpartners en nu zijn we ook nog eens getrouwd. Je kunt geen dingen voor me verborgen houden.'

'Het is niet wat je denkt, *bellissima*.' Hij strekte zijn arm naar haar uit, maar Gia duwde hem van zich af.

'Je moet niet tegen me liegen.' De tranen liepen haar over de wangen toen ze de tickets bestudeerde. 'Twee vliegtickets naar Brazilië? Wat heeft dat te betekenen?'

'Ik weet niet waar je het over hebt. Ik heb helemaal niet tegen je gelogen. Waarom zou ik mijn vrouw voorliegen?'

'Je hebt geen antwoord gegeven op mijn vraag.' Gia hield een ticket omhoog en bestudeerde dat. 'Net als met Maria en wie weet nog meer. Je bedriegt me.'

Raphael lachte, opgelucht dat Gia niet achter de waarheid was gekomen. 'Je weet toch dat ik je nooit zou bedriegen of tegen je zou liegen, *bellissima*.'

'Dat weet ik nu juist helemaal niet. Op dit moment lieg je tegen me.' Gia haalde haar trouwring van haar vinger en gooide die op bed. 'Je vertelt me gewoon niet de waarheid.'

'Alleen omdat dat de verrassing die ik voor je in petto heb zou bederven.' Hij probeerde uit alle macht een uitvlucht te bedenken. Hij had zijn hebzucht de overhand laten krijgen. Toch had deze weekendexcursie hem meer geld opgeleverd dan hij had verwacht, aangezien hij geld toegezegd had gekregen van meer dan één persoon aan boord. Maar nu was er aan zijn geluk een einde gekomen. Hij kom er maar beter vandoor gaan zolang dat nog mogelijk was.

Gia slikte in wat ze had willen zeggen en veegde een traan uit haar oog. 'Wat voor een verrassing?'

'De tickets zijn voor mijn neef Frank en zijn vrouw. Ik heb die voor hen gekocht, zodat zij naar ons toe kunnen komen vliegen om je te ontmoeten. Nu heb ik de verrassing bedorven.'

'Maar ik begrijp het niet. Ze wonen in Italië, niet in Canada.' Gia trok haar wenkbrauwen op. 'Waarom heb je hun vliegtickets?'

'Deze tickets zijn kopieën; die heb ik gekregen omdat ik voor de tickets heb betaald. Mijn neef heeft de tickets al.' Zijn verhaal was nauwelijks geloofwaardig, maar Gia geloofde toch bijna alles wat hij haar vertelde.

'Maar deze tickets zijn voor een vlucht van Vancouver naar Rio de Janeiro. Wij gaan naar Costa Rica. Hoe kan ik ook maar iets geloven van wat je me vertelt als je steeds iets anders zegt?'

'Ik heb de tickets geboekt voordat de vergadering in Costa Rica aan de orde kwam.' Gia moest zijn zakken hebben doorzocht, wat inhield dat ze iets vermoedde. Hij ging met zijn hand naar zijn voorhoofd. 'Dat heb ik helemaal vergeten. Ik moet de tickets laten omboeken.'

Gia staarde hem nietbegrijpend aan.

'Ik wil graag dat ze jou ontmoeten, maar aangezien we de eerste paar maanden niet in Italië zijn, dacht ik dat dit de oplossing was.' Hij glimlachte naar haar en hij hoopte maar dat die glimlach nederig genoeg was. 'Ze willen je zo graag ontmoeten.'

'Is dat echt zo?' Gia depte haar betraande wangen.

'Ik blijf maar over je praten, dus het is logisch dat ze benieuwd zijn.' Raphael deed zijn armen wijd. 'Kom eens hier.'

Gia sloot zich liefdevol in zijn armen. 'O, Raphael, het spijt me heel erg. Hoe heb ik je zo kunnen wantrouwen?' Ze begroef haar gelaat in zijn borst. 'Ik voel me vreselijk.'

'Nee, ik ben degene die spijt moet hebben. Ik besef nu hoe het allemaal moet zijn overgekomen.' Hij was zo goed in het bedenken van allerlei onzinverhalen dat hij ook zichzelf verbaasde. 'Ik zal de volgende keer beter nadenken. Maar dit is nog maar een deel van mijn verrassing.'

'Is er dan nog meer?' Gia's mondhoeken krulden op in een glimlach. 'Ik heb nooit echt aan je getwijfeld, maar ik snapte gewoon niet wie die mensen waren. Ik heb veel te snel bepaalde conclusies getrokken.'

Gia was onnozel genoeg om in zijn leugens te trappen. Nu had hij wat tijd gewonnen, maar het was duidelijk dat hij er zo snel mogelijk vandoor moest gaan. Die Broeder XII had het goed gezien. Hij maakte mensen zo veel mogelijk afhandig en wist wanneer hij moest vertrekken. Hij had het geld gemakkelijk gekregen, maar vanaf nu zou het niet meer zo gemakkelijk gaan.

'Nog één ding, *bellissima*. Ons strakke tijdschema houdt in dat we echt niet kunnen terugkeren naar Vancouver.'

'Maar hoe moet het dan met de anderen? We moeten hen terugbrengen.'

'We zetten hen morgenochtend af in Friday Harbor. Ik regel wel dat ze daarvandaan terug kunnen vliegen naar Vancouver.' Hij had zeker niet de bedoeling terug te gaan naar de haven waar hij het jacht had gestolen, maar dat hoefde Gia niet te weten.

'Maar, Raphael, weet je nog, mijn medicijnen? Ik heb ze nodig. Het duurt maar een paar uur om terug te keren naar Vancouver. We kunnen altijd eerder vertrekken.'

Hij schudde zijn hoofd, 'Mijn persoonlijke arts regelt alles wel. Jouw medicijnen worden afgeleverd bij het schip als we aanleggen in Friday Harbor.' Hij klopte haar op haar dikke billen. Gia's extra vet zou er waarschijnlijk voor zorgen dat ze langer zou blijven drijven dan Melinda. Hij moest haar lichaam verzwaren om haar gemakkelijker te laten zinken. 'Schrijf gewoon op wat je nodig hebt en ik geef het aan hem door.'

'Maar Vancouver is maar een heel klein stukje omvaren. Ik begrijp gewoon niet waarom we niet...'

'Maak je niet druk, *bellissima*. Alles wordt geregeld.' Over een paar uur zouden zijn problemen voor altijd zijn opgelost.

HOOFDSTUK 33

Gia doorzocht Raphaels kast, terwijl Kat de wacht hield bij de deur.

Kat keek naar haar vriendin. 'Je hebt het echt goed gedaan met die paspoorten. Weet je zeker dat hij je niet door had?'

'Ik denk echt niet dat hij het heeft gedaan, Kat. Zelfs als je gelijk hebt en hij in het echt Frank Bukowski is, maakt dat nog geen moordenaar van hem. Dat kan niet.' Gia was even stil, terwijl ze Raphaels kleren doorzocht en een hand in een van zijn zakken stak.

'De feiten liegen niet. Normale mensen hebben niet meer dan één identiteit. Ik dacht de hele tijd al dat zijn naam verzonnen was. Nu hebben we het bewijs dat dat zo is.' Raphael Amore klonk als de naam van een held met ontbloot bovenlichaam in een nietsverhullend flutromannetje.

'Wat is er verkeerd aan Raphael Amore? Dat klinkt zo romantisch. Gia Amore klinkt veel beter dan Gia Camiletti. En ik wil hiermee ophouden,' protesteerde Gia. 'Van iedere nieuwe ontdekking word ik bedroefder.'

'Je kunt maar beter weten met wie je te maken hebt, ook als dat niet leuk is. Jouw "Raphael Amore" zou wel eens een engel des doods kunnen zijn.' Kat snapte Gia wel. Een stormachtige romance, huwelijk en verraad binnen een paar weken – het leek wel een scenario voor een slechte B-film. 'Als je klaar bent met zijn kleren, moet je zijn schoenen controleren, vooral onder de inlegzolen.'

'Zijn inlegzolen? Wat kun je daar nu verbergen?'

Kat duwde Gia met haar voet terug in de richting van de kledingkast. 'Ik doe de rest van de laden. Daarna kijken we onder het kleed.'

'Je hebt dit eerder gedaan. Sinds wanneer doorzoeken fraudeonderzoekers de kasten van mensen?'

'Het hoort er allemaal bij.' Ze hadden geen tijd te verliezen. Raphael kon ieder ogenblik binnenlopen en hen op heterdaad betrappen.

'Ik stelde me altijd voor dat je met de toetsen van een rekenmachine bezig was,' zei Gia. 'Als mijn leven niet compleet overhoop was gegooid, had ik dit misschien wel leuk gevonden.'

Kat zou liever alles zelf doorzoeken en Gia het verdriet besparen, maar er was niet genoeg tijd. Gia was niet de meest precieze persoon, maar ze concentreerde zich wel volledig op wat van haar werd verwacht.

Kats enige zorg was dat Gia maar over Raphael bleef kletsen. Ze was nog steeds in zijn ban en hij bespeelde haar emoties. Ze verlangde er zo hevig naar dat zíjn versie van de waarheid de juiste was dat ze voorbij was gegaan aan een aantal keiharde leugens – en aan het bewijsmateriaal dat zich voor haar neus opstapelde. Het was echter wel zo dat ze meewerkte als Raphael er niet was, ook al ging dat niet van harte.

Het doorzoeken van de hut was er niet alleen op gericht bewijzen tegen Raphael te vinden. Ze moest zich ervan vergewissen dat er geen wapens verborgen lagen. Maar Kat hoopte natuurlijk ook dat ze nog meer belastend bewijsmateriaal zou vinden. Als dat gebeurde, dan zou Gia er definitief van overtuigd raken dat Raphael een oplichter was. Kat hoopte ook dat ze bankafschriften zou vinden waarmee ze het geld terug kon krijgen, maar die kans was niet erg groot. In het ergste geval – als het geld al weg was – zouden de bankgegevens in ieder geval het misdrijf aantonen.

Hun zoektocht had tot nu toe nog niets opgeleverd. 'Je verkeert in de ontkenningsfase, Gia. Hij heeft je geld al, dus breng je leven niet in gevaar. We lopen allemaal gevaar totdat we van het schip zijn. '

'We gaan gewoon weg in de sloep. Probleem opgelost.'

'Het gaat niet alleen om ons. Als wij er vandoor gaan, ontloopt hij zijn straf.'

'Daar gaan wij niet over.' Gia snufte.

'Als wij niets doen, wie dan wel? Denk eens aan dat kleine meisje. Hij heeft misschien zijn eigen dochtertje vermoord! En zijn vrouw niet te vergeten. Waarom zou het met jou anders zijn?' Zolang Gia bij Raphael bleef, liep haar leven mogelijk gevaar. 'We kunnen hem niet laten ontsnappen.'

'Hij ontsnapt ook niet. Maar ik geloof nog steeds niet dat hij een moordenaar is. Misschien is hij niet echt Raphael, maar wie hij ook is, Kat, ik hou nog steeds van hem. Ik weet dat het stom is, maar ik kan het niet helpen.' Gia's stem brak toen ze het paspoort aan Kat over- handigde. 'Ook al is er dit paspoort.'

Kats mond viel open. 'Je zei dat hij ze uit je handen had gegrist.'

'Dat is ook zo. Maar ik heb dit paspoort later weer uit zijn zak gehaald, toen hij was afgeleid. Hij was zo bezig te proberen alles goed te maken dat hij niet eens merkte dat ik mijn hand in zijn zak had.'

'Gia, je bent geniaal. Waar heb je zo goed leren zakkenrollen?'

'Laten we het erop houden dat ik een vrouw met vele talenten ben.' Ze zuchtte. 'Maar ergens zou ik willen dat ik het niet had gepakt. Diep in mijn hart weet ik dat je gelijk hebt, maar ik wil niet dat mijn dromen nog meer in duigen vallen dan nu al het geval is. Waarschijn- lijk is er meer dan één persoon met de naam Frank Bukowski.'

'Het is beter om dat hoe dan ook te weten. Dan kun je jezelf in ieder geval beschermen.' Kat keek naar de bladzijde met de foto. Het gezicht van Raphael staarde haar aan in het paspoort van Frank Bukowski. 'Je kunt toch niet nog steeds twijfelen, Gia.'

Gia schudde haar hoofd. 'Ik weet dat hij een bedrieger is. Maar ik hoop dat ook de nep-Raphael nog steeds van me houdt. Misschien is dit zij tweelingbroer of zoiets... maar hij zei dat Frank zijn neef was.'

'Niets aan hem is echt, Gia. Je bent verliefd geworden op een persoon die niet bestaat.' Ze wees naar de foto in Franks paspoort. 'Zie je die kuif? In het haar van Raphael zie je hetzelfde. En kijk naar die moedervlek. Raphael heeft precies zo'n moedervlek.'

'Waarschijnlijk heb je gelijk.' Gia liet haar schouders zakken.' Ik denk dat ik hem eigenlijk helemaal niet ken. How heb ik zo stom kunnen zijn?'

'Jij bent niet stom. Niet alleen was je zo slim om zijn paspoort te pakken te krijgen, je hebt ook nog eens het juiste paspoort. Nu we weten dat hij niet echt is, weten we wat we moeten doen. We kunnen niet toestaan dat hij er vandoor gaat.'

'Maar dat kan hij nog steeds, aangezien ik maar één paspoort heb gepakt. Als ik ook de andere had gepakt, dan zou hij dat zeker hebben gemerkt.'

'Misschien zou hij dan het paspoort op naam van Raphael Amore gebruiken.' De meeste oplichters namen niet de moeite een vals paspoort te laten maken, hoewel het niet moeilijk was er een te kopen, als je de juiste contacten had. Maar de meeste oplichters waren geen koelbloedige moordenaars.

Gia's onderlip trilde toen ze langzaam op het bed ging zitten. 'Hoe kan het dat ik voor hem gevallen ben? Ik voel me zo'n mislukkeling. Ik heb een hypotheek genomen op mijn kapperszaak en die klootzak al mijn spaargeld gegeven. Hoe kom ik er ooit weer bovenop?' Ze sloeg met haar vuist op de matras.

'We bedenken wel een manier.' Bij ieder nieuw stukje informatie begon Kat steeds meer aan die woorden te twijfelen. Het zou zomaar kunnen dat Raphael – of Frank – een koelbloedige moordenaar was met een goed doordacht plan. Een plan waarvan ze nu allemaal deel uitmaakten.

Gia stond op en ijsbeerde heen en weer. 'Ik laat hem hier niet mee wegkomen.'

Het zou handig zijn geweest als Gia al eerder door had gehad dat ze bedrogen werd. Op dit moment was haar wraakzucht nogal slecht getimed. Aan de andere kant: het was de anderen wel goed uitgekomen dat Gia zich tot nu toe niet bewust was geweest van Raphaels ware identiteit. 'Als we hem met ons verhaal confronteren, dan vermoordt hij ons ook.'

'Ik wil op zijn minst mijn geld terug. Bestaat daar enige hoop op?'

'Misschien.' Kat twijfelde daar ernstig aan. 'Hoeveel ben je precies kwijtgeraakt?'

'Zoveel dat ik tot mijn tachtigste moet blijven werken om het terug te betalen.'

'Ik probeer wel iets te bedenken.' Kat zuchtte. Ze waren nu al twintig minuten aan het zoeken in de hut. Jace hield Raphael bezig met allerlei vragen, maar dat kon net lang meer duren. 'We moeten terug aan dek. Raphael zal zich afvragen waar we mee bezig zijn.'

'Hij denkt dat we naar kleren aan het kijken zijn.'

'Dat is ook zo.'

'Naar míjn kleren, niet naar die van hem.' Gia zuchtte. 'Kun je niet gewoon zijn rekening hacken of zoiets?'

'Daar hebben we niet genoeg tijd voor. En ook al lukte dat, dan denk ik niet dat het geld ergens op een bankrekening staat onder zijn eigen naam.' Kat dacht even na. 'Dat zullen we aan de politie moeten overlaten, maar eerst moeten we ervoor zorgen dat hij geen mogelijkheid heeft om te ontsnappen.' Als ze er eenmaal zeker van waren dat hij geen toegang had tot wapens, dan zouden ze hem ergens aan boord opsluiten.

Gia trok een grimas. 'Ik kan niet geloven dat ik met die klootzak ben getrouwd. Hoe heb ik zo stom kunnen zijn om alles te geloven?'

'Je bent niet de enige, Gia. Meer mensen worden zo bedonderd.' Kat keek op haar horloge. 'Laten we deze zoektocht afronden.' Ze richtte haar aandacht op de bureauladen. Ze was bij de derde lade toen ze voelde dat er iets was vastgeklemd tegen de achterkant van de lade. Ze trok eraan en haalde een kartonnen doosje tevoorschijn ter grootte van een sigarettenpakje. Ze deed het open en kon haar ogen niet geloven. 'Gia, moet je nu eens kijken.'

Gia viel zowat achterover. Het doosje bevatte zes diamanten ringen, allemaal identiek. Ze keek naar haar hand en daarna naar het doosje. 'Ze lijken precies op mijn verlovingsring. Waarom heeft hij al die ringen?'

Kat trok haar wenkbrauwen op. 'Ik weet zeker dat je je daar wel iets bij kunt voorstellen.' De ringen met diamant en platina zagen er prachtig uit. Ze hadden alle zes een diamant van twee karaat. Een opgevouwen papiertje zat vast in de bodem van het doosje. Ze trok het eruit en vouwde het open. Het was een rekening van een bedrijf in Hong Kong voor zeven zirkonen, zilverkleurige ringen.

Snel stopte ze het papiertje terug in het doosje. Gia had al een gebroken hart, het was niet nodig om alles nog erger te maken.

Gia's valse verlovingsring was voldoende bewijs: Raphael was precies zoals iedere gladjakkerige oplichter die ze tegenkwam in haar werk als fraudeonderzoeker. Ze herkende ze van een kilometer afstand met hun opzichtige auto's, designerkleren en buitensporige cadeaus. Altijd aangeschaft met het geld van een ander.

'Betekent dit dat hij het vanaf het begin op mij gemunt had?' Gia hapte naar adem. 'Mijn hele stormachtige romance was een voorop-gezet plan?'

Kat knikte. 'Ik weet niet hoe hij je heeft gevonden, maar ik weet wel waarom. Jouw spaargeld en je succesvolle zaak. '

'Heeft hij me gestalkt? Die schoft!' Gia's stem ging omhoog en ze barstte in snikken uit. 'Dus hij geeft helemaal niets om me.'

'Gia, niet zo hard praten. We willen niet dat hij hier binnen komt lopen.'

Gia was eindelijk overtuigd. Dat was gunstig, want een bedrogen Gia met wraakgevoelens was een machtig geheim wapen dat Kat zelfs haar ergste vijand niet gunde.

Gia veegde haar tranen weg met haar mouw toen haar gezichtsuit-drukking opklaarde. 'In ieder geval kunnen we een deel van mijn geld terugkrijgen door deze ringen.' Gia keek Kat hoopvol aan.

Kat zweeg betekenisvol.

'Ook de ringen zijn niet echt?'

Kat schudde haar hoofd.

'Ik was hem niets waard. Waarschijnlijk vindt hij me zelfs niet aardig.' Een eenzame traan rolde langs Gia's wangen. 'Ik ben gewoon een van een hele reeks vrouwen, is dat het?'

'Ik ben bang van wel. We moeten hem zien tegen te houden.' Het gestolen geld was de geringste van haar zorgen. Raphael – oftewel Frank – had misschien wel de ergste misdaad van allemaal gepleegd door zijn vrouw en dochter om het leven te brengen. Zijn nieuwe vrouw was dan ongetwijfeld zijn volgende slachtoffer.

'Hoe kan ik dit voor me houden?' Gia stampte met haar voet op de grond. 'Ik wil hem áfmaken, die klootzak.'

Kat was klaar met het doorzoeken van de laden en verplaatste haar aandacht naar een stuk tapijt dat was losgetrokken van de plint. Ze trok het langzaam weg, zich afvragend of Raphael deze plek had gebruikt om documenten of misschien geld te verbergen. 'Je moet sterk zijn, Gia. Zelfs als je de uren moet tellen. Als je nu iets tegen hem zegt, komt hij weg met al zijn misdaden, dat kan ik je verzekeren.' En zou hij nog meer misdaden begaan.

'Met welke misdaden wegkomen?' Raphael stond in de deuropening met zijn armen over elkaar. Hij keek Kat boos aan.

Kat sprong op en huiverde. Ze had de deur niet horen opengaan.

'B-ben je er al weer?' Gia stotterde en draaide zich om en keek Raphael aan. 'Ik dacht dat je boven was.' Ze liet een zenuwachtig lachje horen. 'We hadden het over—'

'Hoe sommige mensen netjes zijn en anderen niet.' Kat maakte de zin af. 'Neem mij en Jace, bijvoorbeeld. Hij is extreem netjes en ik maak rotzooi. Hij ruimt altijd achter me op.'

Raphael onderbrak haar. 'Waarom tillen jullie het tapijt op? Ben je iets kwijt?'

'Kat helpt me bij het zoeken naar mijn oorbel.'

Kats hart klopte zo hard dat haar T-shirt meebewoog met iedere hartslag. Ze was blij dat Gia zo snel een smoesje had verzonnen. Ze had met een hand het tapijt nog vast en vermeed iedere beweging uit angst dat Raphael zou raden wat ze aan het doen was.

Raphael liep naar Gia en keek naar haar oorlellen. 'Ik zie dat je alle twee je oorbellen draagt.'

Op heterdaad betrapt. Er kwam een dun laagje zweet op Kats bovenlip.

Gia prikte met een vinger tegen Raphaels borst. 'Niet de oorbellen die ik nu in heb, gekkie. Andere.'

'Welke dan?'

'Mijn oorknopjes met smaragd en diamant. Ik liet ze aan Kat zien toen ik er een liet vallen. Ik moet hem vinden.' Gia haalde een doosje uit haar tasje en tikte stiekem met haar vingernagel tegen een oorbel aan zodat die in haar tasje viel.

'Ik vind het ook vervelend om dingen kwijt te raken.' Raphael streek over Gia's kin. 'Ga maar door met zoeken, maar schiet wel een beetje op, want aan dek heb ik een verrassing voor je.'

Kat huiverde onwillekeurig.

'We komen over een paar minuten.' Gia kuste hem op zijn wang. 'Nog even zoeken.'

'Als je dat liever doet...' Raphael liep naar de deur.

Kat wachtte tot Raphaels voetstappen niet meer te horen waren in de gang. 'Heel overtuigend.'

'Dankjewel.' Gia straalde toen ze haar tasje liet zien. 'Maar even serieus – ik moet wel die oorbel onderin mijn tasje zien te vinden. Voor we nog verder zoeken.'

'Natuurlijk.'

Gia gooide haar tasje leeg op het bed en pakte alle dingen een voor een op.

'Hebbes.' Gia liet het oorknopje aan Kat zien. 'En wat nu?'

Kat deed haar wijsvinger tegen haar lip. 'Doorzoek zijn spullen in de badkamer. Kijk of je daar iets kunt vinden.'

'Wat, bijvoorbeeld? Nog een paspoort?'

'Je weet het nooit. Misschien vind je nog contant geld of cheques of zoiets. Vergeet niet dat hij de hut met jou deelt en dingen voor je verbergt. Dan is de badkamer een ideale plek. Kijk waar je anders nooit zou kijken.'

'Nou, ja, als het echt zo is dat hij iets voor me verbergt, waarom dan hier in de hut?'

'Omdat hij het indien nodig snel moet kunnen pakken. Hij kan aan boord geen dingen laten liggen in de openbare ruimtes zoals de keuken –'

Gia verbeterde haar. 'Kombuis, niet keuken. Ach... ik zal het zo gaan missen, dit jacht. Waarom kan het niet gewoon weer goed gaan tussen ons?'

'Hij is een dief, weet je nog? Zou je liever samen met hem de gevangenis ingaan, Gia?'

Gia schudde haar hoofd. 'Ik wil gewoon mijn geld terug. Ik had al eerder naar jou moeten luisteren. Al was het allemaal wel heel leuk.'

'Het was allemaal schijn, Gia. Ik wed dat dit jacht een vermogen kost aan brandstof. Waar moet dat geld vandaan komen?'

'Denk je dat hij míjn geld daaraan heeft uitgegeven?' Gia's mond viel open.

'Dat denk ik niet, dat wéét ik gewoon. Hoe eerder we hem een halt toeroepen, hoe groter de kans dat we kunnen terughalen wat er nog over is.'

'Daar heb je gelijk in.' Gia verdween met hangende schouders in de badkamer.

Mannen verborgen vaak dingen in een kelder of garage, maar die had je niet op een schip. Zijn bergplaats op dit jacht was waarschijn- lijk een plek die alleen voor hem bereikbaar was en waar hij spullen snel weg kon halen, bedacht Kat. De gezamenlijke ruimtes waren bereikbaar voor de bemanning en voor gasten, dus was zijn hut de enige logische keuze.

Gia kwam uit de badkamer. Een blik op haar gezicht leerde Kat dat ze weer ergens van geschrokken was. 'Wat is er aan de hand?'

'Ik blijf ervan af. Kom maar kijken.'

Kat volgde Gia de badkamer in, waar het deksel van de toiletpot rechtop tegen de muur stond. Ze keek in het reservoir en vloekte binnensmonds. Er zat een plastic zak in het reservoir. Voor zover zij kon zien zaten er in de zak een touw en enkele rubberen hand- schoenen.

Spullen om te gebruiken bij een moord.

Had hij die gebruikt voor zijn gezin of waren ze voor toekomstig gebruik?

Gia stond ineengedoken bij de deur. 'Wat is dat in godsnaam?'

'Ik kan wel een paar dingen bedenken, maar geen daarvan is posi- tief. Heb je eraan gezeten?'

Gia schudde haar hoofd.

'Oké. Laat daar maar liggen en doe de deksel terug.'

Gia deed wat haar was gezegd. 'Ik kan niet samen met hem in één hut blijven, Kat. Stel dat hij probeert me te vermoorden?'

'We bedenken wel iets.' Op de een of andere manier moest de komende nacht voor hen de laatste aan boord van het jacht zijn.

HOOFDSTUK 34

Kat stond bij de boeg en zocht de horizon af. De weersverwachting zei dat er een storm met onweer op komst was, zeer ongebruikelijk voor de kust aan het eind van de zomer. De zee was spiegelglad alsof het water in afwachting was van de storm. De late namiddagzon ging verborgen achter lage stapelwolken die een uur geleden waren komen opzetten. Het was drukkend heet en helemaal stil. Zelfs de zeemeeuwen vlogen niet meer.

Ze keek achterom, waar Gia en oom Harry dicht bij elkaar aan tafel zaten. Er hing niet bepaald een feestelijke sfeer. Eigenlijk was de sfeer zeer gespannen. Als Raphael dat nog niet had opgemerkt, zou het hem vast snel opvallen. Op allerlei manieren hing er verandering in de lucht.

Oom Harry draaide zijn hoofd en keek Kat aan. 'Wat moeten we doen, Kat?'

Ze keek naar de bar, waar Raphael met drankjes bezig was. 'Doen alsof er niets aan de hand is. Ik ga over een paar minuten naar beneden. Wacht dan nog tien minuten en zeg tegen de anderen dat je je niet goed voelt. Kom dan naar me toe in mijn hut.' Jace zat bij de bar met Raphael te praten. Ze kon hem niet tijdig op de hoogte stellen, maar hij zou het wel begrijpen als Harry eenmaal weg was.

Raphael bracht een martini voor Gia en voor de anderen een biertje. Kat vond dat wat vreemd, omdat hij hun niet had gevraagd wat ze wilden hebben. En hij had wel veel tijd nodig gehad voor die ene martini.

Gia hief haar glas zonder veel enthousiasme. 'Proost.'

Een moordenaar die zijn eigen overlijden al eens in scène had gezet, had geen reden rond te blijven hangen. Het lag ook niet erg voor de hand dat hij hen zomaar met rust zou laten. Hoewel ze geen getuige waren geweest van het misdrijf, hadden ze wel de bewijzen ervan gezien.

De zoektocht van Kat en Gia in de hut had geen verdere verrassingen opgeleverd. De spullen die mogelijk waren gebruikt bij de moord hadden Kat gealarmeerd, maar ze hadden verder geen wapens gevonden in de hut. Dat ze niets hadden gevonden leverde de geruststellende gedachte op dat bepaalde ruimten op het jacht veilig waren, maar er waren volop andere plekken die ze niet hadden doorzocht. De situatie zou vlug escaleren als de waarheid eenmaal aan het licht was gekomen en de verandering in Raphaels gedrag wees erop dat er een confrontatie aan zat te komen.

Ze wilde alleen dat ze meer wist over Pete's relatie met Raphael. Was hij betrokken bij Raphaels misdadige activiteiten of was hij niet meer dan een ingehuurde kracht?

Alsof het was afgesproken, stond Raphael op. 'Ik moet even weg. Volgens de bemanning is er een probleem.' Hij kuste Gia op haar wang en ging op weg naar de voorzijde van het schip.

Kat had de laatste uren niemand van de bemanning gezien en Raphael had ook geen bericht binnengekregen op zijn mobiel. Waarschijnlijk gewoon een smoesje. Ze rilde onwillekeurig. 'Laten we naar binnen gaan.'

'Ik ga naar mijn hut,' zei Gia. 'Ik voel me ineens niet zo lekker.'

EEN UUR LATER ZATEN KAT, Jace en oom Harry in de *living*, gebiologeerd door wat ze zagen op het tv-scherm. Buiten rommelde de donder en er schoten onweersflitsen door de lucht. De storm was in volle gang.

Achter de nieuwslezer van het zesuurjournaal was een beeld te zien van de uitgebrande boot van het gezin Bukowski en hij herhaalde nog maar eens wat er bekend was over de vermiste gezinsleden.

Direct daarna werd er overgeschakeld naar een persconferentie van de politie. Een woordvoerster stond op een podium met naast zich een aantal politiemannen. 'De lijkschouwer is tot de conclusie gekomen dat Emily en Melinda om het leven zijn gebracht. Het is nog niet bekend waar Frank Bukowski is. Als iemand contact heeft gehad met het gezin Bukowski voorafgaande aan hun vermissing, verzoekt de politie hem of haar contact op te nemen.'

'Beschouwt u de echtgenoot als verdachte in deze moordzaak?' vroeg een vrouw buiten het zicht van de camera. 'Het is toch zo dat het in tachtig procent van de gevallen om de echtgenoot gaat?'

Een luide mannenstem was te horen boven de andere uit. 'Is de brand de officiële doodsoorzaak? Hoe zijn ze om het leven gekomen?'

De woordvoerster maakte een afwerend handgebaar. 'Vandaag beantwoorden we geen vragen. We geven morgen een update als er nieuwe ontwikkelingen zijn.' Ze zette haar microfoon uit en verliet het podium, terwijl de verslaggevers vragen op haar afvuurden.

Op het scherm verscheen een kalende, mannelijke verslaggever van een jaar of vijftig, die in de studio stond met achter zich het beeld van de uitgebrande boot van de Bukowski's van een paar maanden geleden. De geblakerde romp was het enige deel van de boot dat nog intact was.

'De politie wil niets zeggen over de doodsoorzaak los van het feit dat die verdacht is. Frank Bukowski wordt nog steeds vermist, maar de politie heeft hem nog niet als verdachte bestempeld.'

'Gegeven de verdachte omstandigheden, echter, is het belangrijk op te merken wat de politie níét zegt.' Hij wees naar het uitgebrande skelet van de boot. 'De brandschadedeskundigen die wij hebben geraadpleegd zeiden dat de brandsporen erop duiden dat er een brandversneller zoals benzine is gebruikt. Verder is het zo dat degene die de brand heeft gesticht zich op de boot moet hebben bevonden.'

Jace en oom Harry keken elkaar ongerust aan.

Kat pakte haar mobieltje en zag tot haar ontzetting dat ze geen bereik had. Als er nu iets zou gebeuren, zouden ze zelf tegen Raphael moeten optreden. Ze kon niemand bellen.

De camera richtte zich weer op de verslaggever. 'De politie wil niet speculeren over de vraag of de verdenking van moord betrekking heeft op Frank Bukowski of dat hij ook een slachtoffer is. In zaken als deze is de echtgenoot altijd een mogelijke verdachte. Nu Bukowski nog vermist wordt, is het niet duidelijk of hij nog leeft. Wat de politie echter niet zegt, is op zich veelzeggend.'

Kat pakte de afstandsbediening en schakelde de tv uit. 'We kunnen niet het risico lopen dat Raphael erachter komt dat wij hiernaar zitten te kijken. Als hij weet dat we zijn ware identiteit te weten zijn gekomen, dan zal hij zich gedwongen zien om te handelen.' Ze dacht nog steeds aan hem als Raphael en niet als Frank, ondanks wat ze nu wist. 'Ik hoop dat alles goed is met Gia. Misschien moet ik even gaan kijken.'

Jace haalde zijn schouders op. 'Waarschijnlijk ligt ze gewoon te slapen. Geef haar maar even de tijd.'

'We hebben een plan nodig om de komende uren door te komen,' zei Kat. 'En hem ervan te overtuigen dat hij moet terugkeren naar Vancouver.'

Jace schudde zijn hoofd. 'Die vent gaat echt niet meer terug. Hij wordt gezocht en zal zeker worden herkend.'

'Dan is onze enige optie hem uit te schakelen,' zei ze. 'Maar hoe zit het met de bemanning? Ik geloof niet dat Pete en de anderen betrokken zijn bij Raphaels plannen, maar stel dat ik het mis heb?'

'Dan zijn we in de minderheid.' Oom Harry keek er niet al te blij bij.

De buitendeur ging open en er kwam een windvlaag naar binnen, gevolgd door Raphael. Hij bleef bij de deur staan. 'Kan iemand komen helpen? We hebben lekkage.'

Kat fronste. Het jacht lag nog voor anker en het was niet erg waarschijnlijk dat er bij dit modern jacht sprake was van achterstallig onderhoud.

'Neemt de bemanning dat soort dingen normaalgesproken niet voor haar rekening?' vroeg Harry.

'Ze hebben hun handen al vol aan de pogingen het lek te stoppen.' Raphael stapte achteruit naar de deur. 'We moeten opschieten. Het jacht kan zinken!'

Kat en Jace keken elkaar aan. Als het waar was, moesten ze natuurlijk in actie komen en konden ze niets anders doen dan Raphael volgen. En als dit een valstrik was, moesten ze nog veel eerder in actie komen.

'Laten we gaan.' Jace gebaarde naar de anderen dat ze achter hem aan moesten komen.

Kat liep blindelings achter de anderen aan op weg naar het middengedeelte van het schip. Ze ging langzamer lopen toen ze langs een open opbergkist kwam. Ze wierp een blik in de kist.

In de opslagkist lagen reddingsvesten en andere overlevingsspullen. Ze bleef staan. Als het jacht gevaar liep te zinken, dan moest ze reddingsvesten pakken als voorzorgsmaatregel. Ze stak haar hand uit om ze te pakken en zag ineens iets van metaal.

Ze duwde het bovenste reddingsvest opzij en staarde naar een revolver. Het lag op een stapeltje reddingsvesten. Ze wist vrijwel niets van wapens behalve dan dat ze een specifiek doel dienden: mensen doden. Kat duwde de reddingsvesten een beetje opzij om beter te kunnen kijken. Ze was zo voorzichtig de revolver niet aan te raken.

Was de revolver van Raphael of van de eigenaar van het jacht? Het was een vreemde plek om een wapen op te bergen. De meeste mensen droegen een wapen bij zich of borgen het achter slot en grendel op in een privé-ruimte. Ze had geen idee of zeelui wapens bij zich hadden. Sommige van hen zouden waarschijnlijk ter bescherming een wapen hebben als ze naar verafgelegen plaatsen gingen. Maar alleen een idioot zou zijn wapen in een niet afgesloten opslagkist op het dek neerleggen.

Een idioot... of iemand die op het punt stond het te gebruiken.

Ze bukte zich voorover om goed naar het wapen te kijken. Ze had geen idee of de revolver geladen was of hoe ze dat moest controleren. Waarschijnlijk wisten Jace en oom Harry er net zo weinig van als zij.

Ze dacht na over de mogelijkheden. Ze kon het wapen voor de zekerheid hier weghalen, maar dat zouden bij Raphael alarmbellen gaan rinkelen. Als ze het wapen echter liet liggen, dan zou Raphael het tegen hen kunnen gebruiken.

Natuurlijk was er de mogelijkheid dat Raphael zich niet bewust was van de inhoud van de kist, omdat het zijn jacht niet was. Maar aangezien hij de opbergkist had opengemaakt, was het bijna zeker dat hij het wapen daar had neergelegd of dat hij op de hoogte was van de aanwezigheid ervan.

Ze keek naar de mannen, die inmiddels al waren doorgelopen. Toen richtte ze haar aandacht weer op de opbergkist en verplaatste ze de reddingsvesten van de ene kant van de kist naar de andere zodat ze beter kon zien wat er verder nog in de kist lag. Op de bodem lag een opgerold touw. Daar schrok ze niet van, totdat ze de andere spullen zag.

Ze slaakte bijna een kreet toen ze de bijl, de kettingzaag en een doos rubberen handschoenen zag.

'Kat?' Jace gebaarde dat ze achter hen aan moest komen. 'Kom op.'

Ze gebaarde dat hij door moest lopen. Ze moest het wapen en de bijl hier weghalen, maar ze kon die nergens verbergen. De veiligste plek was haar eigen hut, maar ze hadden afgesproken dat ze bij elkaar zouden blijven. Als zij nu weg zou gaan, zou dat hun veiligheid in gevaar kunnen brengen.

'Kat, schiet op.' Jace stond bij de deur.

Ze greep de bijl beet en schoof die onder een van de kussens van de bank in de lounge. Ze zou er later wel voor terugkomen. Toen schoof ze de loop van de revolver achter de riem van haar broek, net zoals ze dat in films had gezien. Ze hoopte uit alle macht dat het wapen niet af zou gaan. Ze had geen idee of het geladen was en of de veiligheidspal over was gehaald. Ze liep heel moeizaam in Jace' richting, doodsbang dat het wapen per ongeluk af zou gaan.

Jace fronste toen hij de deur voor haar openhield. 'We zouden toch bij elkaar blijven.'

Kat knikte en keek veelbetekenend naar haar middel. Toen Jace haar blik volgde, deed ze haar T-shirt omhoog en liet hem de revolver zien die achter haar riem was geklemd.

'Wat krijgen we nu in vredesnaam, Kat?' Hij staarde naar de revolver. 'Straks gaan we er nog aan!'

Een paar gefluisterde woorden waren absoluut ontoereikend om uit te leggen waarom ze was veranderd in een soort moderne zeerover, dus dat probeerde ze maar niet. In plaats daarvan concentreerde Kat zich op de meest dringende taak die in het verschiet lag: minstens één wanhopige man uitschakelen en de controle overnemen over een schip dat niet van haar was.

In ieder geval wist Jace nu dat ze een revolver had, ook al wist ze niet of het wapen geladen was. Raphael wist dat waarschijnlijk wel, dus het was riskant om met het wapen te gaan dreigen. Ze liep achter Jace aan, toen ze de gang doorliepen naar de machinekamer. Raphael en oom Harry stonden in de gang op hen te wachten.

'We moeten een beleid van verdeel-en-heers volgen. Het schip is lek geraakt en de lenspomp waarmee je het water uit de boot pompt doet het niet meer.' Raphael wees naar Kat en Harry. 'Jullie beiden nemen de machinekamer voor je rekening en zorgen ervoor dat er geen water naar binnen stroomt. Jace en ik zullen proberen het gat in de romp te dichten.'

Ze aarzelde, maar ze konden met goed fatsoen niet weigeren Raphaels instructies op te volgen als het schip echt water maakte. 'Het schip ligt hier al de hele tijd voor anker. Hoe kan het in hemelsnaam dat er een lek is ontstaan?' De meeste schepen van deze afmetingen hadden een dubbele romp, juist om deze situatie te voorkomen. Dat wist zij zelfs. En de kans dat de lenspomp onklaar zou raken was ook bijzonder klein.

'Dat zoeken we later wel uit,' zei Raphael. 'Iedere seconde die we verdoen met praten maakt de situatie alleen maar erger. Ga naar binnen en begin met water hozen.'

Ze liep achter haar oom de machinekamer in. Die was schoner dan ze had gedacht, maar er waren geen ramen. Heldere fluorescerende verlichting werd weerkaatst op de vloer; de vloer was glad door het water.

Hoe het water de machinekamer ook was binnengestroomd, ze moest wel meewerken. Als ze iets anders ging doen dan water hozen uit een zinkend schip zou ze Raphael achterdochtig maken. Kat besloot om de revolver achter haar riem te laten zitten. Aangezien ze niet wist hoe ze het wapen moest gebruiken, zou het rampzalig kunnen zijn iets anders te doen.

'Ik kan niet zien waar het water vandaan komt.' Ze keek rond of er een emmer of iets anders was waarmee ze het water weg konden scheppen, maar zag niets. En een emmer was sowieso onpraktisch, omdat er maar een paar centimeter water op de vloer stond. Ze draaide zich om naar oom Harry. 'Het is toch de bedoeling dat we het onderruim leeghozen en niet de machinekamer.'

Er was zelfs geen plek waar je het water kon weggooien.

Ze realiseerde zich nu dat Raphael hen van elkaar had willen scheiden, zodat hij Jace kon uitschakelen. Daarna zou hij terugkomen voor haar en oom Harry! Haar hart begon te bonzen toen ze eraan dacht dat ze Gia al een uur niet had gezien. Als de situatie zo ernstig was, waarom had Raphael haar dan laten slapen?

Nu ze uit het zicht van Raphael waren, kon ze haar oom in ieder geval de revolver laten zien. Misschien wist hij wel hoe ze die moest gebruiken.

Ze had geluk; dat wist hij inderdaad. 'Waar heb je die vandaan?' siste oom Harry. Hij checkte de veiligheidspal en het reservoir met de kogels. Hij draaide het wapen rond in zijn hand. 'Het is geladen.'

Ze vertelde hem over haar vondst tussen de reddingsvesten. 'Weet je zeker dat je hier indien nodig mee kunt schieten?'

'Het is wel een tijd geleden, maar het is net als met fietsen. Niet iets dat je gauw verleert.' Hij draaide het wapen nog een keer om in zijn hand en wilde het aan Kat teruggeven.

'Nee, hou jij het maar. Misschien hebben we het nodig.' Ze trok haar hand weg. 'En jij kunt het gemakkelijker verbergen.'

'Zo! Vind je dat ik dik ben?' Oom Harry klopte op zijn buik. 'Ik moet toch eten, net als andere mensen.'

'Natuurlijk vind ik je niet dik. Het is gewoon dat je vest zoveel zakken heeft dat Raphael niets zal kunnen zien.'

'Dat is waar.' Hij ritste zijn vest open en deed het wapen in een binnenzak. 'Ik heb al in geen tijden een trekker overgehaald.'

Het water stond nu ongeveer vijf centimeter hoog. Enigszins verontrustend, maar nauwelijks een ramp. 'Ik betwijfel of hier een lek zit. Het water staat zo laag. Misschien heeft iemand hier met water geknoeid.' Hoe dan ook, het was vreemd dat het dure jacht niet over een back-up-systeem beschikte. Misschien was er per ongeluk iets uitgeschakeld.

Oom Harry keek rond op zoek naar iets om het water mee op te scheppen. 'Ik zie ook niet wat het probleem is. Dit schip kan wel een beetje water hebben.'

Ze zonden de stemmen van de mannen buiten niet horen. Ze hoorden alleen water dat gestaag bleef druppelen. 'Dit is nauwelijks de noodsituatie waar Raphael het over had.'

'Hij heeft ons gewoon willen afleiden.' Oom Harry draaide zich om naar de deur. 'Laten we Jace gaan zoeken.'

Kat pakte haar oom bij zijn arm. 'Wacht! We moeten eerst een plan hebben.'

Ergens boven hen hoorden ze het schurende geluid van metaal tegen metaal en daarna een luide knal.

Oom Harry deed vlug zijn handen voor zijn oren. 'Wat was dat in vredesnaam?'

Het gedrup was nu overgegaan in een gestage stroom, alsof iemand een kraan had opengedraaid. Het water liep van boven in de machinekamer en niet van onderen. 'Hij zet de machinekamer onder water. Laten we ervandoor gaan!'

Ze rende naar de deur en pakte de deurhendel beet. Ze probeerde hem in beweging te krijgen, maar dat lukte niet.

Het water steeg snel en had nu haar schenen bereikt. De machinekamer was waarschijnlijk waterdicht. Als dat zo was, zou het niet lang duren voor ze verdronken, tenzij ze konden uitvinden waar het water vandaan kwam en dat tegen konden houden.

Kat schrok toen een luide knal tegen de wanden weerkaatste. Het licht ging uit en de motor stopte. Iemand had de stroom uitgeschakeld.

Er liep een moordenaar vrij rond en ze waren niet bij machte hem tegen te houden.

HOOFDSTUK 35

Het water had Kats bovenbenen bereikt en het bleef doorstijgen. Ze ging met haar hand over de wand van het ruim in een poging iets te vinden dat een weg naar buiten kon bieden. Het laatste kwartier was ze met haar handen over alle wanden en de vloer gegaan. De enig mogelijke uitweg was via de gesloten deur. 'We moeten de deur op de een of andere manier zien open te breken.'

'Dat probeer ik ook.' Oom Harry's stem was hees van het schreeuwen. 'Maar ik kan niets vinden om het mee te doen.'

Hun gebons en geschreeuw leverde geen reactie op van wie dan ook buiten de machinekamer. Dat Jace niet was gekomen om hen te bevrijden was buitengewoon beangstigend. Hij wist dat ze opgesloten zaten en zou hen hebben gered als hij dat had gekund. Wat had Raphael met hem gedaan?

'Jij hebt de revolver. Kun je de deur open schieten?'

'Het is een metalen deur, Kat. Je hebt te veel films gezien. Zo gaat het in het echt niet.'

'Probeer het toch maar. We hebben geen andere opties.'

'Het is misschien het proberen waard.' Oom Harry haalde de revolver uit de binnenzak van zijn vest. 'Vooruit dan maar.'

Hij haalde de veiligheidspal over, richtte en vuurde. De kogel maakte een metaalachtig geluid en ketste van de wand – of de deur – af voordat hij met een plons in het water belandde. In het vage licht was het onmogelijk vast te stellen of de kogel wel of niet zijn doel had geraakt. De deur was nog steeds dicht.

'Hoeveel kogels heb je?'

'Weet ik niet. Het hangt van het wapen af en ik weet te weinig van de diverse types af. En ik weet ook niet of het volledig geladen was. Ik heb dat niet gecontroleerd. En nu is er niet genoeg licht om het te zien.'

Het water stond nu tot aan haar heupen en het werd steeds moeilijker om de vochtige lucht in te ademen. 'We gaan het zo niet redden. Er moet een weg naar buiten zijn.' Kat kreeg last van claustrofobie ondanks haar weigering daaraan te denken.

'Ik ga dichter bij de deur staan. Misschien helpt dat.' Oom Harry waadde naar de deur.

'Voorzichtig, oom Harry.'

'Weet je wat raar is?'

'Afgezien van het feit dat we hier opgesloten zitten?'

'Het schip maakt geen slagzij,' zei hij. 'Als het water had gemaakt, dan zouden we schuin liggen, maar dat is niet zo. Toch blijft het water stijgen.'

De snelle stijging van het waterniveau was alarmerend. Ze hadden maximaal nog vijf minuten voordat het water het plafond zou bereiken. 'Misschien moet je naar boven mikken in plaats van op de deur,' stelde Kat voor.

'Maar zo kunnen we nooit ontsnappen.'

'Nee, maar misschien hoort iemand ons.'

Oom Harry ging anders staan en mikte op het plafond. 'Oké.'

Het schot weerklonk voordat Kat tijd had om te reageren. Deze keer ketste de kogel niet af en hoorde je geen inslag. De kogel moest in het plafond zijn blijven zitten. Ze had de vage hoop dat het plafond van hout was.

De revolver maakte een klikgeluid.

'Dat was de laatste kogel.' In Harry's stem klonk wanhoop door en hij waadde terug naar Kat. 'Er waren dus maar twee kogels.'

Kat voelde maagzuur omhoogkomen. Ze zouden hier de dood vinden, tenzij ze het water zouden laten weglopen. Waarschijnlijk was er wel een manier om dat te doen, maar zij noch oom Harry wist genoeg van schepen af om zelfs maar te weten waar ze moesten kijken. Ze stelde zich een hele grote stop voor die ze eruit konden trekken. Was het maar zo simpel.

Plotseling ging de deur met een krakend geluid open en viel er licht naar binnen.

Kat slaakte een zucht van oplichting. Jace was hen komen redden.

Een donkere gestalte zat gehurkt bij de deur. 'Kom hierheen.' Het water spoelde naar buiten.

Het was Jace niet, het was Pete.

Kat waadde zo snel mogelijk naar hem toe. Oom Harry liep een meter achter haar.

'Schiet op, voordat Raphael eraan komt.' Pete's gezicht was rood aangelopen en hij keek boos toen hij Kat en daarna Harry uit de overstroomde machinekamer trok.

Kat was blij dat ze licht zag. De stroom was alleen in de machinekamer uitgeschakeld en niet in de rest van het schip.

'Goddank ben je hiernaartoe gekomen. Je hebt ons leven gered.' Kat knipperde met haar ogen toen ze half struikelend door de deuropening stapte. Haar hart sloeg over toen ze Jace zag staan. Hij had bloed op zijn gezicht en er zat een scheur in zijn overhemd. Hij stond achter Pete.

Ze onderdrukte een kreet toen ze naar hem toe rende en haar armen om hem heen sloeg. Hij trok haar dichter naar zich toe en kuste haar.

'We moeten het water afsluiten.' Kat rilde. 'Waar zit de kraan?'

'Heb ik al gedaan.' Pete gebaarde in de richting van het dek. 'We moeten hier wegwezen.'

'Raphael weet dat we hem ontmaskerd hebben.' Jace pakte haar bij de arm en hield haar beet. 'We hebben niet veel tijd.'

'Wat is er gebeurd, Jace? Heb je die wond aan Raphael te danken?'

'Hij probeerde me het ruim in te duwen, maar ik kon hem tegenhouden.' Hij schudde zijn hoofd. 'Ik heb hem geprobeerd te grijpen maar hij is ontsnapt. Ik denk dat hij het jacht in brand gaat steken. We móéten hem tegenhouden voor het te laat is.'

Pete stak in protest zijn hand omhoog. 'Je hoeft niet te rekenen op mij en de rest van de bemanning. Wij gaan er vandoor. Dat zouden jullie ook moeten doen.'

'Je kunt niet gewoon weggaan en toestaan dat hij wegkomt met moord!' zei Kat. 'We moeten hem uitschakelen.'

'Doe wat je wilt, maar wij zijn hier weg.' Pete draaide zich om en ging op weg naar de trap.

'Doe wat je moet doen en hélp ons, Pete. We hoeven hem alleen maar in bedwang te houden tot de politie arriveert!'

'Ik dacht het niet.' Pete keek achterom toen hij de trap opliep. 'Ik en die andere jongens gaan echt niet met de politie praten. Tot ziens.'

Kat besefte plotseling dat Pete en de andere bemanningsleden in het verleden waarschijnlijk allemaal in aanraking met de politie waren geweest. Wie zouden er anders bereid zijn geweest aan te monsteren op een gestolen jacht? 'Oké, best. We bellen de politie pas als jullie al weg zijn. Maar help ons in ieder geval om Raphael vast te binden.'

Pete bleef staan.

'Hij heeft al twee mensen vermoord, Pete. Als iemand van ons ook nog eens om het leven komt...' Ze kon haar zin niet afmaken.

'Oké, oké, maar laten we dan wel opschieten.'

Jace wees naar de voorsteven. 'Hij had een benzineblik. Ik denk dat hij op weg was naar de kombuis.'

Ze liepen de trap op naar het bovendek en renden naar de kombuis. Ze passeerden de andere bemanningsleden die hun geen enkele aandacht schonken en bezig waren hun uitrusting in de sloep te gooien. Pete bleef even staan, maar liep toen weer achter Jace en oom Harry aan. Kat sloot de rij.

Toen ze de kombuis bereikten, zagen ze Raphael. Er stonden twee grote blikken met benzine op de bar. Raphael had met beide handen een derde blik beet en goot de benzine op de grond.

'Zet dat blik neer, Raphael.' Jace liep op hem af.

Pete bleef roerloos in de deuropening staan. Kat had het misselijk-makende gevoel dat Pete niets zou doen als het erop aan kwam.

Raphael ging rechtop staan en daagde Jace uit. 'Probeer me maar eens tegen te houden.' Hij tilde het blik op en gooide het naar Jace, die een flinke hoeveelheid benzine over zijn gezicht en overhemd kreeg. Jace sloeg direct zijn handen voor zijn gezicht. 'Allemachtig, mijn ogen!'

Kat greep Jace beet en trok hem naar de gootsteen. Ze deed de kraan helemaal open en schepte met haar handen water over zijn gezicht.

'Doe geen moeite. Ik steek hem in de brand en jullie erbij.' Raphael streek een lucifer af en grijnsde duivels. 'Leuk jullie te hebben gekend.'

Het was laat in de middag toen ze eindelijk terugkeerden naar *The Financier*. De sloep gleed door het spiegelgladde water en liet een spoor van schaduwen achter zich in het kielzog. Alles was kalm op het wateroppervlak, maar aan boord van de sloep broeide het.

De inham toonde een grimmige schoonheid en de stilte werd alleen verbroken door rondcirkelende arenden op zoek naar voedsel. Misschien dachten ze dat Raphaels jacht een vissersboot was en hingen ze rond omdat ze restjes konden verwachten. Maar het ging om een ander soort vissersboot, dacht Kat bij zichzelf. Er was geen net om slachtoffers te vangen – er was een oplichter met mooie praatjes.

'Kijk eens.' Raphael gooide de geverfde steen in de oceaan. Hij stuiterde een keer voordat hij in het donkere water verdween. Hij lachte. 'Ik had er meer mee moeten nemen.'

Kat keek droevig de steen na. De archeologische schat zonk weg naar de oceaanbodem, waar hij zou blijven liggen, voor altijd onontdekt. Niemand zou ooit iets afweten van zijn bestaan. Weer een stukje geschiedenis uit het zicht en verloren gegaan. Maar ze kon beter haar mond houden. Als ze Raphael tegen zich in het harnas joeg, werd de inzet nog een stuk hoger. Ze moest haar kalmte bewaren als ze de dag nog wilde meemaken dat Raphael voor de rechter stond.

Ze kwamen in de buurt van het jacht. Ze stootte Jace aan en wees naar de letters van de naam *The Financier* op de romp. In de stralende zon was het onmogelijk om letters te zien ónder de witte verf, maar de veelzeggende scheve 'e' was wel duidelijk te zien.

Van Jace' gezicht viel niets af te lezen toen hij de naam van het jacht bestudeerde. Er was een opvallend verschil tussen enerzijds de letters van de naam en anderzijds de afwerking van het jacht aan de buitenkant en het met zoveel zorg met de hand gemaakte interieur. Eén scheve letter bewees nog niet dat er fraude in het spel was, maar het ging wel om een duidelijke aanwijzing. Het waren altijd de kleine details die uiteindelijk een misdaad aan het licht brachten en dit detail viel wel heel duidelijk op.

Gia volgde Jace' blik en fronste. Ze ging een beetje bij Raphael vandaan zitten, die dat niet op leek te vallen.

Kat keek Gia in de ogen. Daarin stond enige paniek te lezen. Het zou niet lang meer duren voordat haar emoties tot uitbarsting zouden komen. Ze moest Gia alleen te spreken zien te krijgen voor het te laat was. 'Laten we iets leuks aantrekken voor vanavond. Jullie zijn dan wel heel eenvoudig aan boord van een schip getrouwd, maar dat betekent nog niet dat we vanavond geen geweldig feest kunnen hebben.' Ze ging staan en gebaarde naar Gia dat ze met haar mee moest gaan.

'Dat klinkt heel leuk.' Gia klonk voor haar doen niet erg enthousiast, toen ze aan boord stapte.

Het viel zelfs Raphael op. 'We vieren feest hoe jij het wilt, *bellissima*.' Zijn duistere blik van een half uur geleden had plaatsgemaakt voor een lach op zijn gezicht, maar zijn koude ogen waren nog steeds gericht op Kat. Hij probeerde niet eens zijn minachting te verbergen.

Tien minuten later zaten ze bij de bar op het bovendek met koele drankjes en hapjes in afwachting van het diner. Kat en Gia maakten plannen voor de rest van de avond, maar het was bijna onmogelijk voor Kat om haar gedachten erbij te houden en tegelijk in de gaten te houden of Raphael iets in zijn schild voerde.

Raphael stond en liep zonder iets te zeggen naar binnen.

Kat zag hem weggaan en vroeg zich af wat hij ging doen. Zijn plotselinge teruggetrokkenheid baarde haar zorgen. Hij was niet langer aan het opscheppen over zijn zaken en toonde ook geen belangstelling meer in het mysterie van Broeder XII. Hij was een man die zijn vertrek voorbereidde. Ze gluurde naar Jace, die ook bezorgd keek.

Oom Harry pakte de afstandsbediening en zapte naar het nieuwskanaal. Er waren beelden van een vertrouwd zeegezicht. Kat herkende Active Pass vanwege haar vele overtochten met de veerboot van Vancouver naar Victoria. De tv-verslaggever stond op een rotsstrand en wees naar het water achter hem.

'Het lichaam van Melinda Bukowski werd vanmorgen vroeg gevonden door strandgasten. De politie geeft geen commentaar behalve dan dat er autopsie op het lichaam zal worden uitgevoerd.'

De rillingen liepen Kat over de rug. De resultaten van de autopsie op het lichaam van het kleine meisje waren nog niet bekend. Ze twijfelde er niet aan dat er in beide gevallen dezelfde conclusie zou worden getrokken: moord.

Hoe groot was de kans dat Raphael de portemonnee in zijn bezit had, maar dat hij niet betrokken was bij de dood van Melinda en Emily? Die kans werd steeds kleiner. Eigenlijk was die kans, als je in aanmerking nam dat Raphael en Frank Bukowski een en dezelfde persoon waren, gelijk aan nul.

Vanuit haar ooghoek zag Kat iets bewegen. Alsof hij haar gedachten had gehoord, was Raphael teruggekeerd naar de bar. Hij zag de televisiebeelden en bleef als aan de grond genageld staan.

Ze wendde snel haar blik af omdat ze niet zijn argwaan wilde wekken. Een kleur kroop omhoog in haar gezicht bij de gedachte dat ze in het bezit was van de portemonnee van een dode vrouw. Ze wilde dat ze hem had laten liggen waar ze hem had gevonden. Maar als ze dat gedaan had, zou ze nooit achter Raphaels duistere geheim zijn gekomen.

Alleen Jace wist van het bestaan van de portemonnee af, maar waarschijnlijk had Raphael inmiddels ook al gemerkt dat hij verdwenen was. Als hij eerder slordig was geweest met het verbergen ervan, dat was hij er nu vrijwel zeker naar aan het zoeken. Misschien vermoedde hij dat zij hem gevonden had, aangezien hij haar had gezien in zijn hut. Hoe dan ook, het gezin was hier in de buurt onder verdachte omstandigheden verdwenen en Raphael had een portemonnee die toebehoorde aan een van de gezinsleden. Een toeval dat niet viel uit te leggen.

'Erg van dat kleine meisje,' zei Jace. 'En nu ook de moeder.'

'Heel tragisch.' Raphaels gezicht vertoonde geen enkele emotie. 'Laten we naar binnen gaan. Het wordt hier een beetje fris.' Zonder op antwoord te wachten zette hij de tv uit en liep naar binnen.

Kat keek naar Gia en wilde dat ze zou blijven. Ze huiverde. Raphael kon niet zo veel doen zolang ze bij elkaar bleven. Hij was in de minderheid. Maar hij was ook wanhopig, en aangezien ze aan boord waren van een gestolen jacht in het gezelschap van een dief en vermoedelijke moordenaar, konden ze maar beter voorzorgsmaatregelen nemen. In het ergste geval zou Raphael proberen hun iets aan te doen, maar zo lang Raphael niet wist dat ze op de hoogte waren van zijn ware identiteit, zou dat ergste geval zich niet voordoen. In het gunstigste geval zou Raphael er gewoon vandoor gaan. Hij had het geld al van Gia, Jace en Harry. Afhankelijk van de uitkomst van de autopsie zou hij alle reden kunnen hebben om te vluchten ongeacht wat zij en de anderen wisten. Hij wist natuurlijk al wat de uitslag van de autopsie zou zijn.

Hij had ook alle reden om zich tot het uiterste te verzetten en strijdend ten onder te gaan.

Niemand volgde Raphael naar binnen. Oom Harry pakte de afstandsbediening, deed de tv weer aan en zette het geluid harder.

Kat bleef doodstil toen ze naar het scherm keek. Ze zag een tv-verslaggever op het strand met de oceaan achter zich. De camera bewoog over het strand, waar nog een stuk of tien mensen bezig waren van de politie, de kustwacht en nog anderen; ze liepen heen en weer over het strand tussen de kustweg en de plek waar de boot van de kustwacht voor anker lag. Twee mannen in uniform kwamen uit het schip met een brancard. De stem van de verslaggever beschreef hoe het lichaam was aangespoeld. Het lichaam was ernstig aangetast door het zeewater maar gelet op de locatie en de staat van ontbinding dacht men dat het om Melinda Bukowski ging.

Raphael moest worden aangehouden en berecht – wat daar ook voor nodig was.

Ze wendde zich tot Jace. 'We moeten een plan maken.'

Hij knikte. 'Er bestaat heel duidelijk gevaar dat die gozer er vandoor gaat.'

'Waar hebben jullie het over?' Gia fronste haar wenkbrauwen terwijl ze naar de televisie keek. 'Vertel me eens wat er aan de hand is.'

Kat wilde het haar niet vertellen. Gia's reactie zou alles kunnen verraden en dan zou Raphael – met het geld – voorgoed weg zijn. Aan de andere kant was de gedachte dat haar vriendin het bed zou delen met een moordenaar ondenkbaar. Raphael had alle reden om degenen die hem zouden kunnen ontmaskeren het zwijgen op te leggen.

Gia liep rood aan. 'Of je vertelt het me nu direct of ik ga naar Raphael. Ik heb er recht op het te weten, Kat. Wat het ook is.'

Kat trok haar stoel dichter naar Gia toe. Ze had gelijk. Jace en oom Harry wisten het al en het was oneerlijk Gia in het ongewisse te laten. Ze nam een groot risico, maar het kon niet anders. 'Ik heb je al verteld dat het jacht gestolen is. Er is nog meer.' Ze vertelde Gia alles.

Ze hadden een lange avond en nacht voor de boeg.

HOOFDSTUK 37

*H*arry richtte de revolver op Raphael. 'Blaas die lucifer uit.'

'Als je me neerschiet, val ik. Dat geldt ook voor de lucifer.' Raphael liep naar Harry en Pete. 'Gooi die revolver op de grond. En laat mij passeren.'

Harry stapte achteruit naar de deur toen Raphael op hem afkwam. 'Kalm aan, jij.'

Kat hield Jace tegen toen hij tussenbeide wilde komen. 'Je zit onder de benzine,' fluisterde ze. 'Je vat vlam als je bij hem in de buurt komt.'

Raphael stond zowat tegen oom Harry aan; de lucifer brandde nog steeds. Hij pakte een stapeltje papier en stak dat aan met behulp van de lucifer. Toen schoof hij langs de twee mannen met het brandende papier in zijn hand. Hij pakte de deur beet en draaide zich om. Toen gooide hij de brandende papieren naar achteren.

Kat bereidde zich voor op een explosie.

Er gebeurde niets. De papieren kwamen op de grond terecht op plek die een centimeter of tien van de benzine verwijderd was. De vlammen werden kleiner en gingen uit.

Plotseling struikelde Raphael en viel hij naar voren op de grond.

'Goed gedaan,' riep Pete. Oom Harry draaide zich naar Pete. 'Ik had nooit gedacht dat ik hem pootje kon haken!'

Raphael lag met zijn gezicht voorover half in de deuropening.

'Ik pak wat touw om hem vast te binden,' zei Pete.

'Voorzichtig!' Kat realiseerde zich met schrik dat als Raphael één lucifer had, hij er waarschijnlijk nog meer in zijn zak had. 'Hij heeft vast nog meer lucifers. Breng hem naar buiten aan dek.'

Pete greep de armen van Raphael, die zich hevig verzette, en Harry pakte zijn voeten beet.

'Laat me met hen meegaan, Kat. Ze hebben mijn hulp nodig,' zei Jace.

'Eerst die benzine van je afspoelen. Ik ga wel.' Kat rende naar de anderen en pakte een van Raphaels benen beet. 'Laten we hem in de jacuzzi gooien.' Dat was één manier om de lucifers nat te maken.

Jace had niet naar haar geluisterd, want hij schoot ze alsnog te hulp. Hetgeen goed uitkwam, omdat Raphael zich uit alle macht verzette.

Een kwartiertje later waren ze alle vier doodop. Raphael zat vast in de jacuzzi. Met zijn rug zat hij tegen de rand, zodat hij niet kopje onder kon gaan. Zijn benen waren vastgebonden met touw uit de opbergkist en zijn armen waren samengebonden met tie-wraps die Pete ergens aan boord had gevonden. Ze hadden met z'n vieren alle moeite gehad om een vechtende Raphael te bedwingen. Of eigenlijk Frank, zoals hij heette.

'Eén vonk en dit hele schip gaat de lucht in. Laten we naar de sloep gaan,' stelde Pete voor.

Kat keek omhoog naar de lucht; in de verte hoorde ze de donder rommelen. Ze moest Pete ervan overtuigen dat hij aan boord moest blijven en niet weg moest gaan met de rest van de bemanning. Ze keek over de reling op zoek naar de sloep en kon haar ogen niet geloven.

De sloep lag er niet meer.

Ze keek rond maar hij was nergens te zien. De andere bemanningsleden hadden niet eens op Pete gewacht. Ze waren er waarschijnlijk al vandoor gegaan voor de worsteling met Raphael in de kombuis. De beslissing van Pete om langer aan boord te blijven had nadelige gevolgen voor hem gehad.

Ze zagen nu alle vier dat de sloep weg was. Niet zo gek, aangezien de sloep de enige manier was om weg te komen van een schip dat overgoten was met benzine en al half onder water stond. Zou de bemanning de autoriteiten hebben gewaarschuwd? Niet erg waarschijnlijk.

Frank zat vloekend en kronkelend in de jacuzzi. 'Maak me los en ik geef jullie geld. Ik beloof jullie dat je er geen spijt van zult krijgen!'

Oom Harry snoof. 'Je betaalt ons met ons eigen geld? Ik dacht het niet.'

'Waar is Gia eigenlijk?' Kat draaide zich snel om. 'Is er iemand in haar hut geweest?' Gia's afwezigheid leek wel een eeuwigheid te hebben geduurd en nu Frank was uitgeschakeld, konden er wel een paar van hen zonder risico naar Gia toe. Ze wenkte haar oom. 'Laten we haar gaan halen.' Ze dacht even na. 'Afhankelijk van hoe ziek ze is, moeten we haar misschien naar boven dragen.'

Ze konden dan wel niet van het jacht af, maar in ieder geval zouden ze bij elkaar zijn.

Jace en Pete hielden Raphael in de gaten. Kat en oom Harry gingen naar het benedendek.

HOOFDSTUK 38

In Gia's hut was het donker. Kat en Harry liepen naar het bed en troffen daar Gia aan, die diep in slaap was en niet reageerde.

Kat duwde haar oor tegen Gia's borst. Als ze al ademde, dan kon zij dat niet horen en ze zag ook haar borst niet op en neer gaan. Ze probeerde haar vriendin wakker te schudden, maar er was geen reactie. Raphael moest iets in haar martini hebben gedaan. 'Gia, wakker worden!'

Niets.

Kat wilde net mond-op-mondbeademing toepassen toen ze een lichte adem in haar gezicht voelde. 'Gia?' Ze schudde haar vriendin heen en weer en kreeg als reactie een kreun.

Plotseling stikte Gia bijna en kokhalsde.

Kat wierp haar oom een bezorgde blik toe; ze trokken haar omhoog en lieten haar rechtop zitten. 'Ze ziet er verschrikkelijk uit.'

Gia sperde haar ogen wijd open. 'Ik moet overgeven. Help me naar de badkamer.'

Kat en Harry pakten ieder een arm vast en brachten Gia naar de toiletpot. Ze wisselden bezorgde blikken uit. Kat hield Gia's haar naar achteren en Gia gaf over in het toilet. Ze konden hier eigenlijk niet blijven, maar het was onmogelijk Gia in haar huidige toestand meteen naar boven te brengen.

Een minuut later zat Gia in een stoel. Ze wreef in haar ogen. 'Ik heb barstende koppijn. Ik weet niet meer wat er gebeurd is. Ik drink nooit meer alcohol.'

Ondanks de ernst van de situatie zag Kat er ook de humor van in. 'Dat zeg je altijd.'

'Maar deze keer meen ik het.' Gia kreunde. 'Hoeveel heb ik gedronken?'

'Eén martini.'

'Eén maar?'

Kat knikte. 'Er zat iets doorheen.'

Gia's ogen gingen wijd open. 'Hoe kan dat nou? Denk je soms dat Raphael...?'

'Ik denk het niet, ik weet het zeker. Weet je alles nog? Die verkeerde letter op de romp? De valse paspoorten?'

Gia knikte langzaam. 'Heeft die klootzak iets in mijn drankje gedaan?'

'Nou, wij waren het in ieder geval niet,' zei oom Harry.

'Waarom zou hij zoiets doen?'

'Ik vertel het je later wel,' zei Kat. 'Maar nu moeten we naar het bovendek en jou wat laten lopen. Je moet die rotzooi uit je lichaam zien te krijgen.'

'Kunnen we dat niet later doen?' Gia leunde achterover op het bed. 'Ik ben echt moe. En duizelig.'

'Nee, Gia.' Harry trok aan haar arm. 'We moeten nu echt gaan.'

Gelukkig was Gia te moe om te protesteren en ze deed wat ze zeiden. 'Gaan jullie maar voorop.'

Oom Harry deed zijn arm om die van Gia en liep met haar achter Kat aan naar de deur.

'Waar is Raphael? Ik wil hem vertellen wat ik van hem vind.' Gia sprak onduidelijk, maar ze knapte al wat op.

'Raphael is precies degene naar wie we toegaan,' zei Kat. 'En als ik jou was, zou ik hem maar goed duidelijk maken wat je van hem vindt.'

rank zat te klappertanden terwijl hij probeerde de tie-wraps door te snijden door zijn vastgebonden handen langs de rand van de jacuzzi heen en weer te bewegen. Kat drukte op het knopje waarmee de jacuzzi uit ging en zij, Gia en oom Harry zetten ieder een stoel neer rond Frank in zijn bad. Het nu koude water belemmerde hem bij zijn zinloze pogingen zich te bevrijden. Het was net alsof ze naar een dier in een kooi zat te kijken, terwijl ze al wist hoe het ging aflopen. Kat had heel even een schuldgevoel, totdat ze zich weer de volle omvang van Franks misdaden realiseerde.

Pete was naar de brug gegaan om radiografisch contact op te nemen met de politie.

Gia was nog half verdoofd door de martini, maar ze zat aandachtig te luisteren toen Kat en oom Harry haar de gebeurtenissen van het laatste uur vertelden. Bij iedere nieuwe onthulling van wat Frank had gedaan gingen haar ogen wijder open en werd ze zich steeds duidelijker bewust van wat er was gebeurd.

Jace verscheen weer op het dek. Hij had zich verkleed en zijn met benzine overgoten kleren uitgetrokken. Hij had ook wat droge kleren meegebracht voor Kat en Harry voor het geval ze Frank niet uit het oog wilden verliezen.

De wolken hingen heel laag en de lucht was zo donker dat het bijna nacht leek. Het onweer met de donder en de lichtflitsen had zich een kilometer of tien naar het zuiden verplaatst en de avond begon te vallen. Het was ook begonnen te regenen.

Oom Harry deed de transistorradio aan en zette het geluid harder. Ze hoorden een nummer van de band AC/DC maar het geluid was slecht omdat de ontvangst gestoord was.

'Kan die radio niet uit?' zei Frank.

'Wat zei je? Ik hoor je niet zo goed.' Oom Harry trok aan het snoer, bracht de radio naar de jacuzzi toe en hield hem boven Franks hoofd. 'Hé, hier is het geluid beter.'

In Franks ogen stond paniek te lezen. 'Haal dat ding bij me weg. Straks elektrocuteer je me nog!'

Oom Harry slingerde de radio boven Frank heen en weer. 'Ik hoor je nog steeds niet.'

Gia ging staan; ze stond nog niet al te vast op haar benen. 'Vergeten we niet iets, Frank?' Ze keek hem woedend aan, terwijl hij hulpeloos in het water spartelde.

'Wat?'

'Je bent al getrouwd, of niet?' Gia gebaarde naar Harry dat hij de radio dichterbij moest houden. Opnieuw werd het snoer strak gespannen. Harry hield de radio boven het hoofd van Frank. Alanis Morissette blèrde 'Jagged Little Pill' door de speakers.' Of moet ik zeggen, je wás al getrouwd.'

De kleur trok weg uit Franks gezicht. 'Ik weet niet waar je het over hebt. Zet de radio op de grond, Harry.'

Harry zette de radio op het dek, maar Gia pakte hem onmiddellijk weer op.

'Je weet niet waar ik het over heb? Kom op, Frank, ik weet wie je bent. Frank Bukowski is geen miljardair. Hij is ook geen goede echtgenoot. Raphael Amore is niets meer dan een grote leugen. Ik trap niet meer in al jouw onzin. Ik wil mijn geld terug.'

'Daar is het te laat voor.' Frank keek strak naar de radio toen Gia hem dichter naar zijn hoofd toe bewoog. 'Het geld is al weg. Je krijgt het nooit meer terug.'

'Misschien kom jij nooit meer die jacuzzi uit.'

Kat en Jace keken elkaar even aan. Gia was een getergde vrouw. Een vrouw die heel onvoorspelbaar kon zijn.

De laatste tonen van 'Jagged Little Pill' waren te horen toen Gia de radio tot op een paar centimeter van het water van de jacuzzi liet zakken,

'Gia, niet doen!' smeekte Frank haar. 'Ik geef je het geld terug, dat beloof ik. Maar zet die radio op de grond.'

Gia knipte met haar vingers. 'Heb je een pen, Harry? Je moet wat dingen voor me opschrijven. Kat, pak je laptop eens. We gaan er nú voor zorgen dat ik mijn geld terugkrijg.'

Korte tijd later kwam Kat terug. Ze had de droge kleren aangetrokken en ze had haar laptop bij zich. Ze ging bij de bar zitten en wachtte tot haar computer was opgestart. Haar gebeden werden verhoord, toen er een zwakke internetverbinding tot stand kwam. Na wat een eeuwigheid leek, kon ze naar de website surfen van de eerste Costa Ricaanse bankrekening die Frank had en voerde ze het wachtwoord in dat Frank had doorgegeven. 'O nee, Gia. Er staat hier dat het wachtwoord ongeldig is.'

'Je moet geen spelletjes met me spelen, Frank.' Gia maakte twee tie-wraps vast aan de beugel van de radio. Van de overgebleven trekbandjes maakte ze een soort ketting en daar stak ze een bezemsteel doorheen. Nu kon ze de radio een paar centimeter boven het water van de jacuzzi houden en zelf geen schok krijgen als de radio in het water terechtkwam.

De radio bungelde vervaarlijk boven het hoofd van Frank, als een vishengel waar al aas aan zat. De dj op de radio kondigde de intro aan van het nummer 'Turning Tables'; de rollen waren inderdaad omgedraaid.

'Ik... ik kan niet goed nadenken als je die radio zo vasthoudt. Zet hem op de grond.'

'Nee, Frank.' Gia schudde haar hoofd. 'Volgens mij is die radio zeer motiverend.' Ze zwaaide de radio in een boog boven hem heen en weer. Bij elke passage werd Adèle's stem luider en zachter. 'Het werkt ook hypnotisch.'

'Hou op!' Er rolden tranen over Franks gezicht. 'Ik zal het je vertellen. Maak me niet dood.'

'Ik heb medelijden met je, Frank. Echt waar.' Gia sprak op zachte toon. 'Het is wel jammer dat je Melinda en Emily niet nog een laatste kans hebt gegeven. Hebben zij ook gesmeekt voor hun leven?'

'Ze hebben hun verdiende loon gekregen.'

'Een meisje van vier, Frank? Hoe kon je zo beestachtig zijn?' Gia gleed uit op het dek en verloor bijna haar evenwicht.

'Kijk uit!' Franks stem ging de hoogte in. 'Je vermoordt me als je dat ding laat vallen.'

'Melinda en Emily verdienden het te sterven, maar jij verdient het om te blijven leven? Leg dat eens uit, Frank.' Gia liet de radio zakken tot een paar centimeter boven zijn hoofd.

'Ophouden, alsjeblieft.' De tranen liepen over Franks gezicht. 'Wat wil je van me?'

'De wachtwoorden voor je rekening, om maar eens wat te noemen.'

Frank ratelde weer een nieuw wachtwoord op, een combinatie van letters en cijfers.

Harry schreef het op in zijn notitieblokje en voegde het toe aan het lijstje van bankrekeningen en wachtwoorden die Frank al eerder had genoemd.

Kar voerde het laatste wachtwoord in en drukte op ENTER. 'Ik kan bij de rekening!' Ze keek bij de overschrijvingen. Er was er een van twee weken geleden, wat inhield dat Gia bijna zeker het slacht-offer van die fraude was. Ze floot toen ze het totale bedrag zag.

'Driehonderdduizend? Is dat de hoogte van je belegging?'

Gia knikte. 'Het grootste deel heb ik bij elkaar gekregen door een hypotheek op de zaak te nemen. Kun je dat terugkrijgen?'

Kat bestudeerde de details van de transacties. 'Ik denk het wel.' Ze voerde een nieuwe transactie in ter hoogte van het oorspronkelijke bedrag. 'Zijn dit jouw bankgegevens?'

Gia knikte.

Kat hield haar adem in en drukte op de enterknop.

'Is het gelukt?'

Kat knikte.

'Als je toch bezig bent,' zei Harry. 'Ik wil ook mijn geld terug. Waar heb je mijn cheque en die van Jace?'

Frank vertelde het hem en Jace verdween naar binnen.

Gia klapte in haar handen, waardoor ze bijna de radio in het water liet vallen. 'Ik heb in ieder geval mijn geld terug.'

'Nee, dat weten we nog niet zeker,' zei Kat. 'Het is nog weekend, dus de transactie kan geweigerd worden als de banken maandag-morgen opengaan. Voor die tijd weet je het nog niet zeker.'

Gia draaide zich om naar Frank. 'Het was nooit jouw geld, Frank.'

Frank zat te klappertanden. 'M-mag ik hieruit?'

'Absoluut niet.' Gia genoot van haar nieuwe macht over Frank. 'In ieder geval nu niet. Jij gaat nergens naar toe totdat we de cheques van Jace en Harry hebben verscheurd.'

Jace kwam een paar minuten later terug met zijn eigen cheque en met die van oom Harry. Die laatste gaf hij aan Harry en van zijn eigen cheque maakte hij kleine snippers. 'Dat is een hele opluchting. Ik neem aan dat we nu weer terug zijn bij af.'

'Niet helemaal.' Kat was opgelucht dat Jace net als haar oom een cheque had uitgeschreven en dat hij geen geld had overgemaakt. Nu de cheques vernietigd waren, was alles weer bij het oude. Maar dat gold alleen voor het geld. 'Frank heeft wel zijn familie uitgemoord en we moeten ervoor zorgen dat er recht wordt gedaan. Waar is Pete?' Die was niet meer naar buiten gekomen.

'Hij is al lang weg.' Jace wees naar het eiland. 'De sloep was wel weg, maar ik zag hem in het water. Hij is gaan zwemmen.'

*H*et was bijna middernacht toen de kustwacht arriveerde. Die haalde hen van het jacht en bracht hen naar het schip van de kustwacht. Ze haalden Frank als eerste van boord en sloten hem ergens op. Hij rilde nog steeds als gevolg van zijn verblijf in de inmiddels steenkoude *hot tub*, wat een zeer efficiënte manier was gebleken om hem in bedwang te houden.

Frank had geweigerd om met de kustwacht te praten, hij had alleen om een advocaat gevraagd.

Het schip van de kustwacht was teruggekeerd naar de haven van Victoria. Daar stond de politie te wachten, die aan boord was gegaan en Frank geboeid had afgevoerd. Ze stonden allemaal te kijken toen hij naar een wachtend politiebusje werd gebracht. In plaats van zijn stralende glimlach was zijn gezicht nu vertrokken in een kwade grimas. Zijn designerkleding had plaatsgemaakt voor een geleende trainingsbroek en een T-shirt met vetvlekken.

'Ik kan niet zeggen dat ik hem zal missen,' zei Jace. 'Ik ga natuurlijk wel verslag doen van zijn proces. Denk je dat hij schuldig zal worden bevonden?'

'Dat weet ik wel zeker. De beveiligingscamera's hebben zijn hele bekentenis opgenomen.' Kat had erop gehoopt dat ze werkten en de politie had dat net bevestigd. 'Daarmee hebben ze al het bewijs dat ze nodig hebben.'

'Wie brengt het jacht naar Vancouver?' Harry keek verlangend uit over zee. 'Ik zou het wel leuk vinden er weer mee te varen.'

'*Catalyst* heeft zijn officiële ligplaats in Friday Harbor, niet Vancouver. Het jacht was immers gestolen.' Het jacht moest gerepareerd worden na de beschadigingen die Frank had aangericht en er moest contact worden opgenomen met de eigenaar. Als al het bewijsmateriaal was verzameld, kon er iets worden geregeld voor de veilige teruggave.

'Misschien ben ik ooit rijk genoeg om het te kopen.'

Jace lachte. 'Ik zou er niet op rekenen, Harry. En trouwens, geld is ook niet alles.'

'Dat is zeker zo,' stemde Harry in. 'Ik heb in ieder geval mensen in de echt verbonden. Het is wel jammer dat de dingen niet goed zijn afgelopen.'

'Het was een trouwplechtigheid die ik niet snel zal vergeten.' Gia klopte hem op zijn arm. 'Uiteindelijk komt alles goed. Dat weet ik zeker.'

Op zondagmorgen brachten ze een paar uur door op het politiebureau. Ze gaven meer details over hun beproeving. Frank Bukowski had niets meer losgelaten, maar zijn opgenomen verklaringen en het bewijsmateriaal dat Kat en de anderen hadden verzameld was voldoende voor een reeks aanklachten. Naast fraude werd hem ook moord met voorbedachten rade ten laste gelegd op Anne Melinda Bukowski en Emily Bukowski.

Daarnaast kon hij in de staat Washington een aanklacht verwachten voor de diefstal van het jacht.

'Dit vergat ik bijna.' Kat overhandigde de politieagent een doosje met daarin Melinda's portemonnee, Franks paspoorten, vliegtickets en de valse verlovingsringen. 'Dit hebben jullie ook nodig.'

'Voor dwazen en verraders is er niets.' Jace glimlachte.

'Broeder XII heeft dan misschien wel goudgeld verdiend, maar Frank in ieder geval niet,' zei Kat.

Oom Harry trok zijn wenkbrauwen op. 'Wat bedoel je?'

'De geschiedenis heeft zich herhaald, oom Harry. Oplichterij op De Courcy. Maar deze keer was er een goede afloop. Deze keer kwam de dief er niet mee weg.' De verdere details van Franks misdaden zouden ongetwijfeld in de komende weken naar buiten komen, maar Kat had het grootste deel van het verhaal voor zichzelf al op een rijtje staan.

Nadat Frank zijn vrouw en dochtertje had vermoord, was hij in zuidelijke richting vertrokken op een tweede boot die hij in de buurt had klaarliggen. Hij was langs de Gulf eilanden gevaren en de grens tussen Canada en de Verenigde Staten overgestoken. Binnen een paar uur nadat hij de lichamen van Melinda en Emily in het water had gegooid, was hij aangekomen in Friday Harbor op de San Juan eilanden.

Daar had hij een paar weken ondergedoken gezeten. Hij had aan boord van zijn boot geslapen en had rondgekeken of er een boot was waar niet echt iemand op lette. Toen was hem *Catalyst* opgevallen. De boot was niet bemand en zou niet worden gemist. Hij had Pete en de anderen ingehuurd, mensen die rondhingen in de haven en de werven, die geen vragen stelden en die in ruil daarvoor ook niet met vragen wilden worden lastiggevallen.

Hij had de naam *Catalyst* overgeschilderd en het schip omgedoopt in *The Financier*. Zo had hij de politie ontlopen. Zo lang hij nergens lang bleef, stelde niemand zijn aanwezigheid op het jacht ter discussie.

Het hele oplichtingsverhaal met Bellissima haarversteviger was bij hem opgekomen toen hij de kapperszaak van Gia zag in het centrum van Vancouver. Ze was gewoon de eerste vrouw die goedgelovig genoeg was om voor zijn charmes te bezwijken.

De rest was al bekend.

Het was een lang weekend geweest, ook al was het pas zondagmiddag. Kat was blij dat ze de afgelopen nacht in een goed hotel hadden geslapen. Aan het eind van de middag gingen ze terug naar Vancouver en voorlopig hoefde zij de stad niet uit.

'Heb je een goed verhaal, Jace?' Harry legde een hand op Jace' schouder.

'Man, ik heb een geweldig verhaal.' Jace glimlachte. 'Een hele schatkist met verhalen.'

HOOFDSTUK 41

Er waren drie weken voorbijgegaan sinds de arrestatie van Frank Bukowski, maar het voelde nog steeds alsof alles gisteren was gebeurd. Ze hadden besloten om Gia's 'ontsnapping' te vieren met een eindezomerbarbecue. Nu de zon laag aan de horizon stond, was het frisjes aan het worden. Kat trok haar omslagdoek dichter om haar schouders. Ze keek altijd uit naar de herfst als een tijd om aan iets nieuws te beginnen. Niemand verdiende een nieuwe start meer dan Gia. Ze was dan ook dankbaar dat haar vriendin een tweede kans had gekregen.

Jace en Harry waren bezig met de barbecue en Kat en Gia zaten aan de tuintafel te genieten van hun glas margarita. Hun huis bood heel wat minder luxe dan *The Financier*, maar zij hadden hun huis tenminste op eerlijke wijze verkregen.

'Ik wil een toast uitbrengen.' Kat proostte met Gia. 'Het gaat goed met ons en ook met ons geld.'

'Godzijdank,' zei Gia. 'Ik ben zo blij dat je me wakker hebt geschud. Ik wilde er niet aan, maar uiteindelijk had je wel gelijk. Raphael – ik bedoel Frank – zat alleen maar achter mijn geld aan.'

'Ik zou willen dat de dingen niet zo waren gelopen. Het moet voor jou wel een sprookje hebben geleken.'

Gia staarde weemoedig voor zich uit. 'Het was net een droom. Hoe heb ik me zo laten hersenspoelen? Ik weet het – hij zag er geweldig uit. Hij was slim en hij was ook nog rijk. Door hem voelde ik me zo speciaal, Kat. Alsof ik een filmster was of zoiets. Het is achteraf heel raar, maar ergens vanbinnen wist ik wel dat hij te goed was voor iemand als ik.'

'En daarin heb je echt ongelijk, Gia. Jij was te goed voor hém.'

Ze hoorden de klink van het tuinhek en draaiden zich beiden om. Pete stond daar en keek hen stralend aan. Hij zwaaide naar hen terwijl hij in de richting liep van Jace en oom Harry bij de barbecue.

'Dat is ook iemand die een nieuwe start verdient,' zei Gia. 'Maar goed dat we Pete hebben leren kennen. Dat is tenminste nog iets positiefs aan dat hele weekend.'

Kat knikte. 'Soms zijn mensen heel anders dan ze op je overkomen.' Pete was ook zo iemand. Hij was gewoon een man die de weg was kwijtgeraakt en een tijdje alle hoop verloren had.

Pete had het jacht dan wel stilletjes verlaten, maar hij was hen niet vergeten. Zijn angst voor de politie werd veroorzaakt door eerdere ervaringen, toen hij jaren geleden dakloos was. Hij had een jaar of twintig allerlei losse baantjes gehad, alles wat hij maar kon vinden. Oom Harry had nu een flatje voor hem gevonden in de buurt. Daar had hij werk als conciërge en klusjesman in ruil voor gratis wonen.

'De volgende keer zal ik naar jou luisteren voor ik al mijn geld weggeef aan de een of andere kerel die ik net ben tegengekomen. Ik kan haast niet geloven dat je het terug hebt kunnen krijgen,' zei Gia.

Kat maakte een wegwerpgebaar. 'Ik heb gewoon een paar toetsen ingedrukt. Jij en die radio maakten het echte verschil!'

Gia lachte. 'Ik kan niet geloven dat ik dat echt heb gedaan. Ik moet nog steeds half verdoofd zijn geweest.'

'Op mij maakte je niet die indruk niet. Je was heel gefocust,' zei Kat. 'Ik ben gewoon blij dat het allemaal goed is afgelopen.'

'Moeilijk te geloven dat ik erin ben getrapt.' Gia nipte aan haar drankje. 'Alles aan die vent was gespeeld, en hij deed het met andermans geld. Ik kan nog steeds niet geloven dat hij zijn vrouw en dochtertje heeft vermoord. En dan te bedenken dat ik de volgende had kunnen zijn.' Gia streek haast afwezig met haar hand over haar nek. 'Kat, denk je echt dat hij me zou hebben vermoord?'

'Vroeg of laat, ja.'

'Het klinkt allemaal alsof het niets is.'

'Natuurlijk zou hij dat hebben gedaan. Hij maakte Melinda af na zeven jaar met haar getrouwd te zijn geweest. Je betekende niets voor hem.'

Gia haalde diep adem. 'Serieus, Kat? Je moet eens iets doen aan die botheid van jou.'

'Ik ben niet bot. Mensen zoals hij voelen voor niemand iets behalve voor zichzelf. Frank was een koelbloedige moordenaar zonder gevoel. Mijn woorden zijn misschien keihard, maar het is goed om de waarheid onder ogen te zien.' Melinda's portemonnee was de sleutel geweest tot het aan het licht brengen van Franks bedrog. Het verraste Kat dat hij die portemonnee had bewaard. Waarschijnlijk was het ding voor hem meer een soort trofee geweest dan iets anders, want hij had geen greintje gevoel in zijn lichaam.

'Sommige vrouwen hebben altijd geluk.' Gia zat tegenover Kat en draaide haar vingers rond in haar haren. 'Ik niet echt.'

'Ik ben het niet met je eens,' zei Kat. 'Je leidt een geweldig leven. Kijk nou eens naar wat je allemaal hebt.'

Gia glimlachte. 'En dan te bedenken dat ik dat bijna allemaal was kwijtgeraakt door die klootzak.'

De drie mannen voegden zich bij hen aan tafel met borden vol vlees en gebakken aardappelen.

Oom Harry schepte coleslaw op zijn bord en draaide zich om naar Pete. 'Waarom hing je eigenlijk rond in de jachthaven van Friday Harbor als je niet op schepen werkte?'

'Ik heb nooit gezegd dat ik niet op schepen werkte,' zei Pete. 'Alleen dat ik niet als bemanningslid werkte.'

Harry keek hem fronsend aan.

'Ik doe betimmeringen en ander timmerwerk, dat soort dingen. Ik hang rond in een jachthaven en dan raakt bekend dat ze daarvoor bij mij terecht kunnen.' Hij wachtte even. 'Ik ben goedkoop.'

'Ik denk dat ik je nog wel wat werk kan bezorgen, als je dat tenminste wilt.' Gia keek Kat zijdelings aan. 'Ik ben blij dat je mijn geld terug hebt kunnen krijgen. Ik ben van plan een nieuwe investering te doen.'

'Gia, niet doen. Jij en ik zijn daar niet goed in.' Oom Harry stond op en liep weer naar de barbecue.

'Niet dat soort investering, Harry. Ik ben bezig mijn ene kapsalon op te knappen. De beste investering die ik kan doen is in mezelf, en ik denk dat Pete me daarbij kan helpen.'

'Ik kan morgen weleens komen kijken.' Pete kauwde op een hap vlees.

'Dat moet je doen.' Kat draaide zich om naar Gia. 'Ik ben blij dat alles nu in orde is.'

'Bijna alles,' zei Gia. 'Behalve dan dat ik nog steeds getrouwd ben met die klootzak.'

'Misschien wel of misschien niet,' zei Kat.

Gia's gezicht lichtte op. 'Wat bedoel je, misschien niet?'

'Ik heb een kennis gebeld in de advocatuur. Jouw geval is een beetje gecompliceerd, maar het komt erop neer dat 'Raphael' niet met jou kón trouwen aangezien hij al getrouwd was met iemand anders.'

Gia hapte naar adem. 'Maar ze waren niet meer getrouwd, ik bedoel, ze was toch… dood.'

'Arme Melinda. Het is inderdaad waar dat ze al dood was voordat je in de echt werd verbonden.'

'Dan begrijp ik niet hoe…'

'Maar er was nog geen overlijdensverklaring afgegeven. Als weduwnaar had hij niet het recht om met iemand te trouwen voordat die verklaring er was. Dat houdt in dat jouw huwelijk sowieso niet geldig was.' Ze dacht weer aan de nieuwsreportages en huiverde bij de gedachte dat Gia hetzelfde lot had kunnen ondergaan. 'Afgezien daarvan werd de trouwvergunning afgegeven aan Raphael Amore en niet aan Frank Bukowski. Het huwelijk is in verband met dat bedrog ook niet geldig.'

Gia straalde. 'Ik ben dus niet getrouwd?'

'Dat klopt. Je hoeft het huwelijk niet ongeldig te laten verklaren of te scheiden of zoiets.'

'Dan heb ik toch een beetje geluk gehad,' zei Gia.

'Noem je dat geluk hebben?' Kat lachte. 'Wat jammer dat je niet het geluk had om hem überhaupt niet tegen te komen.'

'Ik heb mijn lesje geleerd. Ik zal geen enkele sexy man meer vertrouwen en ik zal ook niet met zo iemand trouwen. In ieder geval voorlopig niet.'

'Wat hoor ik nu over trouwen?' Oom Harry keerde terug naar zijn stoel met een tweede stuk vlees. 'Ik ben later deze maand beschikbaar voor het sluiten van huwelijken, hoor.'

'Kalm aan, Harry,' zei Gia. 'Ik treed voorlopig niet in het huwelijk. Ik heb besloten dat ik niet ten koste van alles een man nodig heb. Ze zijn nogal duur in het gebruik.'

'Je doet het in je eentje heel aardig,' zei Kat. 'Dat is de reden waarom Frank het überhaupt op jou had gemunt.'

'En de volgende keer bepaal ík wat er gebeurt.' Gia giechelde. 'Ik wil een man die me wil om wie ik ben, niet om mijn geld.'

'Ik ben blij dat je bij zinnen bent gekomen,' kwam Harry tussenbeide. 'Ik wist dat er iets niet helemaal klopte aan die vent vanaf het moment dat ik hem zag.'

Kat trok haar wenkbrauwen op. 'Hmm. Is dat zo?'

'Zeker. Maar er is niets verkeerds aan in het huwelijk treden. Ik had gehoopt dat ik een ander stel zou kunnen overtuigen.'

'Bedoel je Kat en Jace?' Gia keek Kat aan. 'Waarom niet? We kunnen de plechtigheid op deze plek organiseren. We kunnen morgen gaan winkelen voor een jurk.'

Harry wreef in zijn handen. 'En ik trek mijn smoking aan. Voor de eerste keer in twintig jaar. Ik hoop dat ik hem nog pas.'

Jace glimlachte naar Kat. 'Gaan we trouwen?'

'Kan ik dan je haar doen?' Gia keek Kat aan. 'Ik heb een nieuw product dat ik graag op je wil uitproberen.'

'Over mijn lijk.' Kat ging met haar hand door haar haren. 'Ik vind mijn haar prima zoals het nu zit.'

Ze draaide zich naar haar oom en glimlachte. 'Ik beloof je dat jij de eerste bent die het te weten komt als we inderdaad gaan trouwen.' Zij en Jace hielden hun plannen niet opzettelijk geheim, maar ze waren ook niet zover dat ze die met anderen wilden delen.

Het ging allemaal om het juiste moment dat je iets deed, en soms waren de beste dingen gewoon niet in te plannen.

NAWOORD VAN DE AUTEUR

Dit is een fictief verhaal, maar er zijn wel fascinerende historische feiten in opgenomen. Tegenwoordig weet praktisch niemand meer iets van de historische personen in mijn verhaal, maar de geschiedenis herhaalt zich altijd en dit boek laat dat ook zien.

Het allerleukste aan het schrijven van fictie is dat je dingen kunt verzinnen. Op de tweede plaats komt het doen van onderzoek naar achtergrond en feiten en je voorstellen hoe je die feiten zelf zou hebben ervaren.

Het verhaal over Raphael en Gia is pure fictie, hoewel soortgelijk bedrog als het om de liefde of om geld gaat zich heel vaak voordoet. Ik zou wel willen dat het niet zo was, maar het is nu eenmaal zo. Ook Pete is compleet verzonnen en hij is geen afstammeling van Broeder XII.

Broeder XII heeft wel echt bestaan. Wat er in het boek over hem staat is grotendeels gebaseerd op de feiten, ook al zijn er een paar dingen bij verzonnen. Zijn echte naam was inderdaad Arthur Edward Wilson. Mensen die langs de westkust van Canada zeilen, zullen de naam van Broeder XII herkennen en zijn ook bekend met Pirates Cove, en de eilanden De Courcy en Valdes.

Broeder XII (zo wilde hij dat de naam geschreven werd) stichtte de Aquarian Foundation te Cedar-by-the-Sea op Vancouver Island in de buurt van Nanaimo in de Canadese deelstaat Brits Columbia in de jaren twintig van de twintigste eeuw. Broeder XII en zijn beruchte sekte waren in de jaren twintig en dertig in de hele wereld zeer bekend in verband met de voorspelling van Broeder XII over een naderend Armageddon, maar heden ten dage kent bijna niemand de sekte meer.

Toen er te veel vragen werden gesteld over zijn cult, vertrokken Broeder XII en zijn volgelingen naar de afgelegen eilanden De Courcy en Valdes. Ik heb me in mijn boek vooral geconcentreerd op De Courcy en niet op de andere locatie omdat ik de zaken overzichtelijk wilde houden. Ik heb ook veranderingen aangebracht in de geografische en topografische gegevens en in de locatie van de grotten om alles beter te laten passen in het verhaal.

Charismatische personen als Broeder XII duiken in de geschiedenis met verrassende regelmaat op. Om de zoveel jaar bedriegen ze mensen met hun zelfbedachte geloofssysteem, doorgaans een samensmelting van persoonlijkheidscultus, mystieke elementen en religie. Ze slaan munt uit ons verlangen om deel uit te maken van iets wat groter is dan wijzelf. Te vaak heeft dat tragische consequenties.

Het verborgen goud in de weckpotten is gebaseerd op de feiten; verslagen daarvan uit de jaren twintig zijn bevestigd. Of het goud nog steeds op de eilanden verborgen ligt, is een heel andere vraag. Hoewel het geschatte gewicht van 500 kilo aan gouden munten te veel was om mee te nemen op de trawler waarmee Broeder XII vluchtte, is het zeer onwaarschijnlijk dat de voorraad goud onaangeroerd en verborgen bleef gedurende de ongeveer tien jaar dat zijn sekte bestond. Ik betwijfel ook of er goud achter is gebleven op het eiland, hoewel dat nog steeds door sommigen wordt beweerd. Het ligt meer voor de hand dat hij in de loop van de jaren het goud gebruikte en de overgebleven gouden munten met zich meenam, toen hij in 1933 De Courcy voorgoed verliet.

Maar misschien heb ik ongelijk en zal de een of andere fortuinlijke gelukkige de goudschat nog vinden. Gebaseerd op een prijs van duizend dollar per ons zou de schat nu meer dan vijftien miljoen dollar waard zijn.

De onderzeese tunnel tussen de twee eilanden bestaat echt. In mijn verhaal loopt de tunnel tussen de eilanden De Courcy en Valdes. In werkelijkheid loopt de onderzeese tunnel tussen Valdes en het eiland Thetis. De onderaardse tunnel ligt een meter of zestig onder de ingang van de grotten. De doorgang was heel bekend en werd gebruikt door het volk van de Coast Salish voor ceremoniële overgangsriten gedurende ten minste honderden en waarschijnlijk duizenden jaren totdat een aardbeving op het eind van de negentiende eeuw de doorgang naar de tunnel versperde. Dat was ook zo in de tijd van Broeder XII. Maar als dat niet het geval was geweest, dan vermoed ik dat hij zijn gouden munten daar zou hebben verborgen.

De lezer weet al dat Kat, Jace en Harry verzonnen zijn. Zij bestaan alleen in mijn verbeelding, maar voor mij zijn ze wel heel echt.

Ik hoop dat je genoten hebt van 'Engel des Doods', het derde boek in de thrillerreeks met fraudeonderzoeker Katerina Carter in de hoofdrol en het zesde verhaal dat ik schreef over Kat. De andere drie kortere verhalen zijn verschenen in de serie 'Kleur van geld'. Zolang lezers zoals jullie het leuk vinden mijn verhalen te lezen, blijf ik ze schrijven

Vond u ENGEL DES DOODS spannend en wilt u verder lezen? Koop dan nu GROENE SCHIJN!

Wil je op de hoogte gehouden worden van haar nieuwste boeken,
schrijf je dan in voor haar nieuwsbrief!
http://eepurl.com/c0jsL
www.colleencross.com

OOK VAN COLLEEN CROSS

De Heksen van Westwick
Jong Gehekst is oud Gedaan
Een goede spreuk is het halve werk

Katerina Carter juridische thrillers
Nooduitgang
Met gelijke munt
Engel des doods
Groene schijn
In het rood
Blauwe Maandag

Wil je op de hoogte gehouden worden van Colleens nieuwste boeken,
schrijf je dan in voor haar nieuwsbrief!
http://eepurl.com/c0jsL

www.colleencross.com

OVER DE AUTEUR

Colleen Cross is de auteur van de bestselling juridische thriller-serie rond Katerina Carter en de daarvan afgeleide serie de Kleur van Geld, ook met Katerina Carter in de hoofdrol. Haar twee populaire thriller/detectiveseries hebben dezelfde hoofdpersoon. Katerina Carter is een slimme forensisch accountant en fraude-onderzoekster die zich geen appels voor citroenen laat verkopen.

Ze doet altijd het juiste, al schrikken mensen nogal eens van haar onorthodoxe methoden.

Colleen Cross is bovendien accountant en fraude-expert en schrijft waargebeurde misdaadverhalen. In Anatomy of a Ponzi: Scams Past and Present bijvoorbeeld ontmaskert ze de grootste Ponzi-fraudeurs aller tijden en hoe ze ermee wegkwamen. Ze voorspelt bovendien precies het moment en de plek waarop de grootste Ponzi-fraude ooit aan het licht zal komen en de aanwijzingen waar men op moet letten.

Colleen Cross is ook actief op social media.

Facebook: www.facebook.com/colleenxcross

Twitter: @colleenxcross

Je kunt haar ook vinden op Goodreads.com.

Bezoek voor het laatste nieuws over Colleens boeken haar website: http://www.colleencross.com/.

Wil je op de hoogte gehouden worden van haar nieuwste boeken, schrijf je dan in voor haar nieuwsbrief!

http://eepurl.com/c0jsL1